도쿄 타워

東京タワー
by Kaori Ekuni

Copyright ⓒ 2001 by Kaori Ekuni
First published in Japan in 2001 under the title "TOKYO TOWER" by Magazine House Co., Ltd.
Korean translation rights arranged with Kaori Ekuni
through Japan Foreign-Rights Centre / Sinwon Agency Co.

도쿄 타워

펴 낸 날 | 2005년 10월 20일 초판 1쇄
           2020년 3월 10일 개정판 1쇄

지 은 이 | 에쿠니 가오리
옮 긴 이 | 신유희
펴 낸 이 | 이태권

책임편집 | 최선경
책임미술 | 양보은
펴 낸 곳 | 소담출판사
           서울특별시 성북구 성북로66 3층 301호 (우)02835
           전화 | 02-745-8566   팩스 | 02-747-3238
           등록번호 | 1979년 11월 14일 제2-42호
           e-mail | sodambooks@naver.com
           홈페이지 | www.dreamsodam.co.kr

ISBN   979-11-6027-177-5 03830

이 도서의 국립중앙도서관 출판시도서목록(CIP)은 서지정보유통지원시스템 홈페이지
(http://seoji.nl.go.kr)와 국가자료공동목록시스템(http://www.nl.go.kr/kolisnet)에서
이용하실 수 있습니다.(CIP제어번호: CIP2020004052)

• 책값은 뒤표지에 있습니다.
• 잘못된 책은 구입하신 곳에서 교환해드립니다.

Tokyo
Tower

도쿄 타워

신유희 옮김 에쿠니 가오리 지음

소담출판사

| 차례 |

오후 4시,
이제 곧 시후미한테서 전화가 걸려온다.
토오루는 생각한다. 언제부터였을까.
언제부터 나는 그 사람의 전화를,
이렇듯 기다리게 되었을까.

1

세상에서 가장 슬픈 풍경은 비에 젖은 도쿄 타워이다.

트렁크 팬티에 흰 셔츠만 걸치고 인스턴트커피를 마시면서, 코지마 토오루는 생각한다.

어째서일까. 젖어 있는 도쿄 타워를 보고 있으면 슬프다. 가슴이 먹먹해진다. 어릴 때부터 쭉 그렇다.

잔디 깔린 높직한 평지에 자리 잡은 맨션. 토오루는 갓난아기 때부터 이곳에 살고 있다.

"그야 금전적으로는 편하겠지만, 어머니랑 같이 살다 보면 숨막히지 않냐?"

바로 얼마 전 코우지가 그런 말을 했다.

"하긴 너네야, 보통의 어머니와 다르니까 괜찮을지도 모르지만."

코우지와는 같은 고등학교를 다녔다. 도내에서도 손꼽히는 명문교로, 두 사람 모두 비교적 성적이 좋았다. 하지만 공통점은 그것뿐이었다.

오후 4시, 이제 곧 시후미한테서 전화가 걸려온다. 토오루는 생각한다. 언제부터였을까. 언제부터 나는 그 사람의 전화를, 이렇듯 기다리게 되었을까.

토오루가 휴대전화를 갖고 싶단 말을 꺼냈을 때 시후미는 콧잔등을 찌푸렸다.

"그만둬. 어쩐지 사람 가벼워 보여서 싫어."

그런 말을 했다. 자신은 갖고 있으면서.

시후미의 휴대전화에는 명주실로 짠 스트랩이 달려 있다. 밤공기처럼 차가운 블루 색상의 스트랩.

"직접 만들었어요?"

언젠가 토오루가 묻자, 시후미는 그럴 리가 있겠냐며, 가게에서 일하는 여자애가 만들어 줬다고 했다.

가게. 다이칸야마에 있는 그곳은 좀 희한한 가게여서, 가구며 옷이며 식기까지 갖추어 놓았다. 이른바 셀렉트숍Select Shop이란

다. 가장 최근에 갔을 때만 해도, 개 목걸이와 사료 그릇까지 놓여 있는 것을 보고 적잖이 놀랐다. 더구나 가격이 무척 비싸다. 시후미의 가게에 있는 물건은 모두 그렇다.

토오루는 생각한다. 시후미는 무엇이든 갖고 있다. 돈, 자기 소유의 가게, 그리고 남편.

4시 15분. 전화벨은 아직 울리지 않는다. 토오루는 미지근해진 커피를 마지못해 마신다. 인스턴트커피를 토오루는 좋아한다. 걸러먹는 커피보다 취향에 맞는 것 같다. 옅은 향기가 기분 좋다. 타는 것도 간단하고.

간단하다는 것은 중요한 일이다.

1980년 3월, 토오루는 태어났다. 아버지와 어머니는 토오루가 초등학교에 입학한 해에 이혼했다. 이후, 토오루는 어머니와 함께 살고 있다.

시후미를 알게 된 것도 어머니를 통해서였다.

"엄마 친구."

어머니는 시후미를 그렇게 소개했다. 2년 전, 토오루가 열일곱 살 때이다.

날씬한 팔다리에 풍성한 검은머리. 흰 블라우스에 짙은 감색 스커트를 입고 있었다.

"안녕하세요."

눈과 입이 큼직한, 이국적인 외모를 지니고 있었다.

"요우코 씨한테 이렇게 큰 아드님이 있는 줄은 몰랐어."

시후미는 토오루를 뚫어져라 쳐다보고,

"음악적으로 생긴 아드님이네."라고 했다. 그 말이 무슨 의미인지 토오루는 이해할 수 없었지만, 굳이 묻지는 않았다.

"고등학생?"

네, 라고 대답한 자신의 목소리가 어쩐지 언짢게 울려 퍼진 것을 기억한다.

2년째 접어든 대학 생활은 따분함 자체여서, 요즘 토오루는 수업에도 잘 나가지 않는다. 출결 사항을 엄격하게 따지는 교수이면서 강의까지 따분하면 정말 불편하다.

토오루는 하이포지 그룹의 음반을 스테레오레코드에 넣고, 달콤하고 촉촉하면서도 가볍고 유쾌한 보컬의 목소리에 귀를 기울인다. 유리창 밖, 비에 젖은 주택가와 도쿄 타워를 바라보면서.

대학에 다니는 여자애들은 어째서 그토록 우둔할까. 방충망 너머 물받이에서 똑똑 떨어지는 빗소리를 들으면서, 코우지는 암담한 기분에 젖어 생각한다. 무엇보다 몸에 매력이 없다. 막대처럼 비쩍 말랐거나, 공이 굴러가나 싶게 포동포동 살이 쪘거나, 둘 중 하나다. 장난이 아니다.

그렇긴 해도, 작년에 미팅에서 알게 된 유리와는 일단 사귀는 중이다. 그 애는 뭐, 비교적 영리하고, 쭉 수영을 해온 덕분인지 몸도 탄탄해서 나쁘지 않다.

"배고프다."

길게 누워 TV를 보고 있던 하시모토가 말했다.

"컵라면 같은 거 없어?"

"없어."

코우지는 대답하고, 밥은 있는데, 라고 덧붙였다. 밥은 늘 대량으로 지어 냉동실에 넣어둔다.

"어떻게 이 시간에 배가 고프냐. 간식하면 살찐다."

그러나 코우지는 이미 자리에서 일어나, 만담장에 가는 것이 유일한 취미라는 이 유별난 친구를 위해 볶음밥을 만들었다. 달걀과 파로 맛을 낸 수프도, 미리 지퍼백에 넣어 냉동시켜 둔 것을 해동하여 첨가했다.

"부지런하다, 너."

정말로 감탄한 듯한 하시모토에게,

"이 정도야 보통이지."

라고 대답한 후, 코우지는 담배에 불을 붙인다.

연상 여자의 '좋은 점'을 가르쳐 준 사람은 토오루였다. 토오루는 고교시절부터 친한 친구로, 코우지가 우습게 여기지 않았던 유일한 녀석이다. 그 당시, 코우지는 대부분의 인간을 바보로 여겼다.

"너, 계속 있을 거야?"

TV에서 눈을 떼지 않은 채 볶음밥을 입으로 가져가는 하시모토에게 물었다.

"있을 거야."

"그래, 그럼."

하시모토는 쓸데없이 체면치레를 하지 않는다. 코우지는 그점이 마음에 들었다. 옷을 갈아입고 머리에 무스를 바르고, 손목시계를 찬다.

"그럼, 나 아르바이트하러 간다."

열쇠를 던져두고 밖으로 나왔다. 살이 하나 꺾인 비닐우산을 쓰고.

코우지의 현재 생활은 아르바이트가 중심이었다. 물론 수업에는 나가지만, 밤에는 주말도 포함해서 거의 매일 일을 한다. 부모님은 건재하시고 부쳐주시는 송금 액수도 충분하고, 솔직히 유복한 대학 생활이지만, 그래도 용돈은 많을수록 좋다. 게다가 당구장 아르바이트는 편한 데다 시급도 센 편이었다.

금년 여름방학에는 수영장에서 안전요원으로 일했다. 거기서 만난 여자아이와는 두 번 정도 사랑을 나누었고, 안전요원 일은 여러모로 재미가 있었다.

그밖에도 단기 아르바이트는 찾으면 얼마든지 있었다. 도로공사에 동반되는 주민 대상 설문지를 받아오는 일에서부터, 접시 닦이, 그리고 실력 형편없는 화가의 누드모델까지.

그 일은 지금 생각해도 보수가 꽤 높았다고 코우지는 생각한다. 거리에서 화가가 직접 말을 걸어왔다. 비쩍 마른 할아버지로, 기치조오지에 있는 자기 집까지 와서 모델 일을 해주면 시급 1만 엔을 주겠다고 했다.

그 노인네는 엄청난 양의 데생을 하고, 코우지는 36만 엔을 벌었다. 무릎을 끌어안고 앉아있는 것만으로. 게다가 노인네가 육식을 좋아해서 가끔 스테이크도 맛볼 수 있었다.

11월. 아르바이트 장소로 가기 위한 JR전철 안에서 코우지는 30분간 선잠을 잤다. 장소를 가리지 않고 잘 수 있는 것이 코우지의 특기였다. 더구나 내릴 역 바로 직전에는 어김없이 눈이 떠진다. 코우지는 자신의 몸을 신용했다. 머리야 말할 것도 없이.

예전부터 성적이 좋았고, 국립대학에도 거뜬히 들어갔지만, 문제는 그런 것이 아니다.

"자신의 일은 자신이 결정해라."

코우지는 아버지에게 그런 말을 듣고 자랐다.

"결정했으면 행동으로 보여라."

라는 말도.

머리가 좋다는 것은 다시 말해 행동능력이다. 코우지는 그렇게 생각한다.

저녁은 스태프 룸에서 먹는다. 같은 건물 안에 당구장과 한 계열의 레스토랑이 있고, 그곳에서 식사가 배달된다. 스태프는 항시 여섯 사람. 여자도 포함하여 모두 흰 셔츠에 검은 바지로 통일된 제복을 입는다. 무척 잘 어울린다고, '유리'가 말한 바 있는 제복이다. 하지만 그 한마디에 코우지는 유리의 감각을 의심했다. 누가 뭐래도 자신은 청바지가 어울리는 타입이라고 믿어 왔기 때문이다.

타임 카드를 누르고 주간에 일하는 스태프와 교대한다. 창밖에는 맞은편 건물의 네온사인이 비에 젖은 채 현란하게 깜박인다.

5시가 조금 지났을 무렵, 이윽고 전화가 걸려왔다.

"늦어서, 미안."

작은 목소리로 시후미가 말했다.

"나올 수 있어?"

전화 목소리는 늘 미덥지 못하다.

"네."

토오루가 짧게 대답하자,

"잘됐네."

라고, 진심으로 기쁜 듯이 말한다. 그리고,

"그럼, 플라니에서."

라는 말에 이어 늘 그렇듯 싱겁게 전화를 끊고, 토오루는 수화
기를 든 채 어정쩡한 마음을 주체하지 못한다.

"토오루한테 딱 맞는 비누가 있어."

처음 만난 날, 시후미는 그런 말을 했다.

"비누?"

"응. 영국에서 사오는 건데, 나, 처음부터 그건 남자가 쓰면 좋
을 것 같았어. 우리 집 손님은 여자가 대부분이지만, 그래도 뭐,
남자들한테 선물로 주면 괜찮을 것 같아서 갖다 놓기로 했어. 토
오루한테 딱 어울려."

며칠 후에 택배 편으로 그 비누가 도착했다. 작은 타원형의 우

윳빛 비누였다. 배 향기가 났다.

플라니의 문은 크고 무겁다. 내부는 안쪽을 향해 좁고 길게 나 있으며, 우측에 바카운터가 있다. 토오루가 들어가자, 시후미는 이미 자리를 잡고 앉아 보드카를 마시고 있었다. 독한 술로 조금 마시는 것을 좋아한다.

"안녕."

스툴째 몸의 방향을 돌리며 시후미가 말했다. 희고 얼기설기 한 느낌의 스웨터에 회색 바지를 입고 있다.

"비가 자주 오네. 지겨워지려고 해."

그렇게 말하고 스툴을 원래대로 돌렸다. 토오루는 옆에 앉아 맥주를 주문했다.

"잘 지냈어?"

시후미를 만나는 것은 2주 만이다. 토오루는 앞을 향한 채,

"네."

라고 대답한 후, 오른편에 있는 그녀의 존재를 온몸으로 음미 하려 한다. 손을 뻗으면 닿을 거리에 있는 그녀를.

비누가 도착하고 한동안, 시후미한테서는 연락이 없었다.

"요우코 씨 있나요?"

어머니를 찾는 전화가 걸려온 날, 만약 어머니가 집을 비우지

않았다면, 지금 이 사람과 여기 이렇게 앉아 있을 수 없었을지도 모른다.

"아무 말이나 해 봐."

시후미가 말했다.

뼈가 도드라진 하얀 손목에 화려한 롤렉스 시계가 채워져 있다.

"아무 말이나?"

"뭐든 좋아. 학교 얘기든, 요즘 읽고 읽는 책이든, 지금 생각하는 것이든."

토오루는 맥주를 한 모금 마시고,

"학교는 뭐, 졸업은 할 수 있을 것 같아요."

라고 대답했다.

"그리고, 캠퍼스 뒤편에 오이풀이 피어 있는 장소가 있어요."

"오이풀, 좋아해?"

"응, 그냥 좀. 지난번에 그곳을 발견했을 때, 이미 다 펴서 드라이플라워가 되어있었지만."

"그 학교, 넓어?"

그렇지도 않다고 대답한 후에 토오루는,

"고등학교에 비하면 넓지만."

이라고 덧붙였다.

"그래."

시후미는 말하고, 양주병들이 진열된 선반에 무심코 시선을
준다.

"책은 요즘 별로 안 읽어요."

토오루는 충실하게 이야기를 계속했다.

"지금 생각하는 건?"

당신과 자고 싶다는 생각.

"생각하는 건?"

돌아보는 시후미의 화장기 없는 얼굴.

"아무 생각도 안 나요."

시후미는 소리 없이 웃고,

"내가 다닌 초등학교 뒷마당에는 수국이 피어 있었어."

라고 말했다.

"초등학교? 한참 올라가네요."

시후미는 고개를 갸웃하고, 술잔의 얼음을 손끝으로 건드린다.

"대학교 마당에는 어떤 식물이 있었는지, 전혀 생각나지 않아.
한 가지도. 이상하지?"

"혼자 걸은 적이 없어서가 아니고?"

토오루는 말하고, 그 목소리에 포함된 질투의 울림에 스스로 당혹스러웠다. 시후미는 거기까지는 알아차리지 못한 듯,

"글쎄, 그럴지도 모르지."

라고, 주눅 드는 기색도 없이 인정했다. 두 잔째의 술을 각자 주문하고, 두 사람은 한동안 말없이 마셨다.

그날 그 전화는, 정말 어머니한테 건 것일까? 토오루는 생각한다.

"어머나 아쉽네. 근처까지 온 김에 같이 술이라도 한잔할까 했는데."

어머니의 부재를 고하자, 쓸쓸한 기색으로 그렇게 말했다.

"대신 불러내면, 요우코 씨한테 야단맞을까?"

"그럴 리는 없을 거라고 생각합니다만."

토오루가 말하자, 시후미는 가게 이름과 장소를 일러 주고, 마침 생각났다는 듯이,

"아, 그런데, 술 마실 줄 알아?"

하고 물었다.

토오루는 그립게 떠올린다. 시후미에게 깍듯이 경어를 사용하여 이야기했던 무렵.

두 사람이 만났을 당시, 토오루는 이성을 사귄 경험이 없었고,

시후미는 이미 결혼한 몸이었다. 아이는 없고, 대신 가게와 자유를 가지고 있었다.

한편, 그럴 생각은 없었지만, 시후미와의 일이 결과적으로 코우지를 부추기는 꼴이 되고 말았다.

"좋겠다. 네 경우는 상대가 어른이잖아."

코우지는 그런 말을 했다.

"놀아 주는 거야 좋지만, 버림받고 죽거나 그러진 말아."

"말하자면, 젊은 육체를 탐닉 당하는 셈인가?"

라고도.

마침, 여고생의 원조교제 문제가 세간에 오르내리던 무렵이었다. 토오루가 다닌 고등학교는 여학생의 수도 적고 착실한 아이가 많았지만, 그래도 거리의 여고생들은 확실히 하나같이 극단적으로 짧은 스커트를 입고, 굵은 다리를 두툼한 양말로 강조하고 다녔다.

"믿을 수 없어."

카키색 백팩을 어깨에 둘러매고, 자동 개찰기를 빠져나가면서 코우지는 말했다.

"저런 데에 넘어가는 아저씨들이 있다니."

그리고 일부러 품위 없게 말하려는 경향이 있는 코우지는 한

숨 조로,

　"나도 하고 싶다, 연상의 여자랑."

　하고, 괜히 딴전 피우는 소리를 했다.

　물론 시후미와의 사이에 금전이 오고 가지는 않는다. 원조교제와 한 묶음으로 취급당하는 것은 못마땅했지만, 사실과 너무 동떨어진 이야기라서 화도 나지 않았다.

　시후미와 자신 사이에 일어난 일은 그 누구도 알 리가 없는 것이다.

　"요시다네 엄마는 어떨까."

　코우지가 그런 말을 꺼냈을 때, 솔직히 말렸어야 했다고 생각한다.

　"괜찮잖아? 비교적 예쁘고."

　그렇게 대꾸한 것도, 동급생의 어머니와 사귄다는 일이 실제로 가능하리라고는 생각지 않았기 때문이다.

　코우지의 괴이하고 기발한 행동력을 얕보았다고, 토오루는 지금에서야 생각한다.

　2년 전.

　자신의 인생은 그 무렵부터 젤리처럼 굳기 시작했다. 서서히, 조용히, 맛없는 젤리처럼. 코우지의 그것에 대해서는 내가 알 바

아니지만.

"자."

시후미가 보드카를 비우며 말했다.

"만나서 다행이야."

계산을 마치고,

"다음에는 좀 더 여유 있게, 밥이라도 먹자고요."

라고 말하며 웃는다. 스툴에서 내려 손목시계에 눈길을 주고,

"비 아직 올까?"

중얼거리듯이 말했다.

"글쎄요."

7시 반. 틀림없이 8시에 남편과 레스토랑에서 만나기로 한 거라고, 토오루는 결론을 이끌어 낸다.

"전화할게."

시후미는 말하고, 재빨리 가게를 나갔다.

함께 식사할 수 있을 줄 알았다.

남은 맥주를 마실 기분도 사라지고, 토오루는 하릴없이 주위를 둘러보았다. 벽에 걸린 흑판에 써진 로스트비프 샌드위치라는 글자를 본 순간, 공복을 느낀다.

언제부터일까. 도대체 언제부터, 식욕까지 잃는 상태가 되어

버렸을까.

가게 안이 북적거리기 시작했다. 커다란 꽃병에 꽂힌 꽃들이, 홀로 남겨진 토오루를 비웃고 있다.

2

오전 수업을 착실히 받고, 코우지는 매점에서 산 샌드위치를 벤치에 앉아 5분 만에 해치웠다. 날씨 좋은 한낮. 코우지는 좀처럼 학교 식당을 이용하지 않는다. 우둔한 녀석들 곁에 가까이 가면, 우둔함이 옮을 것 같은 기분이 들어서이다.

오늘은 아르바이트가 없는 날이라서, 오후에는 수업 하나만 듣고 유리를 만난다. 유리와 헤어진 후엔 토오루를 만나기로 했다.

랩과 종이컵을 휴지통에 버리고, 코우지는 공중전화로 전화를 건다. 신호음이 울리는 사이, 담배를 물고 불을 붙였다.

"네, 카와노입니다."

서른다섯이라는 나이답지 않게 키미코의 생기발랄한 목소리가 응답한다.

"아, 여보세요?"

이름을 말할 필요는 없었다.

"코우지?"

들뜬 기색으로 키미코는 말하고,

"우와, 날씨 좋다."

라고 덧붙였다.

"어디야?"

"학교."

키미코의 매끈하고 모양 좋은 다리를 떠올리면서 코우지가 말했다.

"점심 먹은 참이에요. 잠깐 목소리 듣고 싶어서."

담배를 한모금 빨고, 눈부신 햇살에 눈살을 찌푸리며 파란 하늘에 연기를 내뿜는다.

"나 좋으라고 하는 소리지?"

의도적으로 한 박자 공백을 두었다.

"너무하네. 진심으로 한 말인데."

나직하고 어딘지 모르게 거친 자신의 목소리를 코우지는 나쁘지 않다고 여긴다.

"밤에는 전화도 못 하고."

마음 상했다는 듯이 계속했다.

"좀처럼 만나주지도 않고."

도서관 앞길을 하시모토가 걸어온다. 코우지는 인사 대신 한 손을 들어 올렸다.

"들어 봐."

키미코는 급히 소리를 낸다.

"나도 만나고 싶어. 문득 정신을 차려보면, 코우지 생각만 하고 있어."

코우지는 담배꽁초를 버리고 운동화 바닥으로 비벼 껐다.

"문득?"

이미 하시모토는 눈앞에 서 있다.

"나는 늘 생각해요."

거짓말은 아니었다. 짧은 침묵. 수화기 너머 키미코가 동요하고 있는 기색이 느껴진다. 당장 달려가 와락 끌어안았으면 좋으련만, 하고 생각한다.

"미안."

코우지는 사과했다.

"또 전화해도 돼요?"

11월인데도 날이 따뜻하다. 양달 아래 스웨터를 입고 있자니 은근히 땀이 밴다.

"또 전화해 줄래? 라고 물으려던 참이야, 지금."

코우지가 웃자, 키미코도 키득키득 웃었다.

"또 전화할게요."

코우지는 말하고, 전화를 끊었다. 밝고 똑 부러지는 키미코의 웃음소리가 귀에 남았다.

"나는 늘 생각해요."

하시모토가 작은 소리로 흉내를 냈다.

"정말 정성이다, 너."

마리 프랑크라는 덴마크 가수의 CD는 지난주 일요일 WAVE 에서 발견했다. 들어보았더니 마음에 들어서, 원래 사려던 하이 포지를 관두고 그쪽을 샀다. 토오루는 아침부터 내내 그것만 틀어 놓고 있다.

화창하고 기분 좋은 날이다.

문득 생각이 나서 구두를 닦았다. 구두가 더러우면 초라해 보여 싫다.

토오루는 어둑어둑한 현관에 걸터앉아 자신의 구두를 닦으면서 어머니가 벗어둔 하이힐에 눈길을 준다. 에나멜 가공된 악어 가죽의 예쁜 하이힐.

어머니는 어젯밤 늦게 들어와서, 점심때가 다 되어 가는 지금까지 침실에서 나오지 않는다.

초등학생 때, 놀러 간 친구네 집 현관에서, 그 친구 어머니의 구두를 보고 충격을 받은 적이 있다. 낡아빠진 갈색 로우힐로, 모양이 형편없이 망가져 볼품없었다.

우리 엄마가 만약 이런 구두를 신고 있었다면 얼마나 마음이 아플까.

그 때 토오루는 그런 생각을 했다. 그 집 어머니는 상냥하고, 확실히 가정적인 사람으로 보였지만.

토오루의 어머니는 여성잡지 편집장으로 일한다. 실제 금액은 알 수 없지만, 꽤 높은 급여를 받는 듯싶다. 아버지와 이혼했을 때는 이 맨션과 토오루의 양육비—대학을 졸업할 때까지 반년마다 지불된다—외에 위자료까지 적지 않게 받아 챙겼다.

아버지의 여자 문제가 이혼의 원인이었다지만, 사실 아버지도 딱한 일이라고 토오루는 생각한다.

이따금 만나는 아버지를, 토오루는 특별히 좋아하지도 싫어하지도 않았다. 친구와 함께 설계 사무실을 경영하고 있는 건축기

사로, 이미 재혼해서 아이도 있다. 작은 체구에 느긋한 말투, 낚시가 취미인 모양이다.

어릴 때, 캠프에 한 번 데려가 준 적이 있다. 부모님이 이혼하고 2년쯤 지났을 무렵의 일이다. 여름이라 모기며 개미가 끓고 (토오루는 벌레를 싫어한다), 전날 내린 비로 땅이 온통 질퍽거렸다. 설치된 화장실은 비좁고 더럽고, 문을 열면 구역질이 날 정도였다. 물가는 으스스하니 춥고, 꼬챙이에 꿰어 구운 물고기는 어디를 어떻게 먹어야 좋을지 알 수 없고, 아무 맛도 나지 않았다. 캠프는 토오루와 맞지 않았다.

자신의 아버지가 어떤 사람인지 토오루는 잘 알지 못한다. 만나도 별반 하는 이야기가 없고, 어머니의 입을 통해 아버지에 대해 들은 바도 없다. 아버지의 새 식구에 대해서는 사진으로 본 것이 전부이다.

그래도 어머니와 같은 여성과 결혼할 생각을 하고, 사실 9년간이나 결혼 생활을 했다는 점만으로도 토오루는 경의를 표하게 된다. 겉보기와 달리 모험가이다. 그 모험에 대해 감탄이라고 할까 위로라고 할까 동정이라고 할까, 존경은 아니지만 마음 속 깊이 경의를 표하는 바였다.

"어머나, 토오루 들어왔니?"

등 뒤에서 소리가 들려 돌아보자, 어머니가 서 있었다. 푸른 잠옷을 입고 있다. 들어온 것이 아니라 내내 집에 있었지만, 굳이 시정은 하지 않았다. 아침나절의 어머니는 안색이 안 좋고, 자고 일어난 머리도 제멋대로 흐트러져 있다.

"커피 타 줄래?"

어머니가 욕실로 들어가며 말했다. 욕실 문이 닫히고, 복도에는 어머니가 늘 뿌리는 향수의 익숙한 향기만이 남았다.

토오루는 주방으로 가서 커피 메이커를 세팅한다.

오늘은 저녁때 코우지를 만나기로 되어 있다. 그 전에 수업 하나만 들어 둘까. 의욕과 학점을 저울질하다, 토오루는 그렇게 결정했다.

섹스가 끝나면 유리는 바로 옷을 입어 버린다. 입 밖에 낸 적은 없지만, 코우지는 그때마다 조금 불만스러웠다.

하지만 한편으론, 좁은 침대에서 언제까지고 뭉그적뭉그적 들러붙어 있어야 하는 것보다는 나았고, 이런 유리의 태도가 예를 들어 '부끄러움'이나 '순진함'으로 불리는 유의 것일지도 모른다고 생각한다.

"내일 가게로 놀러가도 돼?"

섹스를 하기 전에 먹은 케이크 접시며, 레몬을 띄워 마신 홍차 잔을 설거지하면서 유리가 물었다.

"내일?"

자리에서 일어나 속옷을 입으면서, 코우지는 대답한다.

"상관없어."

4시 반. 슬슬 나가야 한다. 토오루와는 6시에 만나기로 약속했다. 오늘의 세 가지 일정—키미코에게 전화, 유리와 섹스, 토오루를 만나는 것—가운데 코우지는 세 번째가 가장 기대되었다. 토오루를 만나는 것은 여름방학 이후 처음이다.

"아, 좋아."

기쁜 듯이 유리는 말한다.

"또 그거 만들어 줘, 알았지?"

가게란 코우지가 일하는 당구장, 그거란 유리를 위한 특별 칵테일, 레모네이드이다.

"하지만 지난번처럼 혼자 오지는 말아. 나는 데려다 줄 수 없으니까."

"괜찮아."

설거지를 마치고, 유리는 굳이 자신의 손수건을 꺼내 손을 닦는다.

"코우지는 너무 걱정이 많아."

네가 세상 무서운 줄 모르는 거야, 라고 생각했지만, 그냥 내버려두었다. 대신 코우지는 티셔츠와 청바지에 재킷을 걸쳐 입고,

"가자."

라고 말했다.

시부야는 오랜만이었다.

대학이 츄오우선을 따라 위치하고 있어서, 술 모임 장소는 대개 기치조오지 아니면 신주쿠이다. 시부야 거리의 경박한 시끄러움에 코우지는 도무지 정이 가지 않는다. 스크램블 교차로를 건너 약속한 가게로 서둘러 간다.

쇼핑을 한다는 유리와 기치조오지에서 헤어졌다.

"친구한테 안부 전해 줘."

헤어질 때 유리는 그런 말을 했다.

친구. 토오루와는 고등학교 2학년 때 친해졌다. 누구든 쉽게 사귀고 두루두루 잘 어울리면서도 내심 친구들을 멍청히 여기던 자신과는 달리, 토오루는 절대 누구를 우습게 보는 일이 없었다. 다만, 사귀기 어려운 녀석이긴 했다. 점심시간에 혼자 앉아 책을 읽기도 했다. 책! 처음엔 여자애들의 관심을 끌기 위한 제스처라고 여겼다. 물론 여자애들은 책 따위에 흥미가 없다는 걸, 코우지

자신은 잘 알고 있다.

토오루는 어머니와 둘이 살았는데, 맨션에 처음 놀러간 날, 실내가 너무 산뜻하고 깨끗한데 놀랐다. 뭐랄까, 한마디로 있을 것만 있었다. 코우지는 당시에는 본가에 살고 있었고 부모님도 돈이 없는 편은 아니었지만, 그래도 집이란 좀 어수선한 구석도 있고, 아버지의 골프 클럽이며 트로피, 어머니의 취미인 프랑스 자수가 들어간 쿠션 등, 온갖 것들이 넘치는 공간이라고 여겨왔다.

말 붙이기 힘든 타입이긴 했어도 토오루는 코우지를 거부하지 않았다. 함께 오토바이 면허를 따자고 했을 때는 거절당했지만, 나중에는 오히려 친해졌다. 방과 후에도, 여자애와 단둘이 있기 뭣하여 불러내면 그때그때 얼굴을 내밀었다.

토오루와는 몇 가지 공통점이 있다. 경계심이 많다든지, 주변 사람에게 묻혀가지 않는 점이라든지. 적어도 코우지는 그렇게 생각한다.

그리고 연상의 여자.

자신들은 둘 다 연상의 여자에게 끌리는 경향이 있다. 키미코의 웃음소리를 떠올린다. 연상의 여자 쪽이 천진난만하다고, 생각한다.

다만, 결정적으로 다른 점이 한 가지 있다. 자신의 경우는 어디까지나 계획적이었다는 것. 코우지는 생각하면서 엘리베이터에 올랐다.

처음에는 아츠코였다.

아츠코한테는 못할 짓을 했다고 생각한다. 게다가 요시다한테도.

"아버지가 불쌍해."

그렇게 말한 요시다의 목소리는 비난으로 가득 차 있었지만, 그 눈에 어려 있던 것은 비난이 아니라 아픔이었다. 오로지 아픔과 슬픔이었다.

자식이 있는 여자한테는 두 번 다시 손을 뻗지 않겠다.

코우지는 그때 그렇게 결심했다.

3층에서 엘리베이터 문이 열린다. 5분 지각이다. 아직까지는 그다지 붐비지 않는 가게 안에서, 토오루는 맥주를 마시고 있다.

약속 시간보다 5분 늦게 온 코우지가 요란하게 의자 끄는 소리를 내며 맞은편 자리에 앉아서,

"건강해 보이네."

라고 말했다. 토오루가 메뉴판을 내밀자,

"아, 배고파. 점심때 샌드위치 먹은 게 다야."

라고 말하고, 점원이 가져온 물수건을 사용하면서 맥주와 닭 가슴살 요리, 소쿠리 두부, 그리고 소고기 구이를 주문했다.

키는 토오루 쪽이 4센티미터 더 크다. 하지만 토오루의 눈에는 만날 때마다 코우지가 자라고 있는 것처럼 보인다. 키도 자라고, 체격도 좋아지고.

있어도 없는 것 같은 인간이 있지만, 코우지는 그 반대다. 있으면 반드시 알게 된다.

"존재감의 문제일까."

토오루는 마치 남동생이라도 보는 듯한 기분으로 코우지를 찬찬히 들여다보고 있음을 깨닫는다.

"뭐가?"

"너의, 그 부피."

"부피?"

"있는 것만으로 떠들썩하다고나 할까."

코우지는 무슨 말인지 납득이 안 간다는 표정을 지었다.

"뭐야, 그게."

"됐어, 아무것도 아냐."

토오루는 코우지를 무조건적으로 좋아했다. 단순히. 그것은 코우지의 장점이나 결점과는 아무 상관없는 일이다.

예를 들어 그 손목시계. 은색의 까르띠에는 그림 모델을 해서 번 돈으로 샀다고 했다. 토오루는 자신 같으면 그런 시계는 사지 않을 거라고 생각한다. 아무튼 취미 한번 고약하다. 가격 또한 만만치 않을 테지.

고등학교 시절, 코우지가 투자하던 이발료도 그렇다. 토오루는 당최 촌스럽다고 생각했다.

"사람과 사람은 말야, 공기로 인해 서로 끌리는 것 같아."

언젠가 시후미가 그렇게 말했다.

"성격이나 외모에 앞서 우선 공기가 있어. 그 사람이 주변에 발하는 공기. 나는 그런 동물적인 것을 믿어."

시후미는 동물적이다. 토오루는 생각한다. 자신에게 없는 강인함과 활력을 느끼면, 거의 당혹스러울 때가 많다.

코우지는 '하시모토'에 대해 이야기한다. '재미있는 녀석'으로 요즘 들어 자주 듣는 이름이다.

"어쩐지 매사에 의욕이 없어 보여. 남의 집에 와서 하루 종일 TV만 보고, 여자를 소개해 주겠다는데도 마다하고 말이야."

코우지는 그 '하시모토'가 꽤 마음에 든 모양이다.

"나이 열아홉에 여자한테 흥미가 없다니 이상하잖아?"

주문한 요리는 둘이서 거의 먹어치웠다.

"하긴, 너만큼 여자한테 관심 갖는 것도 이상하지만."

입가심으로 우동을 먹을까 어쩔까 망설인다.

"흠."

코우지가 히쭉 웃었다.

"열일곱 때부터 애욕에 넘친 녀석으로 불리고 싶지는 않단 말이지."

코우지에게는 그렇게 보일지도 모른다. 토오루는 입을 다물었다.

"한번 만나보고 싶네, 토오루의 시후미."

시후미라는 이름이 타인의 입에서 발음된 순간, 뭔가 아주 다른 느낌으로 다가왔다. 토오루가 알고 있는 그 시후미와는 아무 상관도 없는 이름처럼.

"언젠가는."

토오루는 짧게 대답하고, 점원에게 우동을 주문한다.

"아, 나도."

코우지가 말하고, 그 다음은 둘이서 말없이 우동을 먹었다.

바깥은 공기가 싸늘했다. 네온사인 천지인 이 거리에서도 별이 보인다. 토오루와 코우지 사이에는 자리를 옮기면서 술을 마시는 습관이 없다. 여럿이 있을 때는 이집 저집 다니며 2차, 3차, 끝없이 이어지지만, 왜 그런지 둘이 있을 때는 그렇지 않다.

"올해 안으로 또 보자."

코우지가 말했다.

"그래야지."

토오루는 '그래야지'를 글자 그대로 그러고 싶다는 의미로 말했지만, 코우지는 못마땅한 모양인지,

"쌀쌀맞기는."

하고 큰 소리로 말했다.

"한 달에 한 번 정도는 만나자."

토오루는 피식 웃는다.

"너도 바쁠 텐데, 아르바이트니 뭐니 해서."

고교시절부터 코우지의 바쁜 일상은 변함이 없다.

"바쁘지."

코우지는 가슴을 폈다.

"그래도 시간은 낼 수 있어. 필요하면 시간은 만들면 돼."

딱 부러지는 말투였다. 토오루는 어쩐지 행복해진다.

"나야 한가하니까."

인파 속을 걸으며 말했다.

"언제든 좋아. 내일이라도."

사람이 많은 거리다. 퇴근길의 사람들도, 고교생도, 끝없이 넘쳐 나온다. 토오루는 시부야라는 거리가 좋다. 시후미는 아오야마를 좋아하지만, 토오루는 시부야 쪽이 편한 느낌이다.

"극단적이긴. 내일은 안 돼. 시간 낼 수 없어."

"알아."

밤바람은 달콤하다. 폐 속으로 부드럽게 스며드는 것이 느껴진다.

집에 돌아오니 9시 반이었다. 어머니는 아직 귀가 전이다. 토오루는 물을 한 잔 마시고 샤워를 했다.

시후미에게 전화해 볼까, 라고 생각한다. 전화는 언제 걸어도 좋은 것으로 되어 있다. 휴대전화라 다른 사람이 받을 일은 없고, 상황이 여의치 않을 때는 전원을 꺼놓으니까, 라고.

상황이 여의치 않을 때는, 상담 중이거나 잠을 잘 때 혹은 남편과 같이 있을 때.

시후미와 남편은 매일 밤 어김없이 술을 마신다고 한다.

"두 사람 다 일을 가지고 있잖아? 좀처럼 함께 있을 시간이 나질 않아서."

시후미는 그렇게 설명했다.

"식사도 거의 따로따로야. 나는 요리하는 걸 좋아하지 않고."

토오루는 몇 번 가본 적 있는 시후미의 맨션을 떠올린다. 거실에 작은 관음상이 놓여 있었다.

"예쁘지?"

간접 조명 쪽이 차분하다는 시후미가 선택한 등불 아래, 날씬한 네 팔을 뻗은 관음상이 갈색으로 조용히 빛나고 있었다.

그 방에서 술을 마시는 걸까. 시후미가 좋아하는 보드카를? 하루 동안의 일을 이야기하는지도 모른다. 음악을 듣기도 할까. 시후미는 빌리 조엘을 좋아한다.

토오루는 그대로 잠을 자기로 했다. 전화는 내일 걸면 된다.

3

"농구 응원?"

반숙란을 발라 구운 아스파라거스—이 가게에 오면 시후미가 어김없이 주문하는 오르되브르—를 한 조각 입에 넣고, 시후미는 재밌다는 듯이 되물었다.

"흥미도 없으면서? 왜?"

유리창 너머로, 소형 전구가 달린 정원수가 보인다.

"같이 가자기에."

토오루는 신통찮게 대꾸했다.

"할 일도 없고."

시후미는 약간 고개를 갸웃하며 토오루를 빤히 처다본다.

어제 토오루는 대학 친구들과 농구부 시합을 보러 갔다. 그 얘기를 시후미에게 한 것이다. 경기는 지루했다. 토너먼트의 1회전이 오전과 오후에 치러지고, 토오루네 학교는 오전 중에 승리했다. 경기 내내 토오루는 창밖만 보고 있었다. 창이 높아 나뭇가지와 하늘밖에 보이지 않았지만.

"당신은 뭘 했어요? 어제, 토요일."

기분을 바꾸기 위해 와인을 홀짝이며 토오루가 물었다.

"가게에 있었어."

시후미가 대답한다. 검지에 붉고 큼직한 반지를 달고 있다. 그것은 시후미의 작은 손위에서 어쩐지 어린애 같은 아름다움을 발한다고, 토오루는 생각한다.

시후미는 별로 먹지 않는다. 메인 요리는 늘 한 접시뿐이며, 그것을 위장에 수납하는 것은 토오루의 일이다.

"뭔가 좀 더 이야기해."

시후미가 말했다. 토오루와 있을 때면 시후미는 늘 그렇게 말한다.

"네가 이야기하면 느낌이 참 좋아. 아주 좋은 언어를 사용하니까."

라고.

"좋은 언어?"

되묻자 시후미는,

"그래. 솔직한 언어. 진실된 말."

하고 대답한다.

2년 전, 단둘이 처음 만났을 때도 그렇게 말했다. 뭔가 좀 더 이야기해, 라고. 어머니 대신 불려나가 어둠침침한 바에서 술을 마신 그날.

"집에 갈 때 택시 태워 줄 테니까 바래다 줘."

그 말에 시후미의 맨션까지 걸었다.

"손 잡아도 돼? 나, 손 잡아주지 않는 남자는 싫어."

걸으면서 시후미는 휴대전화로 택시를 불렀다. 맨션에 도착하자 이미 택시가 대기하고 있었고, 토오루는 만 엔 지폐와 함께 뒷좌석에 밀어 넣어졌다. 관음상이 장식되어 있는 거실이며 마호가니 테이블, 감색과 갈색의 차분한 분위기로 꾸며진 침실에 발을 들여놓은 것은 그로부터 반년이나 지나고 나서였다.

2년 전, 토오루가 자신의 생활에 시후미를 더해버린 날. 더하고 싶은 생각은 없었는데.

달콤한 소스가 뿌려진 오리고기를 처리하면서, 토오루는 코우지와 있었던 일을 이야기했다. 코우지와 시부야에서 만난 날의 이야기를.

코우지 얘기는 자주 한다. 시후미도 기억하고 있어서, 둘 다 아는 사람의 이야기를 듣는 것처럼 들어준다. 즐거운 듯이. 즐거울 뿐만 아니라, 어쩔 때는 그리운 듯이.

"코우지 말인데, 혹시 고릴라처럼 생겼어?"

시후미가 불쑥 그런 것을 물었다.

"고릴라? 아니, 그런 얼굴 아닌데."

당황해 하면서 대답했다. 코우지는 좀 더 뼈가 도드라져 보이는 얼굴이다.

"뭐야, 아니야?"

시후미는 대꾸한 후, 담배를 입에 물고 불을 붙였다. 슬며시 웃으면서 옆을 향해 연기를 내뿜는다.

"고릴라 같은 느낌일 거라 생각했어. 이야기 들을 때마다, 항상."

"좋네, 그거. 다음에 만나면 전해 줄게요."

명랑한 기분으로 대답했다. 코우지는 틀림없이 화를 낼 테지.

디저트를 설명하러 온 웨이터를, 시후미는 가볍게 고개를 흔들어 거절했다.

"커피는 우리 집에서 마시자."

제안이 아니라 결정이었다. 시후미는 언제나 그렇다. 뭐든 똑

부러지게 결정한다.

    손님이 아무리 없어도 점원은 당구를 쳐서는 안 된다. 당연하다고 코우지는 생각한다. 오후 7시. 낮 손님이 모두 돌아가고 가게는 한순간 휑하니 비었다.

    당구장이란 재미있는 곳이다. 초보자는 좀처럼 오지 않는다. 학생 그룹이든 중년 커플이든, 모두 나름대로 멋진 소리를 뽐내며 공을 친다.

    낮에 키미코와 잤다. 러브호텔인지 패션호텔인지 하는 곳에서, 2시간 남짓한 밀회였다.

    열여섯 살 여름에 처음 만난 여자와 초보자끼리 한 이래, 코우지는 지금껏 여덟 명의 여자와─스치는 인연까지 포함해서─잤다. 키미코와의 그것은, 그중 발군이다. 가히 압도적이다. 궁합이라 해야 할지 테크닉이라 해야 할지 코우지로서는 알 수 없었지만, 여하튼 항상 감동한다. 감동. 그것이 딱 맞는 표현이었다.

    키미코는 여성 문화강좌에 흠뻑 빠져 일주일에 나흘은 집 밖에 나온다. 애차인 빨간 피아트 팬더를 타고.

    피아트 팬더. 코우지는 미소 지으며 기억을 떠올린다. 두 사람이 처음 만난 계기가 된 것이 바로 그 빨간 자동차였다.

7개월 전, 이벤트 회장의 휑하니 넓기만 한 주차장에서 아르바이트를 할 때였다. 코우지의 업무는 차량 유도. 손에 소형 무전기를 들고, 흡사 감시탑 같은 곳에 앉아 있는 또 다른 남자한테서 'E-8'이니 'C-6'이니 하는 지시를 받아 그곳으로 차를 유도하는 일이었다.

키미코의 주차장소는 구석이었고, 주차하는 데에 애를 먹었다. 바로 앞에 큰 차가 세워져 있어서 수차례 핸들을 고쳐 꺾고는, 차 안에서 욕설을 퍼붓는 모습이 보였다. 이윽고 차창이 스르르 열리며,

"좀 해줄래요?"

라는, 언짢은 목소리가 들렸다.

"그건 내 일이 아니라서."

코우지는 거절했다. 운전을 대신해서는 안 된다고, 미리 지시받았던 것이다.

"부탁해요."

키미코는 한 손으로 합장하는 모양새를 취했다.

"나, 주차 서툴러요."

내가 알게 뭐야, 라고 생각했다. 이 할망구야, 라고.

"내가 옆 차에 부딪히기라도 하면, 그쪽한테도 책임을 묻게 될 텐데?"

"아뇨."

코우지는 딱 잘라 말해 주었다. 키미코가 슬픈 표정을 지었다.

무전기로 감시탑의 남자에게 의논하자, 남자는 대신 해주라고 했다. 어쩔 수 없지 않냐며.

"비쌉니다."

차를 주차시키면서 코우지는 말했다.

"난 공짜로는 일하지 않으니까."

유부녀를 유혹하는 방법은 간단하다. 그때도 지금도, 코우지는 그렇게 생각한다. 그 사람들은 즐거움에 굶주려 있는 것이다. 은밀한 즐거움에, 일상으로부터의 탈출에.

키미코가 뭘 배우는지 코우지는 다 꿰고 있다. 꽃꽂이며 다도며 '다닐 만큼 다녔다'는 키미코는, 요즘 플라멩코에 열중하고 있다. 그밖에 요가와 요리와 프랑스어를 배우고 있으며, 오늘은 요가를 하는 날이었다. 요가 교실은 에비스에 있다. 그래서 에비스 호텔에 갔다.

키미코는 검정색 속옷을 입고 있었다. 안으면 늑골이 만져질 정도로 살이 없었다. 그러나 플라멩코 덕분인지, 팔다리는 예쁘게 근육이 붙어 힘있다. 큼직한 손바닥이 옛날부터 콤플렉스라고 했다.

코우지는 키미코의 손바닥이 좋다. 평소에는 차가운데 침대에서는 온도가 올라가는 점도, 코우지의 피부를 어루만질 때의 교활한 움직임도, 사타구니로 미끄러져 들어가 코우지를 부드럽게 쥐거나 감쌀 때의 탐욕스러운 달콤함도.

"어떻게 해주면 좋아?"

코우지는 가끔 물어본다.

"내가 어떻게 해야 키미코를 좀 더 기분 좋게 해줄 수 있는데?"

키미코는 그때마다 사타구니 사이에서 얼굴을 들고,

"잠자코 있어."

라고 말하는 것이었다.

또한, 키미코는 신기할 정도로 낭창낭창한 몸을 가지고 있었다. 코우지의 움직임 하나하나에 그녀의 육체가 행복해하는 것이 느껴지고, 코우지가 피부에 숨결만 살짝 흘려도 키미코는 입술을 떨었다. 그런 주제에, 아무리 격렬하게 키스를 해주어도 부족하다는 듯이 다리를 휘감는다. 몸을 돌려 한창 키스하는 중에, 마치 '좀 더'라는 듯이 코우지의 뺨에 손을 갖다 붙이기까지 한다. 키미코의 피부는 코우지의 피부에 착 달라붙는다.

엎치락뒤치락하며 싸운다는 말이 싸움에서만 쓰이는 용어가
아니라는 것을 코우지는 키미코로 인해 알게 되었다.

키미코와의 섹스에는 끝이 없었다. 파도처럼, 언제까지나 밀
물과 썰물을 반복할 수 있을 것 같은 느낌이었다.

이윽고, 키미코가 정말로 견디기 어렵다는 듯이,

"부탁이야, 그만 용서해 줘."

라고 패배를 인정할 때까지.

코우지에게는, 유리는 유리가 아니면 안 되었다. 다른 귀여운
여자는 안 되고, 유리는 유리라서 좋은 것이다. (이야기를 할 때,
유리의 눈은 반짝반짝 생기에 넘친다. 어딘지 모르게 어리광 부리는 듯
한 말투로, 그래도 머리 회전은 빠르게, 코우지로서는 상상도 못할 방향
으로, 말이 자꾸자꾸 쏟아져 나온다.) 다만, 섹스가 되면 달랐다. 유
리와의 그것은, 다른 귀여운 여자와의 그것과 똑같은 느낌이 든
다. 그 점이 키미코와 다르다. 키미코와의 그것은, 키미코와 자신
사이에서만 성립한다는 생각이 든다. 두 사람만이 만들어 낼 수
있는 것이다.

"공부 열심히 하시네요."

아르바이트 동료의 목소리에, 코우지는 현실로 되돌아온다.
무릎 위에 펼쳐놓은 상법 책—다음 주에 시험이 있다—은 들여

다보지도 않았다.

"슬슬 손님 올 시간입니다."

"알았어요."

번화가의 당구장은 조용하고, 검은 제복 차림의 아르바이트생 몇 명이 카운터에 기대어 노닥거리고 있다.

심야, 토오루가 방에서 책을 읽고 있는데, 술에 잔뜩 취한 어머니가 집에 돌아왔다.

"이봐, 요우코 씨, 집에 다 왔어요."

"구두, 요우코 씨, 신발 벗고."

몇몇 여자의 목소리가 들린다.

"못 말린다니까."

토오루는 혀를 차며 일어났다. 여자들이 집 안으로 들어오는 소리, 주방 바닥을 향하는 발소리.

"실례합니다."

토오루가 복도로 나와 여자들에게 말했다. 어머니는 주방에서 싱크대 모서리를 붙잡고 서 있다.

"어머, 토오루, 오랜만이야."

돌아보며 언짢게 말했다.

"오랜만은 아니죠, 오늘 아침에도 만났을걸요."

주방으로 가, 냉장고에서 생수병을 꺼내 컵에 따랐다.

"너무 취해버렸네."

어머니는 낮은 소리로 말한다.

"보면 알아요."

그런 와중에도 여자들은 등 뒤에서 시끄럽다. 싹싹한 아드님이네, 근사한 집이네, 하면서.

알코올 덕분에 하나같이 반지르르한 얼굴을 하고, 원래는 꼼꼼히 발라졌을 립스틱이, 이것저것 먹고 마신 탓에 지워져 흐릿하다. 이미 체취와 완전히 동화된 몇 종류의 향수 냄새.

연상의 여자가 좋다는 코우지에게 지금의 이 모습을 보여 주고 싶었다.

"몇 병이나 마셨어요?"

토오루의 어머니는 와인을 좋아한다. 와인이 없는 인생은 살고 싶지 않다고 선언하고 있다.

"정말 죄송합니다, 수고를 끼쳐드려서."

토오루는 새삼스럽게 여자들을 향해 말했다. 이제 그만 돌아가라는 의미라고, 대체 어떻게 말을 해야 통할까, 고민하면서.

"대학생 녀석들 말이야, 어쩐지 순간적이지 않냐?"

수화기 너머로 코우지는 그런 말을 했다. 맑게 갠 한낮, 토오루의 집 거실은 햇살이 가득 들어와 밝다.

"뭐랄까, 더 이상은 방법을 짜낼 수 없을 것 같단 말이지."

이런 말을 할 때의 코우지가 토오루는 예전부터 좋다. 사랑이 있다고 느껴진다. 코우지는 남의 일에도 어김없이 가슴 아파한다.

"어쩔 수 없잖아, 그것도."

토오루는 미소 띤 목소리로 대답한다.

"이런저런 녀석이 있기 마련이잖아."

몇 사람의 얼굴을 떠올렸다. 학교에 오기 전, 매일 아침 줄넘기를 하는 것이 일과인 녀석이라든지, 늘 여자애들하고만 점심을 먹는 녀석이라든지.

"그야 그렇지만."

"그보다 어떻게 지내, 요즘."

탁상시계를 보았다. 오후 3시 40분. 이제 곧 시후미한테서 전화가 걸려온다.

"분주하게 뛰어 다녀. 겨울방학 시작하고부터 아르바이트도 하나 더 늘리고."

"헤에, 무슨?"

가끔은 음악이라도 들으러 가자. 지난번 시후미는 그렇게 말했다. 아는 분의 따님이 피아노를 친다며.

"백화점 창고."

"힘들겠다."

시후미는 바흐를 좋아한다. 맨션에 가면 가끔 틀어준다.

"지난주에는 유리랑 스키 타러 갔었고."

"헤에."

"다음 주는 아르바이트 동료와 또 스키장이고."

"헤에."

"이제 곧 크리스마스이고."

언제부터일까. 언제부터 코우지와 전화를 하고 있을 때조차 시후미를 생각하게 됐을까.

"토오루 너는? 바빠 요즘?"

아니, 라고 대답하며 다시 한 번 시계를 본다. 3시 45분.

"특별히 바쁠 일 없어, 겨울방학이고."

"뭐 하는데? 매일."

"……책도 읽고."

책은 시후미와의 많지 않은 공통점 중 한 가지이다.

"아, 지난번에는 농구 보러 갔었어."

"농구? 웬일로?"

"……같이 가자기에."

다들 이유를 묻는다. 토오루는 전화기를 어깨에 끼고, 불에 주전자를 얹는다.

"어차피 1회전에서 떨어졌지?"

토오루네 대학은 스포츠로 이름을 떨친 적이 없다.

"다음은, 뭐, 일주일에 두 번 있는 가정교사 아르바이트 정도일까."

1년 전부터 중학생에게 영어와 수학을 가르치고 있다.

"한가해 보이네."

"한가해."

컵에 인스턴트커피 가루를 넣고 주전자의 물을 따른다. 순식간에 옅은 향이 코에 와 닿는다.

"시후미 씨는 잘 있고?"

"어."

토오루는 커피를 마시며 세 번째 시계를 본다. 시후미 이야기는 하고 싶지 않았다. 한다 해도 이해할 리 없는 것이다. 일부러 연상의 여자만 골라 즐기는 듯한 코우지가.

"말 좀 해 봐."

코우지가 말했다.

"까다로운 어린애 같으니."

토오루는 불끈 화가 치민다.

"시후미 얘기는 하고 싶지 않아."

"어째서?"

"어째서든."

사랑은 하는 것이 아니라, 빠져드는 거야.

토오루는 그것을, 시후미에게 배웠다. 일단 빠져들고 나면, 다시 나오기가 어렵다는 것도.

알았다고 코우지는 말했다. 알았다, 도리 없지, 라고.

"또 전화할게."

"알았어."

토오루는 대답하고 전화를 끊었다.

이제 곧이다. 이제 곧 시후미한테서 전화가 걸려온다.

오후 4시. 토오루는 끌어안은 무릎 위에 얼굴을 얹은 채 눈을 감고 기다렸다.

전화를 끊고, 코우지는 벌렁 드러누웠다.

"도쿄 타워?"

"응. 어쩐지 그냥 좋아."

상당히 착실하게 입시 공부를 한 끝에 고등학교에 합격하고, 전철 통학에도 수업에도 익숙해지고, '뭐야, 명문고도 별것 아니잖아'라는 생각이 들기 시작했을 무렵, 토오루와 우연히 함께 집에 돌아가게 되었다.

독특한 녀석이라고 생각했다.

도쿄 타워. 시골 중학생이 수학여행 때나 구경 가는 곳으로 여겼다. 자신은 한 번도 올라가 본 적이 없었고, 그로부터 5년이 지난 지금까지도 올라가 본 일이 없다.

"그 밖에는?"

운동화를 질질 끌듯이 걸으면서, 코우지가 물어보았다.

"그 밖엔 뭘 좋아하는데?"

토오루는 잠시 생각하더니,

"특별히 없어."

라고 대답했다.

"이렇다 할 만큼 좋아하는 것도, 싫어하는 것도 없어."

독특한 녀석이라고 또 한 번 생각했다.

토오루는 언제나 온화하다. 화를 낸다거나 분을 삭이지 못해 씩씩대는 일이라곤 없는 것처럼 보인다. 반대로, 기대 밖의 행운에 좋아 날뛰는 일도…….

일어나 화장실로 가서 세수를 한다. 머리카락도 물로 적셔 무스와 손으로 정돈했다.

오늘도 밤에는 당구장 아르바이트가 있다. 즐겁게 살려면 돈이 필요하고, 즐겁게 살 수 없다면 살아갈 의미가 없다.

코우지는 거울을 들여다본다. 정갈한 외모다. 나쁘지 않다. 선탠 살롱 따위 가지 않아도 적당히 까무잡잡하고, 고맙게도 이목구비 또한 반듯하다.

우쭐해 하기는.

키미코의 목소리가 들리는 것 같았다. 코우지는 자만에 빠져 있어. 가끔 열이 뻗쳐.

키미코는 종종 상스러운 말을 쓴다. 코우지랑 같이 있다 보니 전염되는 거야, 라고 했다. 코우지는 그 점이 마음에 들었다.

버리는 건 내 쪽이다, 라고 정해 놓았다.

지금까지도 그랬고, 앞으로도 그렇다.

거울 앞에서 턱을 한 번 올렸다 당겨 본다. 정수리 부분의 머리칼을 약간 매만졌다.

"완벽해."

코우지는 말하고, 재킷을 걸쳐 입었다.

4

아버지는 체크무늬 셔츠에 스웨터를 껴입고 코듀로이 바지를
입고 있다.

"대학에서도 우수하냐?"

희한한 질문이었다.

"전혀 우수하지 않아요."

젓가락으로 가른 무에서 다시마 국물 냄새가 났다.

"유급은 안 할 것 같지만."

아버지와는 아주 가끔씩 밖에 만나지 않는다. 만나도 지금껏
진로에 대해 상담한 적도 없거니와 개인적인 일—예를 들어 연
인의 존재라든지, 새로 사귄 친구라든지—에 대해 이야기한 적

도 없다. 그래도 아버지가 만나고 싶다고 하면 토오루는 지정된 장소로 나간다. 어묵이라도 먹을까? 이번에 아버지는 그렇게 말했다.

"어머니는 잘 지내시고?"

늘 하는 질문이다.

"잘 지내세요."

늘 하던 대로 대답했다.

"바쁜 것 같아요. 출장도 많고."

변함없이 지난번에도 엄청 취했다고 덧붙이자, 아버지는 쓴웃음을 지었다.

아버지의 새 부인은 술을 마실까. 토오루는 생각한다. 도서관에서 근무한다고 들었다. 아버지와 같은 나이라고 한다. 좋은 아내일지도 모른다.

그렇지만 솔직히 자신과는 상관없는 일이라고 토오루는 생각한다. 상관하고 싶지 않다고.

토오루는 드디어 자신도 자신만의 생활을 찾아냈다고 느낀다. 그것은 홀연히 모습을 드러냈다. 아버지와 있을 때의 자신도, 어머니와 있을 때의 자신도, 코우지와 있을 때의 자신도 아닌, 전혀 다른 자신이 존재했다. 집에 있는 시간도, 학교에 있는 시간도 아닌, 전혀 다른 시간을 발견한 것이기도 했다. 시후미와의 시간.

토오루는 그 어디에도 속해 있지 않은 자신을 비로소 발견했고, 그러한—본래의 자신일 수도 있는—자신이 마음에 들었다. 자연스럽고 자유롭고 행복했다. 그리고 그러한 자신은 '시후미로 인하여 존재하고 있다'

지난주, 시후미와 음악회에 갔다. 시후미가 '아는 분의 따님'은 옥색 롱드레스를 입고, 쇼팽과 슈만, 그리고 리스트를 연주했다.

토오루는 음악을 듣는 내내, 옆에 앉은 시후미의 존재를, 녹아내릴 듯이 뜨겁게 의식했다. 조금 전, 만나기로 한 홀 로비에서 '잘 어울리네'라고 칭찬 받은 양복 차림으로.

콘서트가 끝나고 위스키 바에 갔다. 북적이는 큰길을 나란히 걸으면서 토오루 안에서는 줄곧 피아노 소리가 났다. 곡명조차 모르면서, 방금 전에 들은 음 하나하나가 맑디맑게, 풍요로운 덩어리째 토오루의 몸 안에서 넘실거렸다. 무척 아름답게.

시후미와 함께 있으면 언제나 그렇다.

예를 들어 이탈리아 요리를 먹는다. 토오루는 머리 꼭대기에서부터 발끝까지 이탈리아 요리로 가득 차 버린다. 머리카락 한 올 한올까지. 양의 문제가 아니라 순도의 문제였다.

예를 들어 음악을 듣는다. 토오루의 온몸은 음악으로 가득 차고, 다른 일은 전혀 생각할 수 없게 된다.

"연주, 참 좋았어."

시후미가 말하고, 그 순간 토오루는 깨닫는다. 이것은 피아니스트의 힘이 아니라 시후미의 힘이다, 라고. 자신은 시후미가 하는 대로 흘러갈 뿐이라고.

"코우지는 어떻게 지내냐?"

아버지가 물었다. 토오루의 친구 중, 아버지가 이름을 기억하는 건 두 사람뿐이다. 한 명은 초등학교 시절 같은 맨션에 살았던 '타짱'으로, 토오루 자신도 아버지가 기억하는 것 이상의 일은 이미 기억에 없다.

"잘 지내요."

어머니에 대한 답변과 똑같이 대답했다.

"이런저런 아르바이트를 하면서 나름대로 잘 살아요."

"나름대로."

아버지는 재미있다는 듯이 반복한 후, 술잔을 비우고 손수 잔을 다시 채웠다.

"그 친구, 의학부였지?"

"경제."

"허, 경제였나?"

코우지의 아버지는 개업의사이다. 코우지와 여덟 살 차이 나는 장남도 의과 대학 출신이다.

"자주 만나냐?"

"뭐, 가끔요."

토오루는 대답하고, 달걀노른자를 입에 넣었다.

아버지가 '친구를 좋아한다'는 사실은 토오루도 알고 있다. 학창시절 친구와 낚시 동료들.

지금의 회사도 친구와 공동으로 경영하는 셈이며, 여하튼 친구를 중요시 여기는 타입의 남자다.

이전 같으면 이런 때 다소 예민해지곤 했다. 토오루는 굼실굼실한 달걀노른자를 삼키고 맥주를 천천히 목구멍으로 흘려보낸다. 토오루는 친구가 많은 편도 아니며, 친구의 소중함에 대한 이야기를 넌지시 비추는 것이 어릴 때부터 성가셨다.

그러나 오늘밤의 토오루는 전혀 그렇지 않았다. 시후미 얘기를 아버지에게 할 생각은 물론 없었지만, 시후미의 존재가 자신을 느긋하게 만들어 주고 있는 것만큼은 분명했다. 느긋하게, 아버지와 대등한 존재로서.

위스키 바 이후, 시후미의 맨션으로 갔다.

"아직 피아노 여운, 남아 있어?"

시후미는 묻고, 토오루가 남아 있다고 대답하자,

"그럼 음악 트는 건 그만두자."

라고 말했다. 집 안은 조용하고 창밖에는 야경이 펼쳐져 있었다. 도쿄 거리의 무수한 불빛. 토오루가 아는 한, 시후미는 밤에도 커튼을 치지 않는다. 침실은 별개이지만.

"택시 부르고 싶을 때 말해."

시후미가 말하고, 토오루는 시후미의 입술을 막았다.

계산을 마치고, 아버지와 토오루는 밖으로 나왔다.

"어떡할 거니? 이 다음은 곧장 집이냐?"

"네."

역까지 걷는 도중, 아버지는 자동판매기에서 담배를 샀다.

12월의 긴자.

"어머니한테 안부 전하고."

"네, 전할게요."

개찰구 안쪽에서 헤어졌다.

시후미와 둘이 만나기 시작했을 무렵, 토오루는 어느 날 어머니로부터,

"시후미 씨랑 데이트했다며?"

라는 말을 들었다. 어머니는 '데이트'의 내용을 완전히 파악하

고 있었다. 어디서 만나 어디서 식사를 하고, 어디서 토오루가 택시에 태워졌는지.

"고상한 아드님이라더라. 그 친구도 재밌는 사람이지?"

시후미가 한 일을 놓고, 토오루가 딱 한 번 화를 낸 것이 그때이다.

"미안해."

다음번에 만났을 때 시후미는 난처한 기색으로 사과했다.

"하지만, 숨기는 것도 이상하잖아?"

토오루는 잠자코 있었다. 그 이상 책망할 이유가 떠오르지 않았고, 어쨌거나 본의는 아니었기 때문이다.

"숨기면, 괜히 나쁜 짓이라도 하는 것 같지 않아?"

그 말이 맞았다. 그렇지만 시후미가 말을 덧붙이면 덧붙일수록 토오루는 바라던 바가 아님을 느꼈다.

"가끔 만난다는 정도는 알려 주자, 요우코 씨한테는."

토오루로서는 반대할 이유가 없었다.

지금 같으면, 이라고 토오루는 생각한다. 카미야쵸에서 지하철을 내려 완만한 비탈길을 올라가면서.

지금 같으면, 시후미도 어머니에게 하나하나 자세히 보고하지는 못할 것이다. 당신의 아들과 가끔 만나고, 그리고 가끔 잡니다, 라고.

추운 밤이다. 입김이 하얗다. 이 비탈길을 올라갈 때 뒤돌아보면 그곳에 도쿄 타워가 보인다. 언제나. 바로 정면에. 밤의 도쿄 타워는 온화한 불빛으로 빙 둘러져 그 자체가 빛을 발하고 있는 것처럼 보인다. 곧은 몸으로, 밤하늘을 향해 '우뚝' 서서.

집으로 돌아오니, 어머니는 아직 돌아오지 않았다. 샤워를 하고 우유를 마셨다. 토오루는 우유를 좋아한다. 설탕을 넣지 않아도 깊은 단맛이 느껴져서 좋다.

어릴 적, 집에서도 학교에서도, 우유 마시는 것을 대단히 권장했다. 우유를 마시면 키가 큰다며. 그런데 성인이 되면 아무도 더 이상 권하지 않는다. 다시 말해, 이미 충분히 자란 것으로 간주한다는 뜻일까. 따라서 이제 우유는 필요 없다고. 토오루는 어쩐지 그것도 불가사의한 일이라고 생각했다.

시계는 11시 30분을 가리키고 있다. 겨울방학 리포트를 한 가지 처리해 둘까. 토오루는 결정하고 자기 방으로 돌아와 문을 닫는다.

섣달 그믐날, 토오루는 어머니의 외출 준비가 끝나기를 기다리며 무료해하고 있었다. 수잔 베가의 곡을 들으면서 사진집의

페이지를 넘겨본다. 『운성의 대지』라는 사진집이다. 중국의 거리와 사람이 찍혀있다.

토오루는 사진집을 네 권 갖고 있다. 한 권은 시후미가 선물한 것이며, 다른 세 권은 직접 샀다. 그 중 두 권은 시후미네 가게에서, 나머지 한 권은 시후미와 함께 외국서점에서 발견했다.

토오루가 갖고 있는 네 권의 사진집은 모두 시후미의 책장에도 있다. 책장 어느 편에 있는지도 알고 있다.

시후미는 사진을 좋아한다. 그림보다 '현실적'이라서 좋아한다고 했다.

한번은 시후미를 따라 어느 사진작가의 개인전에 간 적이 있다. 건물 안의 작은 갤러리로, 토오루와 시후미 외에 손님은 한 사람밖에 없었다. 시후미는 그 사진작가와 친해 보였다. 어깨에 손을 두르고 서로 끌어당겨 외국인처럼 뺨을 대며 인사했다. 사진작가는 다소 당황하는 기색으로, 그러나 능숙하게 그것을 받아들였다. 시후미의 양어깨에 손을 얹으며.

확실히 기억하는데, 그 순간 토오루는 두 사람의 관계나 접촉이 아니라, 사진작가의 나이에 심한 질투를 느꼈다. 이 남자는 자신이 알지 못하는—그리고 이미 영원히 알 수 없는—시후미를 알고 있다. 그런 생각이 들자 화가 났다.

마른 체격에 볕에 그을린, 머리가 희끗희끗한 남자였다.

"토오루."

복도에서 어머니의 서두르는 목소리가 들렸다.

"얼른 가자. 늦겠다."

나흘 전, 토오루는 섣달그믐날에 송년 파티를 할 테니 와 달라는 시후미의 전화를 받았다.

"요우코 씨한테는 초대장을 보내서 이미 참석하겠다는 회답을 받았어. 토오루도 꼭 함께라고 적어두었는데, 요우코 씨한테서 듣지 못했어?"

초대 방법은 다소 불만이었지만, 상황을 고려하면 어쩔 수 없는 일이기도 했다. 그보다 실제 만나는 일이 훨씬 중요하다.

"섣달그믐?"

"그래. 친한 친구만 열다섯 명 정도 초대했어. 부담 없는 모임이야. 예전에는 매년 했는데, 요즘 아사노도 나도 바빠서 파티 하는 건 오랜만이야."

시후미는 즐거운 듯이 그렇게 말했다.

아사노. 그것은 시후미의 남편 성이다. 당연히 시후미의 성이기도 하다.

"가도 돼요?"

토오루는 망설이는 듯이 물었다.

"초대하는 거야."

시후미의 목소리는 맑고 조용하다.

"어머니한테 뭐라고 말해야 하지."

어머니한테서는 아무 말도 듣지 못했다.

"나한테 들었다고 하면 돼. 내가 불렀다고."

토오루는 그렇게 하겠다고 대답했다.

택시에서 내려 토오루는 어머니의 뒤를 따랐다. 묵직한, 진홍색 꽃다발을 들고서.

"나는 좀 일찍 나올 건데."

엘리베이터에 오르자 어머니가 말했다.

"너도 적당히 해 둬."

맨 꼭대기 층에서 엘리베이터가 멈춘다.

"내일은 스기나미 집에도 얼굴 비쳐야 하고."

스기나미 집이란 어머니의 친정이다.

"알고 있어요."

토오루는 대답했다.

'부담 없는 모임'은 이미 시작된 터였다. 시후미가 간접 조명을 좋아하는 덕분에 집 안은 어둡고, 사람의 훈기로 후텁지근했다.

"요우코!"

시후미는 우선 어머니를 불러들이고, 뒤이어 토오루에게 미소 지었다.

"와줘서 기뻐요."

그것은 아주 짧은 순간이었으며, 냉담할 정도로 간단명료한 미소였다. 토오루는 자신이 알고 있는 시후미가 아닌 듯한 느낌을 받았다. 받아든 꽃다발을 안은 채 시후미는 다른 손님과 이야기하기 시작한다.

무척 넓은 거실인데도 사람이 많은 탓에 좁게 느껴졌다. 식당 카운터—이 집에는 테이블이라는 것이 없다—에는 와인 몇 병과 치즈와 카나페, 훈제 연어, 과일이 차려져 있다. 토오루는 슬며시 미소 지었다. 시후미는 요리를 싫어한다. 어차피 저녁 식사 시간은 벌써 지났다.

토오루가 아는 얼굴은 시후미의 가게에서 일하는 여자아이 두 명뿐이었다. 어머니는 이미 와인 잔을 손에 들고, 토오루가 알지 못하는 여자와 담소 중이다.

이 집의 냄새. 토오루는 그것을 구분하려고 했다. 사람들과 알코올과 '항아리'에 꽂아 둔 한 다발의 백합 향기 너머로.

아사노가 누구인지는 금세 알 수 있었다. 이전에 사진으로 보았고, 게다가 시후미가 다른 사람을 대할 때와는 다른 친근함을 보여주었기 때문이다. 뭔가 속삭이기도 하고, 자신의 잔을 맡기기도 하고.

"이것 좀 드세요."

목소리가 들리고, 누군가가 와인 잔을 내밀었다.

"고맙습니다."

토오루는 그것을 받아 들었다. 내민 여성은 싱긋 웃으며,

"요우코 씨의 아드님이라면서요?"

라고 말했다. 그때 관음상이 눈에 들어왔다. 평소에는 눈에 띄는 물건인데 오늘은 주위에 묻혀 있다. 날씬하고 가냘픈 네 개의 팔, 짙은 갈색의 분위기. 토오루는 그것을 친구처럼 느꼈다.

치즈라도 먹을까.

"토오루 군?"

부르는 소리에 돌아보니 아사노가 서 있었다. 놀랐지만 동요는 하지 않았다. 오히려 묘하게 냉정했다고 스스로 생각한다.

"네."

대답했다.

"아사노입니다."

남자는 이름을 말하고,

"토오루 군 이야기는 시후미가 가끔 합니다. 친구가 되어 주는 것 같던데."

라고 했다. 블루 셔츠에 짙은 감색 재킷, 거기에 청바지. 아사노는 보통의 키에 다소 풍채가 좋았다. 광고 일을 한다고 들었다.

"학생이죠?"

예, 라고 대답하고 와인을 마셨다.

"따분하죠? 이런 자리는."

대답을 기대한 말투는 아니었기에 토오루는 잠자코 있었다.

"자, 뭐라도 좀 들어요."

아사노는 나직이 윤기 나는 음성으로 말했다.

시후미는 여전히 멀리 있다. 토오루 따위 그곳에 없다는 듯이.

뭐든, 확실히 쾌적하다고는 말할 수 없었다. 30분 후, 술에도 음식에도 모두 질려버린 토오루는 차가운 유리창에 기대어 있다. 그러나 '따분'하지는 않았다. '따분'할 여유 따위 없었다.

시후미는 즐거워 보인다.

"나는 내 인생이 마음에 들어."

언젠가 시후미는 그런 말을 했다.

"내세울 만큼 행복하다는 건 아니지만, 사실, 행복하고 안 하고는 그리 중요한 일이 아니니까."

라고.

행복하고 안하고는 중요하지 않다. 그것이 어떤 의미인지, 그때의 토오루는 알 수 없었지만, 지금은 알 것 같은 기분이 든다. 시후미가 주는 불행이라면, 다른 행복보다 훨씬 가치가 있다.

11시 55분. 한 사람씩 샴페인이 나누어졌다. 묵은해를 보내고 새해를 맞이할 때다. 음악이 멎고, 시보 대신 라디오가 켜진다. 사람들은 이미 잔뜩 취해 있다. 토오루는 눈으로 어머니를 찾았다. 너무 많이 마시지 않으면 좋으련만.

"괜찮아?"

귓가에 그리운 목소리가 들렸다. 그리운, 그리고 비밀스러운……. 초읽기가 시작된다.

"해피 뉴 이어!"

여기저기서 목소리와, 잔 부딪는 소리가 났다. 음악이 다시 시작되고, 누군가가 환호성을 질렀다.

시후미는 토오루와 처음으로 잔을 부딪쳤다. 아주 짧은 순간이었지만, 그것은 확실했다. 별안간 행복에 휩싸이고, 토오루는 샴페인을 마시는 것도 잊었다. 두 사람의 비밀이 하나 더 늘었다. 사소한, 그러나 감미로운.

아사노가 모두에게 뭔가 이야기하고 있다. 와 주어서 고맙다거나, 뭐 그런 것들.

어느새 시후미는 아사노 곁에 딱 달라붙어 서 있었다. 마치 처음부터 그곳에 있었다는 듯한 얼굴로.

"해피 뉴 이어."

다가와서 잔을 살짝 들어 올린 어머니에게 같은 몸짓으로 답하면서, 토오루는 방금 전의 행복을, 이미 잃어가기 시작했다.

5

키미코는 악마다.

코우지는 자신을 타고 앉은 여자의, 가늘면서도 놀랄 만큼 부드럽고 매끄러운 허리를 보며 생각했다.

"보기 좋은걸."

키미코가 코우지를 내려다보면서 말한다. 키미코의 가슴은 작은 편이지만, 밑에서 올려다보면 조금 풍만해 보인다.

키미코는 악마다.

"한 시간 딱 채워."

방금 전 키미코는 코우지에게 그런 말을 했다. 한 손으로 가슴을 감싸면서 다리를 휘감고 귓불에 입술을 대며 달콤한 말을 흘린다. 키미코가 좋아하는 일을 한참 해 주고 있는 동안에.

코우지 위로 키미코의 몸이 서서히 내려온다. 키미코의 허리뼈가 배에 와 닿는다. 그것은 도드라져 있고 따뜻하다.

"멋져."

키미코의 목소리는 미소를 머금고 있다. 침대에서 키미코는 종종 웃음소리를 낸다. 그것은 키미코가 만족하고 있다는 표시다.

"이것 봐, 코우지가 내 속에, 빈틈없이, 아주 가득가득. 굉장해."

머리카락을 흔들어 얼굴을 들고, 코우지를 응시한다. 섹스 도중 키미코는 좀처럼 눈을 감지 않는다.

"어떻게 해 주면 좋아?"

여느 때와 마찬가지로 코우지는 헐떡인다.

"어떻게 해야, 내가 키미코를 좀 더 기분 좋게 해줄 수 있어?"

키미코는 악마다.

이토록 분방하게 즐기다가도 한 시간이 지나면 지체 없이 돌아가 버린다. 마치 좋은 아내인 듯한 얼굴을 하고.

"나는 너무 괜찮은 아내야."

언젠가 키미코는 그렇게 말했다. 처음 만나고 얼마 되지 않았을 무렵, 커피 한 잔에 8백 엔이나 하는 찻집에서였다.

"내 입으로 하는 말이 아니라, 집안일은 완벽하거든."

키미코는 화려한 색상의 탱크톱에 청바지를 입고 있었다.

"완벽?"

"남편은 넥타이 하나 자기 손으로 고르는 법이 없어. 냉장고에서 캔맥주 하나도 꺼내 올 줄 몰라."

"헤에, 폭군이 따로 없네."

코우지가 놀리자 키미코는 키득키득 웃었다.

"그런 건 폭군이라고 하지 않아. 얼간이라고 하는 거야."

"얼간이……."

더운 여름이었다. 코우지는 아이스커피를 마시고, 키미코는 거의 우유처럼 보이는 아이스티를 마셨다.

"아니야. 욕이 아니라, 차라리 그 편이 나아."

"얼간이 쪽이?"

키미코가 고개를 끄덕였다.

"남편한테는 아무것도 바라는 게 없어."

"밖에서 돈만 벌어다 주면 그걸로 족하다는?"

키미코는 거기에는 대답하지 않고 창밖을 멍하니 바라보았다.

"내가 없으면 아무것도 안 되는 줄 아는 게 나아. 내가 없으면 곤란하다는 식으로. 간단한 일이었어. 금세 멍청해졌거든. 하긴 원래 멍청했는지도 모르지."

그 때 코우지는, 그런 이야기를 하는 키미코가 왜 그런지 가엽게 여겨졌다. 그 남자가 실제로 멍청한지 어떤지는 몰라도, 눈앞에서 그런 말을 하고 있는 키미코가 가여웠다.

약속대로 한 시간 동안에 섹스를 끝내고, 키미코의 차로 호텔을 나선 코우지는 에비스역 앞에서 내렸다. 빨간 피아트 팬더를 떠나보낸 후, 담배를 입에 물고 불을 붙인다.

요즘 서로 바빴기 때문에 거의 한 달 만에 키미코를 만났다. 다음은 또 언제 만나게 될 지 알 수 없다. 2월. 활짝 개긴 했지만, 공기는 아플 만큼 차갑다.

코우지가 연상의 여자를 좋아하는 데에는 이유가 있었다. 토오루에게 말한 것처럼, 예를 들어 몸이라든지, 또래 여자애들보다 돈이 많아서 편하다든지, 함께 다니면 폼이 난다든지, 장래에 대해 심각하게 캐묻지 않는다든지, 하는 것들이 아니라 좀 더 단순한 이유였다.

연상의 여자는 천진난만하다.

최근 몇 년간, 코우지는 그렇게 확신하기에 이르렀다. 실제로 사귄 연상의 여자는 세 명 뿐이었지만, 가령 아르바이트하는 백화점에서 알게 된 아줌마나 형의 약혼자, 늘 개를 데리고 다니는 이웃의 갈색 머리 유부녀 등, 주변의 여자들을 보고 있노라면 확실히 알 수 있었다. 여자는 나이가 들어감에 따라 천진난만해진다.

코우지한테 이 점은 어쩐지 결정적인 요인으로 다가온다. 여자가 지니는 성질 가운데 천진함 이상으로 좋은 것이 있을까.

아츠코는 코우지가 처음으로 사귄 연상의 여자였다. 가정적인 여자로, 코우지와 단둘이 만날 때면 늘 겁을 내는 것처럼 보였다. 20년 상환으로 구입했다는 루프 발코니가 딸린 맨션에서 남편이랑 딸이랑 셋이서 살고 있었다.

작은 체구에 나이보다 어려보이며, 자신의 딸보다 훨씬 미인이었다. 아름다움을 칭찬하면 어쩔 줄 몰라 하며 뺨을 붉혔다. 그렇지만 아츠코를 가장 기쁘게 하는 것은 자신의 요리를 누군가가 맛있게 먹어 주는 일이었다. 그녀는 요리 솜씨가 좋았다. 그런데 최근에는 남편도 딸도, 자신의 요리에 전혀 관심을 가져주지 않는다고 말했다.

아츠코와는 언제나 그녀의 집에서 서로를 안았다. 낮 동안에도, 행여 남편이나 딸이 이제라도 귀가하는 게 아닐까 싶어, 귀를 기울이면서.

그래도, 그 사람은 집에만 있었고, 코우지는 고등학생이라 달리 갈만한 장소가 없었다.

아츠코는 스스로를 나쁜 인간이라고 여겼다. 적어도 나쁜 짓을 하고 있다고. 나쁜 아내라고. 실제는 물론 정반대이다. 그녀는 좋은 사람이었다. 애처로울 만큼 좋은 사람이며, 소심하다 못해 거의 비참할 정도였다.

애초에 코우지는 그녀의 딸에게 접근했었다. 방송부에 소속된, 그다지 매력적이지도 않은 동급생과 친구가 되어 집에 몇 번 놀러갔다. 저녁 식사를 대접받는 일도 있었다.

방송부 활동이 있는 날을 굳이 골라, 코우지는 그 집에 놀러가게끔 되었다. 처음에는 딸의 귀가를 기다리는 척하다가, 이윽고 딸이 귀가할까 마음 졸이면서 단둘이 시간을 보냈다.

두 사람의 관계는 딸에게 금세 들켜버렸다. 딸─요시다─은 신경질적으로 흥분하며 코우지를 질책했다. 물론 가정 내에서도 큰 소동이 났었다. 아츠코는 모두 자신이 잘못해서 벌어진 일이라고 했다. 코우지는 상관없다고.

코우지는 아츠코를 버렸다. 버리는 것은 자신, 이라고 정해 놓았다. 아츠코로서도 그러는 편이 나았다는 것은 알고 있다.

아츠코의 일은 이제 좀처럼 떠올리지 않는다. 사귄 시간도 짧았고, 코우지는 고등학생이었다.

그래도 불현듯, 그 맨션의 정원수가 있던 주차장이며, 어두운 입구, 엘리베이터, 요시다네 집의 현관 냄새, 로즈핑크 색 커튼의 질감, 대형 냉장고에 몇 개씩이나 붙어있던 마그네틱, 화장실의 세탁바구니 등이 떠올랐다.

코우지는 조금도 후회하고 있지 않았다. 그런데도 대체 어째서, 그날들을 회상할 때면 항상 마음에 그림자가 질까.

"미안해요."

서로를 안고 난 후, 아츠코는 종종 의미도 없이 사과했다.

"당신은 사실 이런 곳에서 이런 짓을 해서는 안 돼요."

아츠코는 옷을 입고 있으면 나이를 가늠하기 어려웠으나, 옷을 벗으면 제 나이로 보였다. 마흔 둘이라는 나이에 맞게.

코우지는 아츠코의 다소 처진 듯한 두 팔과─다른 곳은 모두 너무 말라서 애처로울 정도인데 유독 그곳만─지방이 살짝 붙어 있는 아랫배가 좋았다. 호리호리한 다리의, 그러나 전체적으로 이미 탄력을 잃은 피부도.

지금의 자신한테는 키미코가 있다. 키미코와의 관계가 언제까지 계속될지는 알 수 없지만, 키미코는 그때의 아츠코보다 일곱 살이나 어리고 훨씬 분방하다. 게다가 무엇보다 아이가 없다. 지금으로선 문제될 게 아무것도 없다.

새해가 밝을 때까지는 모든 일이 순조롭게 진행되었다. 대학이 겨울방학에 들어가면서, 평소 하던 당구장 아르바이트에 더하여 백화점의 연말 상품 출하 아르바이트도 했기 때문에 바빴지만 돈이 좀 생겼다. 그 바쁜 나날을 틈타 아버지에게 차를 빌려 유리와 드라이브를 다녀왔다. 아르바이트 동료와 스키장에도 갔다.

섣달그믐날부터 정월 3일까지는 본가에서 지내고, 2일에는 유리를 불러내어 '가족 플러스 여자친구' 차원으로 새해 참배를 갔다. 가족이란 아버지와 어머니, 형과 형의 약혼자, 그리고 할머니이다. 이것은 코우지 집안의 연중행사로, 매년 가마쿠라의 하치만궁에 간다. 그날 밤 스키야키를 먹는 일까지 포함하여, 이 행사는 코우지가 어릴 적부터 변함이 없다.

최근 몇 년간은 새전함 앞에서 종을 울리고, 손을 합장할 때의 문구도 정해져 있다.

'올 한 해도 보살펴 주십시오.'

코우지는 이 말을 가슴속으로 중얼거린다.

"부모님이 참 좋으시다."

나중에 유리는 그렇게 말했다.

"우리 엄마 아빠는 사이가 별로 좋지 않아서, 이런 거 부러워."

라고도.

차질이 생긴 것은 1월 중순. 지금 생각해도 기분 나쁜 일이었다.

새해 들어 첫 데이트에서, 키미코가 느닷없이 돈을 주려한 것이다.

호텔 침대 안에서, 두 사람 모두 알몸이었다.

"늦었지만 크리스마스 선물."

키미코는 그렇게 말하고 프라다 지갑에서 3만 엔을 꺼냈다. 3만 엔. 코우지는 스스로 생각해도 의외일 정도로 충격을 받았다. 돈을 주려는 것 자체에도. 그 애매한 금액에도.

"뭐예요, 그게."

거의 신음 소리에 가까웠던 것으로 기억된다.

"더럽게 재미없네."

코우지의 사나운 기세에 키미코의 표정이 금세 불안해졌다.

"왜?"

코우지는 침대에서 내려와 말했다.

"왜 돈 같은 걸 주는데?"

조바심이 나고 버럭 화가 났다.

"나는 키미코와 섹스하는 게 좋아요. 키미코도 내 몸을 좋아하는 거라 여겼고. 나도 호색가지만 키미코도 어지간히 밝히는구나, 생각했다고요."

자기도 모르게 말투가 격해졌다.

"그렇게 화내지 말아."

이윽고 키미코가 말했다.

"크리스마스에 선물도 받았고, 젊은 사람에게 어떤 걸 줘야 할지 몰라서. 돈이라면 유용하게 쓰겠지 싶었을 뿐이야."

당당한 말과는 정반대로, 코우지의 눈에 키미코는 당장이라도 눈물을 흘릴 것처럼 보였다. 돈을 아직 손에 든 채 손목에는 코우지가 크리스마스 때 선물한 골드체인 팔찌가 감겨 있었다.

"그뿐이니까 화내지 말아."

"미안해요."

코우지는 사과했다. 침대로 돌아왔으나 이번에는 키미코가 반대편으로 내려가 버렸다.

"미안해요."

다시 한 번 말하고, 키미코를 등 뒤에서 끌어안았다. 두 사람 모두, 한동안 그대로 움직이지 않았다.

"괜찮아."

키미코가 말했다.

"기분 나빴다면 나도 사과할게. 다만, 가끔은 돈이라도 줘야 덜 미안할 것 같았어."

키미코는 돈을 지갑에 도로 넣고, 조용히 옷을 입기 시작했다.

그로부터 한 달이 지난 오늘, 키미코는 여느 때와 다름없었다. 코우지도 여느 때처럼 한낮의 정사를 즐겼다. 하지만 그 불쾌한 사건과, 게다가 동요한 자신을 잊을 수는 없었다. 키미코 또한 빠짐없이 기억하고 있음이 틀림없었다. '가끔은 돈이라도 줘야 덜 미안할 것 같았어.'

받아두면 될 일이었는지도 모른다. 코우지는 그런 생각도 해본다. 받아두면 간단한 일이었는지도 모른다.

아르바이트 때까지 아직 시간이 있다. 담배를 다 피우고, 에비스 역 앞에서 코우지는 남는 시간을 주체 못하고 있다.

"뭐야, 시후미 씨는 없는 거야?"

다이칸야마의 시후미네 가게에서, 코우지는 입을 빼물었다.

"그렇다고 했잖아."

토오루는 말하고 피식 웃어 보였지만 마음이 편치 않았다. 코우지가 느닷없이 전화로 불러내기에, 한가한 터라 밖으로 나왔다. 바람이 강한 날이다. 집 안에서는 따뜻하게 느낀 풍부한 햇살도, 밖에서는 시각적으로만 그렇게 느껴질 뿐이다.

시후미는 지금 유럽에 가 있다. 일 년에 두 차례, 물건들을 구입하러 간다. 가게라도 구경하고 싶다며 코우지가 우겨댔지만, 가게 아가씨들 눈에는 마치 자신이 득의양양해서 친구를 데려온 것처럼 보이지는 않을까 염려되었다.

"이거, 좋네."

코우지가 사방 3센티미터 정도의 작고 까만 상자를 들어 올리며 말했다. 금색 테두리가 둘러진 뚜껑 위에, 조그마한 검은 고양이가 올라앉아 있다.

"다음 주, 할머니 생신이야."

상자는 유약을 입혀 구운 도기로, 이 가게에 있는 것이 모두 그렇듯 무척 고가품으로 보였다.

"그건 뭐하게."

토오루가 묻자 코우지는,

"이것저것 자질구레한 것들을 넣을 수 있잖아."

라고 대답했다.

"자질구레한 것?"

저렇게 작은 상자에 대체 뭘 넣을 수 있을지, 토오루로서는 짐작도 가지 않았다.

"나도 모르지. 상관없어, 뭐든. 여자들은 이런 것을 좋아하니까."

할머니와 여자를 연관 지어 생각할 수 있는 코우지에게, 토오루는 묘하게 감탄한다.

가게 안은 좋은 냄새가 났다. 비누 같은, 남의 집 같은, 새로 산 셔츠를 입었을 때와 같은 냄새. 시후미의 가게는 타월이며 리넨류가 잘 갖춰져 있다.

코우지는 결국 그 작은 상자를 샀다. 그 빠른 결단에 토오루는 또 한 번 감탄한다.

"시간, 아직 괜찮아?"

영수증을 받으면서 코우지가 물었다.

"아직 점심을 못 먹었어. 배가 고파서 말이야."

그래서 보엠에 갔다.

코우지는 스파게티 나폴리탄을 볼이 미어져라 입 안 가득 넣으면서, 아까부터 줄곧 키미코 이야기만 한다. 똑같다고 토오루는 생각한다. 요시다의 어머니와 묘한 관계가 되었을 때도, 코우지는 요시다의 어머니 얘기만 했다. 쉽게 뜨거워지는 타입이다.

그러나 토오루는, 사귀는 여자 얘기를 하고 싶어 하는 그 기분을, 잘 이해하지 못한다.

코우지 말에 의하면 키미코는 '악마처럼 고혹적'인 듯싶다. 요시다의 어머니는 '불행한 여신처럼 한없이 부드럽다'고 말했었다. 사랑을 하면 강아지도 시인이 된다.

"그런데 한 방 먹었어."

접시에서 얼굴을 들고 코우지가 말했다.

"한 방 먹었다고?"

입술에 묻은 기름과 케첩을 종이 냅킨으로 닦고, 코우지는 진지한 얼굴로 끄덕인다.

"얼마 전에 갑자기 돈을 주려고 해서 말이야."

"돈? 그거, 원조교제잖아."

별 뜻 없이 그렇게 중얼거리고 속으로 조금 후회했다. 코우지는 침울한 얼굴을 하고 있다. 자신의 기분을 한층 부각하려는 듯이.

"뭐, 악의는 아니었어."

라고 말한다.

"악의라니?"

코우지는 대답이 궁했다.

"너, 시후미 씨한테 돈 받은 적 있어?"

"없어."

발끈하여 부정했다.

"그럼, 물건은? 옷이라든지, 뭘 사줬다거나."

그건 있었다.

"보통 만나서 쓰는 밥값이나 호텔비 말인데, 그런 건 시후미 씨가 내지?"

코우지는 거듭해서 그 점도 물었다.

"호텔은 안 가."

토오루는 대답했지만, 질문에 대한 부정은 아니었다.

"다를 것 없잖아."

토오루에게 라기보다 자기 자신에게 하는 말인 양, 코우지는 그렇게 중얼거렸다. 그렇게 중얼거리더니 어느새 또,

"그래도 말야."

라고 한다.

"그래도, 돈은 좀 달라."

"왜?"

토오루는 단순한 호기심에서 물었다.

"왜 돈을 주려고 했는데?"

코우지는 입을 다물고, 그리고,

"말할 수 없어."

라고 했다. 좀 지나서,

"좀 심하지?"

라고 하기에 토오루는,

"심해."

라고 대답했다. 그런 짓을 하는 여자와 코우지가 대체 무엇 때문에 사귀는지 이해할 수 없었다.

"헤어지면 되잖아."

이전부터 생각했던 것을 말하자 코우지는 틈을 주지 않고,

"무엇 때문에?"

라고 물었다.

"유리가 있잖아."

사실, 그 점이야 어떻든 상관없으려니 생각되었지만, 토오루는 그냥 그렇게 말했다.

"유리는 모르지? 너한테 달리 좋아하는 사람이 있다든지 하는."

코우지가 기겁하는 표정을 지었다.

"알 리 없잖아. 시시콜콜 이야기하는 것이 성의라고 생각하는 거야?"

"그런 건 아니지만."

코우지는 싱긋 웃으며,

"그럼 시후미 씨의 남편은 어떤데? 너와의 일을 알고 있다는 거야?"

라고 묻는다. 알고 있을지도 모른다고 생각했다. 알고 있을 것 같은 기분이 들었다.

"아니."

애매하게 대답하면서, 토오루는 섣달그믐날 시후미에게 바싹 붙어서 있던 남자를 떠올렸다.

"토오루 군?"

그렇게 이야기 걸어온 남자를.

"따분하죠? 이런 자리는."

싫은 느낌이었다. 중년살이 찌기 시작한 데다 웃는 얼굴도 기분 나빴다.

"제기랄……."

투덜거린 것은 코우지였지만, 토오루는 자신이 그 말을 입 밖에 내버렸는가 싶어 내심 당황했다.

6

한낮의 도쿄 타워는 수수하고 온화한 아저씨 같다. 초등학교를 오가는 길에 토오루는 언제나 그렇게 생각했다. 수수하고 온화한, 견실하고 마음 푸근한.

초등학생 때, 토오루는 매일 반바지를 입고 다녔다. 겨울철에도 내내. 지금 생각하면 아무 의미 없는 습관이었지만, 당시는 그래야 하는 법이라고 생각했다.

토오루는 어른스러운 아이였다. 그림 그리기와 만들기, 자연과 사회를 잘 했고, 어쨌든 과학자가 되고 싶었다. 어머니는 정 떨어지게, '과학자는 무리겠지만 의사라면 될 수 있을 것'이라는 말을 하기도 했다. 그러한 나날 속에서, 여자애들은 마치 별개의 존재처럼 생각되었고, 언제나 무리지어 몰려다니는 그녀들과 친해지고 싶었던 적도 없다.

중학교 때도 마찬가지였다. 고등학교에 들어가고 나서야 간신히, 남녀 모두 각자 독립된 존재로서 토오루의 눈앞에 등장했다. 그러나 그 무렵에는 왜 그런지 다른 여러 사람으로부터 조금 떨어져, 친해지지도 고립되지도 않으면서 존재하는 기술을 습득해 버렸다.

토오루는 창문 앞에 서서 구름 낀 한낮의 도쿄 타워를 바라보며 인스턴트커피를 마시고 있다.

"창밖을 보는 것은 좋지만, 유리창에 손자국은 남기지 마라."

어릴 적, 어머니에게 종종 그런 꾸지람을 들었다. 유리창을 닦기 힘들다며. 지금은 물론 그런 일은 없다. 유리창과 자신의 몸 사이의 적당한 거리를, 어떻게 익혔을까.

언제나 결국 이곳에 있다. 밖에서 친구들과 놀기보다 여기 있는 쪽이 좋았다. 학교에 가는 것보다 여기 있을 때가 마음 편했다. 이곳에서 데리고 나가 줄 사람을 줄곧 기다리고 있었는지도 모른다, 고 생각한다. 자신을 이곳에서 데리고 나가 줄 사람······.

한동안 시후미를 만나지 못했다.

시후미는 아무렇지 않을 테지. 토오루는 생각한다. 시후미한테는 일이 있고, 친구도 많은지 사교적으로도 바쁘다. 게다가 가정. 마흔 살 여자의 일상 속에서, 친구의 아들을 못 만나는 것쯤 무슨 대수이겠는가.

"요우코 씨와는 벌써 십년지기 친구인데."

언젠가 시후미는 그렇게 말했다.

"그런데도 너를 몰랐어. 손해 봤지 뭐야."

그것은 무척 시후미다운 말투였다. 직설적이고 달콤하고 경쾌하다.

그러나, 그것은 옳지 않다고 토오루는 생각한다. '손해'를 본 것은 시후미가 아니다. 십 년 전의 자신은 시후미에게 매력적이었을 리 없겠지만, 십 년 전의 시후미는…….

토오루는 그 이상 생각할 수가 없어 한숨을 쉰다. 서른 살의 시후미, 스무 살의 시후미, 열다섯 살의 시후미. 독신의, 그리고 소녀 적의.

토오루는 그것이 너무 부당한 일이라고 생각한다. 인정하기 어렵고 부당한, 한없이 쓸쓸한 일이라고.

시간.

정말 분하게도, 지난 시간만큼은 어찌해 볼 도리가 없었다.

"이제 그쯤 해두지?"

가라오케의 싸구려 가죽 소파에 앉아, 야키소바와 고기경단과 잼 요구르트를 모조리 먹어치운 하시모토가 말했다.

"허무하잖아, 혼자 부르는 건."

코우지는 곡명 리스트를 뒤적이던 손을 멈추고, 얼굴을 들었다.

"그래서 널 부른 거잖아."

어차피 시간 많으니까 같이 부르자면서, 리모컨으로 오자키 유타카의 곡을 누른다.

"너도 불러."

건성으로 덧붙였다.

"먹지만 말고."

가라오케가 싫지는 않았다. 유리한테는 '제법 잘 부른다'는 소리를 듣고, 스스로도 '심금 꽤나 울린다'고 생각한다. 그렇지만 오늘은 목을 피곤하게 하려고 온 것이 아니었다.

"질렸어, 젠장."

키미코와 또 말다툼을 했다. 일단 다툼이 시작되면, 키미코는 갑자기 신경질적으로 언성을 높이며 코우지의 아픈 곳을 가차 없이 찌른다.

"여자란 왜 그렇게 감정적이 되는지."

자신의 어떤 한마디가 키미코를 화나게 만드는지, 코우지로서는 그것을 실제로 입 밖에 내기 전까지는 도무지 알 수 없다는 사실이 난처할 뿐이다.

"감정적으로 만드니까 그렇겠지."

하시모토가 말했다. 오자키 유타카의 곡은 이미 시작되었지만, 코우지는 어쩐지 노래 부를 기분도 사라져서 장의자에 털썩 기대앉는다.

말다툼의 계기는 규칙이었다. 키미코의 자동차 조수석에 앉아 캔 콜라를 마시면서, 연애에서 중요한 것은 규칙이라고, 코우지가 한마디 한 것이 다툼의 발단이었다.

"규칙?"

이라고 되물었을 때만 해도 키미코한테는 아직 여유가 있었다. 뒤이어 가는 눈썹을 살짝 치켜올리며,

"코우지한테 그런 게 있어?"

라고 말한 키미코의 말투에는 우습게 여기는 듯한 울림이 있었다.

"있죠."

코우지는 대답했다. 차 안은 난방이 너무 잘 되었고, 환기를 위해 아주 조금 열어놓은 창으로 찬바람이 알맞게 흘러 들어왔다.

"돈은 받지 않는다거나."

코우지의 말에 키미코가 발끈했음을 알 수 있었다. 그쯤에서 그만두었어야 했다고 지금에 와서 생각한다.

"그밖에는?"

그러나 뒤이은 키미코의 물음에 코우지는 말을 이었다.

"아이가 있는 여자한테는 손을 뻗지 않는다거나."

몇 초간 어색한 침묵이 흐른 후,

"아이가 없는 여자면 된다는 거야?"

라고 말한 키미코의 목소리는 무섭도록 딱딱했다.

"나는 조건이 좋았다, 그 말이지?"

아니라고 했지만, 이미 귀에 들리지 않는 모양이었다.

"장난해, 지금?"

키미코는 자신의 말에 스스로 흥분해 버린다.

"봐요, 키미코, 앞을 보고 운전해요, 위험해."

화나게 할 생각은 없었기 때문에, 코우지는 당황하며 달랬다.

그러나 키미코는 듣지 않았다.

"규칙? 그게 뭔데?"

키미코는 몇 번이나 그렇게 말했다. 웃기지 마, 뭔데, 그까짓 게.

급기야 차를 길가에 세우고, 절박하다 싶은 음색으로,

"이제 지겨워, 이런 거."

라고 말했다.

요코하마에 있었다. 핸드백 '수선'이 끝났다며 가지러 가고 싶다는 키미코를 따라, 오후 수업을 빼먹고 나선 드라이브였다.

"화내지 마요, 그런 게 아니라니까. 제발 화 풀어요."

키미코는 대답하지 않았다. 이미 멈춰버린 차 안에서, 두 손을 핸들에 얹은 자세 그대로 꼼짝하지 않았다. 얼어붙은 옆얼굴은 노여움과 실망으로 일그러져 있었다.

"느닷없이 화부터 낸다니까."

코우지는 하시모토에게 투덜거렸다. 결국 키미코를 차에서 내려 찻집으로 데려가 달래는 데 한 시간이나 걸렸다. 난리도 그런 난리가 없다. 코우지의 가슴 안쪽에는 분노와 실망으로 인해 딱하게 일그러진 키미코의 옆얼굴이 단단히 들러붙어 버렸다.

오랜만의 데이트는 또 피아노였다. 살갗이 떨어져 나갈 듯 추운 날씨에, 점심 전부터 내리기 시작한 눈이 저녁 무렵에는 발목까지 쌓였다.

"눈은 싫어."

만나기로 한 호텔 바에서, 샴페인을 마시며 시후미가 얼굴을 찌푸렸다.

"싫어요?"

토오루는 눈을 좋아한다. 온 거리가 일시에 평소와 다른 표정
이 된다. 밟아 다져진 눈을 다시 밟을 때, 신발 바닥이 뿌득뿌득
내려앉는 느낌도 좋다.

"길의 눈은 싫어. 토오루는 좋아?"

믿을 수 없다는 표정으로 되묻고, 시후미는 자그마한 가방에
서 담배를 꺼내 불을 붙였다. 코트 안은 어깨가 드러나는 드레스
이다. 시후미는 좀처럼 바깥을 걷지 않는다. 난방이 잘 된 실내에
서 실내로 이동할 뿐이다.

"그게 말야, 녹을 때 지저분하고 기분도 울적하지 않아?"

그런 말을 했다.

퇴근 시간인데도 바에 다른 손님은 한 팀밖에 없다. 역시 날씨
탓일까, 라고 토오루는 멍하니 생각했다. 사람의 왕래는 분주해
도, 차분하게 앉아 마실 것을 즐긴다는 느낌을 주는 사람은 시후
미 정도이다. 디즈니랜드 옆의 콘서트홀은 작지만 아름답고, 그
곳에 인접한 호텔 역시 작지만 꾸며놓은 느낌이 좋았다.

디즈니랜드에는 네댓 번 온 적이 있다. 초등학생 때, 이미 갈라
선 부모님과 한 번, 중학생 무렵에 한 번, 그 후에 코우지와 당시

코우지가 사귀던 여자애들이랑 왔다.

그 일이 지금의 토오루에게는 무척 멀게 느껴진다. 대체 뭐가 재미있다고 그런 곳에 몇 번씩이나 갔을까.

"아블랭Hamelin은 말이지, 일종의 천재인 것 같아."

정체를 알 수 없는 소스가 발린 작고 따뜻한 빵조각을 입에 넣고, 시후미는 말했다.

"몇 번인가 만난 적이 있어. 평소에는 무척 느긋하고 천진난만한 사람인데 말야, 덩치만 큰 어린애처럼."

시후미는 느긋하게 단어를 선택한다.

"그런데 일단 피아노 앞에만 앉으면."

거기서 말을 끊고, 마치 그 피아노 소리가 지금 흐르고 있는 양, 입을 다물었다.

토오루는 또 자신의 온몸이 음악으로 가득 채워질 것을 알았다. 하지만 그것은 그 피아니스트가 천재라서가 아니라, 시후미와 함께 듣기 때문이다. 시후미가 '들려주기 때문'이라고 말해도 좋다.

"뭐랄까, 무척 수학적인 연주를 하는 사람이야."

시후미는 음미하듯 말했다.

"눈, 너무 좋아."

역으로 이어지는 길을 걸으며 유리는 신이 나서 말했다.

"추우니까 평소보다 한층 더 달라붙지?"

다운재킷을 입은 코우지의 팔에 꼭 매달려 걷는다.

"히토미쨩 남자친구는 눈이 내리면 잠이 온대. 하루 종일 자느라 학교에도 안가는 모양이야."

추위 때문에 코가 빨개져서는 재밌다는 듯이 그렇게 말했다. 이 녀석은 어떻게 이토록 늘, 항상, 즐거워 보일까. 코우지로서는 신기할 따름이다. 수업이 끝나고 아르바이트하러 갈 때까지의 짧은 시간, 아파트에서 서로 안고, 그리고 역까지 걸어가는 내내 쉬지 않고 재잘댄다.

"아, 배고파."

배가 고픈 것조차 즐거운 모양이다.

"빵그라탕 먹고 싶어."

코우지는 유리와 다툰 적이 없다. 유리는 키미코처럼 갑자기 화를 내는 일도 없고, 유리의 기분을 맞추는 것쯤 코우지한테는 일도 아니었다. 그 점은 편했다. 발매기에서 유리에게 표를 사주고, 자신은 정기권을 꺼내 개찰기를 통과한다.

주위는 이미 어두워졌고, 플랫폼의 형광등 불빛이 우산이 만드는 물구덩이를 새까맣게 비춰내고 있다. 상향 전철은 승객이 거의 없을 시간이다.

코우지는 자신이 눈앞에 서 있는 중년 아주머니의 뒷모습을 어느 결에 뚫어져라 응시하고 있음을 깨달았다. 최근에 그런 일이 종종 있다. 어떤 아주머니든 일단 여자로 보인다. 병일지도 모른다고 생각한다.

"그러니까 말야, 코우지도 우리 학교 학생 식당에 한번 와 봐. 안 먹어 보고는 절대 모른다니까."

유리는 열심히 재잘거린다.

키미코 씨와 헤어지면 되잖아. 지난번에 토오루는 그렇게 말했다. 아무렇지도 않은 듯이. 믿기 어려운 무신경이라고, 코우지는 생각한다. 토오루는 영리하지만 한편으론 무척 둔감한 구석이 있다고.

안내 방송에 이어 네모난 전철이 미끄러져 들어온다.

"봐봐! 새하얘!"

전철에 쌓인 눈을 보며 유리가 또 환성을 질렀다.

피아니스트는 확실히 너무 자란 아이처럼 보였다. 시후미 말에 의하면 아직 30대인 모양인데 머리가 벗겨지기 시작한 데다

살도 많이 쪄 보인다. '수학적인 연주'인지는 잘 모르겠지만, 가히 인간의 손가락이라고는 여겨지지 않는 빠르기와 세기로 건반을 두드리는 연주자임은 알 수 있었다.

시후미와 음악을 들을 때 토오루는 자기 자신이 텅 비어있음을 깨닫는다. 자신은 음악 따위에 별반 흥미가 없는데도 불구하고, 자신의 몸이 음악을 무척 갈망했다고 느낀다. 그러면 시후미와 피아니스트가 결탁하여 토오루의 그 빈 공간을 아름다운 음악으로 채운다.

앙코르곡이 끝나고 장내에 불이 켜져도, 토오루는 한동안 일어날 줄을 몰랐다. 시후미가 먼저 일어나 토오루의 손을 잡아 일으켰다.

"재밌었어."

다소 흥분된 말투로 그렇게 말했다.

"저 사람 연주를 들으면 에너지가 솟아."

라고.

밖으로 나와보니 눈은 아직도 심하게 퍼붓고 있었다. 작은 눈송이 하나하나가, 강한 바람과 더불어 세차게 내뿜는 듯이 떨어진다.

"아, 기분 좋아."

시후미는 말하고, 손에 들고 있던 코트를 입었다.

"홀 안, 좀 더웠어."

게이요선이 불통되었다는 벽보가 붙여진 입간판을 봐도 토오루는 걱정되지 않았다. 어차피 시후미는 늘 택시를 탄다.

인접한 호텔의 택시 승차장은 사람들의 긴 줄이 이어져 있었다. 더구나 택시는 한 대도 보이지 않는다. 시후미는 아주 약간 눈살을 찌푸렸다.

"이래서 거리의 눈은 싫어."

휴대전화를 꺼내 직접 택시 회사에 전화를 건다. 토오루는 그 곁에 꿰다놓은 보릿자루마냥 우두커니 서서, 도무지 멈출 기미가 없는 눈을 바라보았다. 이 정도로 계속 퍼붓는데도 거리의 눈은 마냥 싱거운 분위기가 난다. 그러나 그 분위기가 토오루는 싫지 않다.

"하여간 도움이 안 된다니까."

시후미는 말하고, 휴대전화를 호주머니에 넣었다. 차는 당분간 잡히지 않을 듯싶다. 토오루는 기뻤다.

"줄 서둘까?"

행렬의 뒤쪽으로 향하려는데 시후미는 놀란 얼굴로,

"농담이라도 그런 말 말아."

라고 한다.

"안으로 들어가자. 얼어 죽겠어."

그래서 다시 바로 들어갔다. 바 안도 인구밀도가 높았다. 귀가할 수 없게 된 사람들이 아예 자리를 잡고 앉아 시간을 때우고 있다.

시후미는 보드카를, 토오루는 버번 온더록스를 주문했다.

"뭐라도 먹을래?"

토오루는 고개를 가로저었다. 배는 고프지 않았다. 그보다 당분간 이곳에 시후미와 틀어박혀 있어야 한다는 상황에 기분이 고조되었다. 우연히 그 자리에 같이 있게 된 다른 손님들한테까지 친밀감을 느낀다. 재밌어질 것 같은 밤이다.

"요우코 씨한테 전화해 둘까?"

시후미가 조심스럽게 묻자, 토오루는 다소 흥이 깨졌다.

"뭘, 됐어요."

잘 닦여진 카운터에 턱을 팼다.

"예쁜 손가락."

미소 띤 목소리로 시후미가 말했다.

"두근두근해."

보드카를 한 입 홀짝이며 맛있다고 중얼거린다. 가게 안은 따뜻하고 시끌시끌하다. 하지만 그것은, 대화 하나하나가 들리는 시끄러움이 아니라, 가게 전체가 하나의 소음을 자아내고 있는 듯한, 느긋함과 평온함이었다.

"담배, 한 대 빌려도 돼요?"

토오루가 말했다. 담배는 고교생 무렵에 잠깐 피웠다. 딱히 맛있지도 않아서 그럭저럭 끊었지만, 문득 피워보고 싶었다.

"자, 여기."

담뱃갑을 내밀기에 한 개비 뽑아내는 순간 후회했다. 쥐는 법이 어색하지 않을까 염려되었던 것이다. 하지만 시후미는 그런 것에는 신경도 쓰지 않는 모양이었다. 몸을 틀어 가게 안을 돌아보며,

"방, 비어있을까."

라고 했다.

'방'. 토오루는 스스로도 의외이다 싶을 만큼 그 말에 동요했다.

시후미와 아침까지 함께 있었던 적은 한 번도 없다. 육체관계는 있어도 그것은 밤에 한정된 지극히 짧은 시간의 일이며, 그 때문에 어쩐지 늘 '현실과 동떨어져' 있었다.

"이럴 때 나이 먹었다는 생각이 들어."

잔을 흔들면서 시후미가 말했다.

"에?"

토오루로서는 문맥이 잘 이해되지 않았다.

"이런 식으로 예정이 틀어지는 것을, 젊었을 때는 좀 더 즐겼던 것 같아."

토오루는 거기에 대해 생각해 본다. 젊었을 때는 즐겼다. 다시 말해 지금은 즐겁지 않다는 것. 지금은 환영할 수 없다는.

"아믈랭, 잘 돌아갔을까 모르겠네."

토오루는 버번의 얼음을 손가락으로 건드리며,

"아마도."

라고 대답했다. 순간, 눈앞의 술잔이며 카운터의 윤곽이 시야에 확 들어왔다. 현실을 깨달은 양.

"그렇지만."

이상한 접속사일지도 모른다고 생각하면서 토오루는 조심조심 말했다.

"그렇지만, 시후미는 돌아가지 않았으면 좋겠어."

좀 더 강한 어미를 사용하지 못한 것에 다소 화가 났다.

무릎에 시후미의 손바닥이 닿았다. 토오루의 허벅지로 부드럽게 미끄러지는가 싶더니 도로 확 물린다.

"너의 그런 점이, 너무 좋아."

토오루의 눈을 똑바로 쳐다보며 말한다. 그리고, 양쪽이 동시에 그랬다고, 토오루도 확신했을 만큼 자연스럽게, 서서히 입술이 맞닿았다. 정성스럽게, 소중하다는 듯이.

놓고 싶지 않다고, 절실하게 바라고 있는 자신의 마음과 똑같이, 시후미도 바라고 있음을 안다. 이 순간이 영원히 계속되길 바라는 자신과 마찬가지로 시후미도 바라고 있음을 안다. 그러한 키스였다.

"눈, 아직 내릴까?"

이윽고 입술을 떼고 나서 시후미가 말했다. 그러기를 바라는 듯한 말투로 들렸다.

"보고 올까?"

스툴에서 내린 토오루의 손을 시후미가 맞잡았다.

"기다려. 같이 가."

마치 어른을 따라가고 싶어 하는 어린애와 같은 순수함으로 그렇게 말했다. 지갑에서 돈을 꺼내 카운터에 놓는다. 그 때, 휴대전화가 울렸다.

"네."

시후미는 작은 소리로 대답했다. 남편한테서 온 것임을 금세 알 수 있었다.

"바에 있으니까 괜찮아요."

괜찮다는 말을 시후미는 몇 번인가 반복했다.

"굉장했어요. 역시 천재인가 봐. 앙코르곡으로 라흐마니노프를 연주했어요."

네, 그래요, 라고 시후미는 말했다.

"토오루랑 같이 있으니까 걱정 말아요."

잠시 후 시후미가,

"괜찮겠어요?"

라고 물었을 때, 토오루는 그녀의 남편이 데리러 온다는 것을 알았다.

"여기는 정말 괜찮아요. 바로 차도 잡힐 테고."

시후미는 말했지만, 토오루는 남편이 데리러 올 것임에 틀림없다고 생각했다. 시후미가 사양하면 할수록 데리러 올 것이 틀림없다고.

"그럼 기다릴게. 조심해요."

전화를 끊은 시후미의 얼굴을, 토오루는 보고 싶지 않았다.

7

6월에 결혼하는 형이 약혼 예물을 교환한다기에, 코우지는 아르바이트를 하루 쉬게 되었다. 예물 교환이라 해도 돈이니 곤포를 주고받는 예스러운 것이 아니라, 터놓고 양가 식구들만 모여 식사하는 정도, 라고 했다. 하지만 어머니는 심상치 않은 기세로 요리를 해대고, 코우지로서는 생전 처음 보는, 그것도 죄다 세트로 된 식기들이 테이블에 나와 있었다. 상대 집에서 보낸 통술이 낮에 택배로 도착하고, 그것을 저녁 무렵부터 마신 남자들이 어지간히 취해 있는데도, 아버지는 식사 때 샤토 마고를 개봉했다.

형의 약혼자는 형과 같은 대학 병원에 근무하고 있다. 같은 의

사이다. 뚱뚱하고 입이 크지만, 기분 좋은 여자라고 코우지는 생각한다. 음주 매너도 좋다.

"신혼여행, 정말 괜찮겠니?"

어머니가 물었다. 마침 스테이크를 한 조각 입에 넣은 참이었던—형수가 될—사키는 냅킨으로 입을 닦고,

"네."

라고 대답하며, 생긋 웃는다.

"여행은 언제든 갈 수 있으니까요."

두 사람 모두 현재 일이 바빠서 여행갈 짬이 없다고 한다.

"다카시 군은 지금 어떤 논문을 쓰고 있나?"

사키의 아버지가 물었다. 화장품 회사의 중역이라는 사키의 아버지가 형의 논문에 어느 정도 흥미가 있을지는 의문이지만, 다소 진지한 성격의 형은 장황하게 설명하기 시작한다.

"야채, 좀 더 할래?"

버터로 향을 낸 따뜻한 당근과 꼬투리째 먹는 풋콩, 거기다 갈색 양송이까지, 어머니는 반강제로 사키의 그릇에 담았다.

언젠가는 자신도 집으로 누군가를 데려오겠지. 코우지는 '예식'이며 '신혼집' 이야기를 무심결에 들으면서 지금 베란다에 나가 담배를 피우면 안 될까, 라는 생각을 했다.

여덟 살 위의 형과는—형이 고등학교에 들어간 무렵부터—그다지 가까운 관계는 아니었다. 사이는 나쁘지 않지만, 자신과 형은 원래부터 좀 다르다고 코우지는 생각한다. 나이 차가 있다 해도, 형제끼리 싸운 기억이 전혀 없다. 어릴 때부터 형은 장난감이든 간식거리든 코우지가 부탁하면 뭐든지 빌려—혹은 양보해—주었다. 코우지에게 빌려주면 망가질 것은 불 보듯 뻔할지라도.

"다음은 동생 분 취직만 남았네요."

사키의 어머니가 별안간 의중을 살피기에 코우지는 실없이 웃었다. 예에, 뭐, 네, 하면서. 긴 밤이다.

장소를 거실로 옮겨 케이크를 먹었다. 약속이라도 한 것처럼 앨범이 펼쳐지고 '장난꾸러기 남동생'의 에피소드가 도마에 오를 때마다, 코우지는 그 역할에 걸맞게 멋쩍은 웃음을 짓거나 변명을 늘어놓았다.

할머니가 한발 앞서 침실로 들어간 후에도 일행은 돌아갈 기미를 보이지 않았다. 형과 그 약혼자보다 양가 부모님끼리 자리를 오래 끌고 있는 것처럼 보였다. 술 탓인지도 모른다. 사키의 아버지는 작은 체구에 반듯한 외모였다. 나중에 어머니가 한 말을 빌리면 얼굴이 러시아 사람처럼 생겼다는데, 듣고 보니 그렇

기도 하지만, 어딘지 모르게 여성적인 외모며 몸짓 등이, 큰 키에 우락부락하니 힘자랑하기 좋아하고 골프로 그을린 코우지의 아버지와는 너무나 대조적이었다.

이제 슬슬 가 봐야하지 않겠냐는 사키 어머니의 재촉에 가족 세 사람이 일어난 것은 11시를 넘긴 무렵이었다. 그 후에도 다시, 짐만 된다는 아버지의 만류도 듣지 않고, 어머니 자신이 젊은 시절에 사용한 카메오(마노나 조가비 따위에, 돋을새김으로 무늬를 새겨 만든 장신구_역주) 브로치를, 우리는 딸이 없어서, 라는 이유 같지 않은 이유를 붙여 사키에게 선물하는 1막이 있었다. 그 즈음 코우지는 어지간히 지쳐버렸다.

그리고 마침내 현관으로 배웅하러 나왔을 때, 사키의 아버지가 별안간 깊이깊이 고개를 숙였다.

"불민한 여식이지만, 모쪼록 잘 부탁드립니다."

그것은 특별히 새로울 것도 없는 대사였으며, 당연히 코우지를 향해 한 말은 아니었지만 코우지는 흠칫했다. 세 사람이 나란히 고개를 숙이고 있는 것이다. 마치 자기네 가족이 사키를 '떠맡기라도 하는' 듯한 기분이 들었다. 부모의 품에서 '쏙 빼내어'

"저희야말로, 잘 부탁드립니다."

코우지의 부모도 고개를 숙였다. 형도 부모님도, 얼떨결에 코우지도. 하지만 그것은 뭐랄까, 일종의 뒷북 같은 것이었다.

"흐음. 약혼 예물 교환이란 말이지."

여느 때와 마찬가지로, 여운도 없이 옷을 챙겨 입으면서 유리가 말했다.

"좋은 집안의 사람은 요즘도 그런 걸 하는구나."

좋은 집안도 아니지만, 이라고 중얼거리며 코우지는 담배에 불을 붙인다.

침대엔 중간쯤 벗기다만 침대 커버가 흐트러져 있다.

"있잖아."

코우지는 이미 속옷 두 장을 입어버린 유리에게 손을 뻗었다.

"좀 더 벗고 있어."

타지도 않은 긴 담배를 재떨이에 비벼 끈다. 방 안은 석양이 희미하게 비쳐들고 있다.

"왜?"

"좀 더 보고 싶어서. 좀 더 만지고 싶어."

유리는 고개를 갸웃하고 잠시 생각하다, 바지를 입었다.

"아무래도 입어야겠어?"

"입을 거야."

분명히 대답하고, 검은 터틀넥 스웨터와 회색 양말을 재빠르게 몸에 걸친다.

"어째서?"

"부끄럽단 말야."

즉답이었다. 앞뒤 안 맞는 말이었지만, 코우지는 그 점이 마음에 들었다. 의연하다. 유리의 이런 부분을 좋아한다고 생각한다.

키미코와는 언제나 시간이 임박할 때까지 알몸으로 보낸다. 방해꾼. 코우지와 키미코는 서로의 옷을 그렇게 부른다. 오랜만에 만나 간신히 방해꾼에게 벗어났는데, 뭐 하러 서둘러 입을 필요가 있을까.

"그런데."

짧은 머리칼을 손으로 매만지면서 유리가 말했다.

"그런데, 나 같으면 카메오는 좀 싫을 것 같아. 어쩐지 무서워, 어머니 선물이란 게."

악의 없는 말인 줄 알면서도 코우지는 약간 발끈했다.

그레이엄 그린의 『애정의 종말』은 시후미가 '토오루 나이 정도'에 읽은 책으로, 읽기 전과 비교하여 읽은 후에 '모든 것이 달라져 버린' 소설인 듯싶다. 토오루는 그저께 그 책을 다 읽었다.

3월. 길기만한 봄방학에 딱히 할 일도 없고, 토오루는 이전부터 읽고 싶었던 책을 읽으며 지내고 있다. 책을 좋아하는 것은 시후미와의 거의 유일한 공통점이다.

클래식 음악과 빌리 조엘도, 토오루는 시후미의 영향을 받아들기 시작했다. 네 권의 사진집도.

시후미는 마치 작고 아름다운 방과 같다고, 토오루는 가끔 생각한다. 그 방은 있기에 너무 편해서, 자신이 그곳에서 나오지 못하는 것이라고.

집 안은 조용하다. 토오루 외에 아무도 없다. 오전 중에 돌린 세탁기도 이미 멎었다. 토오루는 이미 몇 년 넘게 자신의 옷은 자신이 세탁한다. 어머니에게 맡겨 두면 안 되기 때문이다. 입어야할 때 정작 그 옷이 없었던 적이 어린 시절에는 자주 있었다.

욕실로 가, 드럼식 세탁건조기에서 갓 세탁한 옷가지를 꺼낸다. 보송보송하고 따뜻하고 청결한 냄새가 나는 옷가지를.

지난주에 토오루는 스무 살이 되었다. 그러나 생일은 여느 때와 다름없는 하루였다. 책을 읽고 낮잠을 자고, 생각이 나서 방청소를 했다. 아버지가 전화를 걸어 뭔가 갖고 싶은 게 없냐고 물었지만 특별히 없다고 대답했다. 이튿날 아침이 되어 어머니한테서도 같은 질문을 받았으나 마찬가지로 대답했다. 스무 살. 법적으로 성인은 되었지만, 이렇다 할 감회도 일지 않는다.

그보다 토오루는 시후미를 만나고 싶었다. 도시의 눈은 싫어. 결코 밉살스럽지 않게 얼굴을 찌푸리고 그런 말을 한 시후미를.

그날, 시후미의 남편은 토오루를 집까지 바래다주었다. 눈은 이미 그치고, 토오루는 자동차 뒷좌석의 창 너머로, 이미 여기저기 치워지고 지저분해진 눈 더미를 보고 있었다. 고속도로 펜스의 끊어진 틈으로 보이는 네온사인이 자못 현란했던 것으로 기억한다.

도로 상태가 안 좋은 데도 불구하고 차는 안정된 주행을 했다. 차 안은 따뜻하고 모스그린 색 가죽 시트는 편안했다.

조수석에 앉은 시후미는 거의 입을 떼지 않았으나, 그 홀은 빈자리가 많았겠다, 아믈랭한테 꽃 정도는 선물했느냐, 등등 남편이 물으면 기분 좋게 대답했다.

"토오루 군은 피아노곡 중에 어떤 걸 좋아하지?"

거울 너머로 시후미의 남편이 그렇게 묻자, 토오루는 대답이 궁했다.

"뭐든지요."

달리 할 말도 없어서 그렇게 대답했다.

부부는 토오루로서는 알 수 없는 이야기를 나누었다. 다음 주에 누구누구를 만나기로 했다든지, 나도 가는 게 좋을까? 라든지.

깊은 밤이었다. 도로는 한산하고, 그래도 좀처럼 집에 닿지 않았다. 음악도, 바의 떠들썩함도, 버번도, 환상처럼 사라졌다.

연말에 아르바이트를 한 백화점에서 코우지는 다시 일하게 되었다. 지난번과 마찬가지로 창고의 출하 담당이지만 이번에는 '경험자'라서 시급이 조금 높았다. 자연히 연말과 비교하여 일이 단연코 즐거운 터라, 봄방학 아르바이트의 하나로써 코우지는 성실하게 해내고 있다.

주임과도 얼굴을 익히게 되었고, 다른 아르바이트 사원도 지난번과 달리 소수정예여서 일하기 수월했다.

연말 시기의 집중적으로 몰아치는 출하와는 다르다고 해도 봄은 봄인지라 기존의 배송품에 더하여 이부자리나 식기 같은 '생활 용품', 입학 축하 선물이며 명절 인형과 같은 '어린이 용품', 흙과 비료와 플랜터 같은 '가드닝 용품' 등 나름대로 여러 가지가 있었다.

코우지의 일은 단순한 출하―지정된 창고에서 상품을 꺼내와 쌓아올리는―로 짐을 꾸리는 일은 하지 않지만, 그래도 어찌된 셈인지 하루 만에 지독하게 손이 거칠어진다. 더러워지고 상처 입는 것뿐만 아니라, 피부 자체가 꺼칠꺼칠해진다. '노동자의 손이라는 느낌'이라고 유리는 말한다. 그것을 싫어하는 기색도 아니지만, 자그마한 곰 모양의 '손톱 닦는 브러시'를 선물이라며 보내오기도 했다.

유리와는 최근 들어 가끔, 아침 일찍 만나 테니스를 친다. 유리가 다니는 테니스 클럽이 오전 7시부터 9시 사이에 한하여 회원—말도 안 되게 비싼 요금을 지불하는—이외의 사람에게 문을 열어놓는 덕분이다.

코우지는 테니스를 배운 적은 없고 놀이 삼아 같이 다닐 뿐이지만 테니스 경력 3년째인 유리에게 지는 일은 없다.

당구장에서의 밤 근무도 계속하고 있다. 그러다 언젠가는 몸이 망가질 거라고 하시모토는 말하지만, 그건 그때 가서 고민할 일이라고 코우지는 생각한다. 가능성만으로 매사를 걱정한다면 한도 끝도 없다.

"연말에도 왔었죠?"

키가 크고 갓빠(물에 사는 거북이 비슷한 동물로, 원숭이 얼굴을 닮았다_역주)처럼 생긴 남자가 말을 걸어왔을 때, 코우지는 창고 앞 복도에 서 있었다. 휴식 시간이었다. 일단 흡연실에서 담배를 한 대 피우고, 그러고 나서 키미코에게 전화를 걸까, 생각하던 참이었다. 키미코는 당분간 만날 수 없지만, 목소리만이라도 듣고 싶었다.

"학생?"

갓빠 같은 남자가 물었다. 명찰을 보니 야마모토, 라고 적혀 있다. 트레이닝 셔츠에 헐렁헐렁한 나일론 바지.

"흡연실 갈 거죠?"

야마모토는 말하고, 자신도 호주머니에서 구겨진 마일드 세븐을 꺼내들고 앞장서서 걸었다.

"같이 축하하자. 생일이었지?"

생일로부터 2주일이 지난 저녁 무렵, 시후미한테서 전화가 걸려왔다.

"내일 저녁 어때? 특별히 가고 싶은 집 있어?"

토오루는 요 2주간이 자신과 시후미의 거리라고 생각했다. 현실이라고.

"어디든 좋아요."

토오루가 대답했다.

"시후미를 만날 수 있다면 어디든 좋아."

라고.

시후미는 순간 침묵하고, 그리고 나서 똑 부러지게,

"그럼, 내일 저녁에 다시 전화할게."

라고 말했다.

그래서 토오루는 또 전화를 기다리고 있다. 볕이 가득 드는 거실에서. 3시간 전인데도.

기다린다는 것은 신기한 일이다. 어머니가 읽다 내버려 둔 주부잡지를 훌훌 넘겨보면서, 토오루는 생각한다. 기다리는 것은 힘들지만, 기다리지 않는 시간보다 훨씬 행복하다. 시후미와 연결된 시간. 이곳에 시후미는 없지만 자신이 시후미에게 감싸여 있다고 느낀다. 지배당하고 있는 것일지도 모른다. 들기에도 묵직한 주부잡지는, 벚꽃 명소와 시스템 키친, 그리고 다양한 과실주를 특집으로 다루고 있었다.

플라니의 크고 무거운 문을 여는 순간, 토오루는 언제나 긴장하는 동시에 '폭발적으로' 고양된다. 정말 아주 짧은 순간이어서 남이 봐서는 알 수 없겠지만, 토오루는 매번, 확실히 그 '폭발'에 직면하고, 당황하며 허둥댔다.

시후미는 아직 오지 않았다. 토오루는 바카운터에 앉아 진 토닉을 주문했다. 가게 안은 어둡고, 아주 잔잔하게 음악이 흐른다.

로즈마리 클루니, 텍스 베네케 등 무척 고풍스러운 분위기의 연주와 노래들이.

첫 잔을 다 마셨을 즈음 시후미가 들어왔다.

"미안. 나오려는데 아는 사람이 와서."

재킷을 벗어 점원에게 건네고 스툴에 앉는다.

"가게에서 오는 길이에요?"

그렇다고 말하며 한 차례 가볍게 심호흡을 하고 나서, 시후미는 토오루를 말끄러미 바라보았다.

"보고 싶었어."

감정을 담아 말한다. 그러나 바로 이어서,

"아, 목말라."

라고 말한 목소리에도 감정이 가득 담겨 있었기에 토오루는 가벼운 실망을 맛본다.

시후미의 코는 작다. 콧날이 서 있다는 느낌보다, 다소 소극적인 듯, 조각으로 만든다면 한차례 살짝 '집어주기만 해도' 충분할 것 같은 모양새이다.

"어떻게 지냈어? 그날그날의 얘기 좀 들려 줘."

주문한 보드카 토닉을 한 모금 마시고, 시후미는 그렇게 말했다.

"이렇다 할 일이 없었어요."

이럴 때 시후미에게 이야기할 뭔가가 자신한테도 있으면 좋을 텐데, 라고 토오루는 생각한다. 일이라든지, 바쁜 대학 생활이라든지.

"『애정의 종말』을 읽었어요."

잘 닦여진 카운터 위의 술잔과 잔받침을 보면서 말했다.

"어땠어?"

"……재미는 있었지만."

"그런데?"

"아마 제대로 이해 못한 것 같아요."

시후미는 고개를 갸웃했다. 토오루는 어서 좀 더 설명해야겠다는 생각에,

"도중까지는 알 것 같았는데, 마지막까지 읽고 나니 모르게 됐어요."

라고 했다. 시후미는 아직 납득이 안 간다는 얼굴을 하고 있다.

"안 돼. 좀 더 설명해 봐. 뭐가 도중까지 알고, 마지막에 모르게 됐다는 거야?"

시후미의 말이 호기심과 흥미로 울려 퍼진다. 토오루는 그 소설에 대해 생각해 내려 애썼다. 시후미는 얌전히 기다리고 있다.

"주인공의 연인의 마음을."

마침내 대답을 찾아내어 말하자 시후미는 놀란 양, 눈썹을 치켜올렸다.

"예상도 못한 대답이었어."

시후미는 슬며시 미소 짓고, 왜 그런지 두 눈을 감았다.

"하지만 그 말대로야."

눈을 뜨고 토오루를 보며,

"사람의 마음은 알 수가 없어. 나는 그런 일에 어색함조차 들지 않았지만."

라고 말했다. 토오루는 시후미가 무엇에 그렇게 감격하고 있는지 짐작도 가지 않았다. 소설은 마지막이 무척 불만이었다. 그것뿐이었다.

"그렇지만 말야, 난 그 소설 속의, 주인공의 연인이 무척 마음에 들어."

시후미는 마지막에 그렇게 말했다.

플라니를 나와, 롯폰기에 있는 레스토랑에 갔다. 처음 가본 집이었지만, 시후미의 이름으로 예약이 되어 있었다.

테이블에 딸린 샴페인이 나오자 시후미는 토오루에게 생일을 축하한다고 말했다. 시후미에게 그런 말을 듣는 것은 세 번째였다. 열여덟 번째 생일 이후와 열아홉 번째 생일 이후, 그리고 오늘 밤.

레스토랑은 넓고 세련된 구조였다. 메뉴판에는 무슨 요리인지 분명하지 않은 것들만 나열되어 있었다. 게와 야채 등을 넣어 만든 딤섬이라든지, 로브스터 육수로 찐 앵미 리조또라든지.

"약간 속물스럽긴 해도 맛은 좋아."

주문을 마치고 시후미가 말했다.

"밤중에도 내내 영업하고."

그러나 토오루한테는 그야 어떻든 상관없는 일이었다. 눈앞에 시후미가 있다. 중요한 건 그것뿐이었다.

이곳으로 오는 택시 안에서 시후미는 휴대전화의 전원을 껐다. 토오루는 그것을 놓치지 않았다. 지난번 일을 겪으면서 시후미가 '학습'해 준 것이라 생각하니 기뻤다.

요리는 확실히 어느 것이든 맛이 있었다. 여느 때와 마찬가지로 시후미가 선택한 가게는 틀림이 없다.

"그때."

푹 삶아진 고기를 나이프로 썰면서, 토오루는 그날 이후 줄곧 생각하고 있던 것을 말했다.

"그때, 아쉬웠어요, 그냥 집으로 돌아가 버려서."

시후미는 아무 말도 하지 않았다. 미소 지으며 요리를 입에 넣고, 와인을 한 모금 마셨다. 다시 조금 지나,

"아쉬운 정도가 아니었지."

그렇게 말하고, 토오루를 순식간에 행복으로 뒤흔들었다.

오늘은 시후미를 바래다주고 집 안까지 들어갈 수 있는 날일까, 아니면 택시에 밀어 넣어지는 날일까.

토오루는 취기가 돌기 시작한 머리로 그런 것을 생각했다.

8

맨 처음 시후미와 잤을 때의 일은 잘 기억나지 않는다. 토오루는 열일곱 살이었다. 밖에서 식사하고 술 마시고, 시후미의 집에서 커피를 마셨다.

"들어와."

침실 문을 열고 시후미가 그렇게 말한 것을 토오루는 기억한다. 토오루는 그게 그런 의미일거라 짐작했고, 다음 행동은 자신이 이끌어 가야 한다고 생각했다. 그래서 그렇게 했다. 끌어안으며 키스하고, 침대에 밀어 눕혔다. 거칠었을지도 모른다. 하지만 어쨌든 경험 없는 일이었고, 자신이 '리드해야만' 할 것 같았다.

밀어 눕혀졌을 때, 시후미는 희미하게 소리를 흘렸다. 놀란 모양이었다. 두 사람 모두 옷을 입은 채였지만, 토오루는 이미 충분히 흥분해 있었고, 최종적으로는 그것을 삽입해야 한다고 생각했다.

기억나는 것은 거기까지이다. 다음의 기억은 단편적이어서, 시후미가 도중에,

"괜찮아."

라고 한 말을 제외하고는, 여하튼 마지막까지 일을 치렀다는 것밖에 기억나지 않는다.

"적어도 나에 대해 네가 뭔가를 해야 된다든지, 해서는 안 된다든지, 그런 것을 생각할 필요는 없어."

모두 끝난 후, 시후미는 그런 말을 했다.

지금 토오루는 그날 밤 그 침대에 누워, 방 안 구석에 놓인 플로어스탠드의 흐릿한 불빛과 둥글게 떨어지는 그림자를 주시하고 있다.

시후미와의 섹스는 언제나 순식간에 끝이 난다. 달리 경험이 없어서 단언할 수는 없지만, 시후미나 자신이나 이런 일에 그리 빠져드는 체질이 아닐 것이라고 토오루는 생각했다. 자신이 그렇게까지 경험이 없었다는 것을 시후미도 알아차렸을 텐데, 그래도 시후미는 뭔가를 '가르쳐' 주거나 '리드'해 주었던 적은 없

다. 한 번도.

토오루는 곁에 누워 있는 시후미 위에 몸을 딱 포개어 본다. 부드럽고 작은 몸의 감촉과 체온을 음미한다. 얼굴을 엇비켜 베개에 묻는다.

"이렇게 하면 무거워요?"

"아니."

시후미는 조용한 목소리로 대답했다.

"기분 좋아."

행복한 듯 숨을 들이마시며 말하느라 토오루 아래서 몸이 살짝 오르내렸다.

섹스할 때 시후미는 '흐트러지거나' '소리를 높인' 적이 없다. 언제나 무척 유연하게 토오루를 받아들여 주었다. 시후미의 몸은 희고 작다. 그리고 모양 좋은 눈으로 토오루를 지그시 바라본다. 그럴 때면 토오루는 마치 자신이 시험 당하고 있는 듯한 기분이 들어 곤혹스럽고, 곤혹스러운 것이 싫어서 무턱대고 움직여 버릴 때도 있다.

만약 지금 아사노가 들어온다면 어떻게 될까. 토오루는 이 방에 있을 때 반드시 그런 생각을 한다. 그러나 그것은 겁을 내는 느낌이 아니라, 있을 수 없는 일을 공상하는 느낌이다. 시후미가 그런 위험한 일을 저지를 리 없었다. 그렇게 되면 좋을 텐데, 라는 생각까지 한 적도 있다. 그렇지만 어떻든 상관없었다. 시후미와 있을 때면, 그 밖의 세계는 완전히 이질적인 것이었다.

2주 늦은 생일.

"스무 살 무렵에는 뭘 했어요?"

토오루가 물었다. 이 방은 재스민차 같은 향기가 난다.

"잊어버렸어. 학생이었지."

시후미는 말하고, 몸을 일으켜 머리카락을 쓸어 올렸다.

"그다지 성실한 학생은 아니었어. 책만 읽었지. 지금보다 훨씬 많이, 술을 마셨어."

상상하려 했지만 잘 되지 않았다.

"애인은 있었어요?"

토오루가 묻자, 시후미는 시원스럽게 응, 하고 대답한다. 그리고 토오루의 귀에는 즐겁게까지 들리는 목소리로,

"그거 알아?"

라고 했다.

"그거 알아? '하지만' 난 너의 미래를 질투하고 있어."

토오루는 안타까움과 노여움이 동시에 솟구치는 것을 느꼈다. 노여움 쪽이 조금 우세했던 것 같다. 시후미를 힘껏 끌어안았다.

"왜 그런 말을 해요? 앞뒤 안 맞는 소리를. 그렇다면 쭉 같이 있어주면 되잖아요. 뭐 하러 그런 말을 하는지 모르겠다고요."

몇 초 동안, 두 사람 모두 그 자세 그대로 움직이지 않았다.

"힘들어."

시후미가 말하고, 토오루는 당황하여 힘을 뺐다. 너무 강한 무게로 덮어 누르고 있었음을 깨닫는다.

시후미는 두 팔을 들어 토오루의 머리칼에 손가락을 미끄러뜨리고, 마치 한 떨기씩 공기를 집어넣는 듯한 몸짓을 했다.

"믿어주지 않아도 상관없지만, 난 네가 너무 좋아."

아주 살짝 미소 지으며 그렇게 말했다.

"나 스스로도 믿어지지 않아."

까닭 모를 슬픔에 가로막혀, 토오루는 대답하지 못했다.

신학기가 시작되고 바로, 코우지한테서 전화가 걸려왔다. 밤이고, 토오루는 혼자만의 저녁식사를 마친 참이었다. 어릴 때는 외할머니가 요리도 해 주실 겸 집에 오셨지만, 중학교에 입학한 해에 외할머니가 돌아가시고, 이후 저녁식사는 대개 혼자 했다.

미팅 나갈 사람이 한 명 부족하다고 코우지는 말했다. 창밖에는 도쿄 타워가 작게, 그러나 밝게 보인다.

"미팅? 너, 정말 가리는 게 없구나."

그 말은 물론 칭찬은 아니었지만, 일종의 경의는 담겨 있었다.

"나? 그게 아냐, 자원봉사. 미팅이라 해도 유리랑 함께니까, 나한테는 선택의 여지도 없어."

주위가 소란스러워 코우지의 목소리를 알아듣기 힘들었다. 당구치는 소리가 난다.

"그럼 뭣 때문에 하는데?"

미팅이라는 것에, 토오루는 두 번 참가한 적이 있다. 두 번 모두 조금도 즐겁지 않았다.

"학생의 기본이잖아."

코우지는 대답했다.

"아무튼 이번 주 금요일이야. 끊는다. 미안, 지금 그리 길게 말할 수가 없어."

그리고 정말 전화를 끊어버렸다.

"봐봐, 저 사람 너무 멋지다."

전화를 끊은 코우지의 팔을, 유리가 잡아당겼다. 아르바이트하는 곳에 오면, 유리는 신이 나서 까부는 경향이 있다.

"아까부터 굉장히 잘해."

최근에 자주 오는 커플 손님이었다. 여자 쪽은 어려 보이는데 남자는 중년이다. 확실히 속이 다 후련해지는 큐 놀림이었다.

"응."

코우지는 인정했다.

"굉장히 잘 하는 것 같아."

　공을 읽는 자세와 시선만으로도 알 수 있었다. 더구나 오랜 세월 갈고 닦은 당구쟁이 같은 느낌이 아니라, 본래 운동신경이 좋고 그에 더하여 동작 하나하나가 무척 정확하다는 느낌이었다. 그것은 기본이었다. 잔재주가 아니라, 이론과 운동 능력이 갖는 힘이다. 그리고 그것은 코우지가 좋아하는 류의 당구였다.

　카운터에 들어가 글라스를 닦으며 멀찌감치에서 보았다. 동행한 여자 쪽은 그다지 잘하지는 못한다. 키가 큰 여자다. 유리보다 어려 보였다. 부스스한 짧은 머리를 군데군데 녹색으로 물들였다.

"토오루, 올 수 있대?"

　카운터에 턱을 괴고 레모네이드를 마시면서 유리가 물었다.

"Why not?"

　영어로 대답하고, 코우지는 살며시 키세스 초콜릿을 내준다.

자명종 대신 타이머로 설정해 놓은 스테레오로 빌리 조엘의 노래를 들으면서, 토오루는 멍하니 천장을 바라보고 있다. 아침. 블라인드는 내려진 그대로이지만, 비 올 기미가 느껴진다.

베갯머리에는 죠세프 케세르의 『라이온』이 읽다만 그대로 놓여있다. 『라이온』도 시후미가 좋다고 한 책이다.

토오루에게 있어서 세계는 온통 시후미를 중심으로 구성되어 있다.

일어나서 옷을 갈아입고 주방에서 인스턴트커피를 끓였다. 시후미를 만날 가망도 없는 하루, 대체 뭐 하러 일어나야 하는지 알 수 없었지만.

현관에는 어젯밤 늦게 귀가한 어머니의 끈 달린 구두―어머니로서는 보기 드물게 매니쉬한―가 벗어 던져져 있었다.

토오루의 어머니는 올해 마흔여덟 살이 된다. 외모에 신경을 쓰기 때문에 나이에 비하면 그리 못 봐줄 정도는 아니지만, 술꾼에다 행동거지가 '침착하지 못하고 거슬거슬'해서 아줌마라기보다 아저씨 같다고 토오루는 생각한다.

"일할 때의 요우코 씨는 말야, 활력 있고 시원시원한 게 정말 멋있어."

언젠가 시후미는 그렇게 말했다.

"일이 아주 즐거운 모양이야. 그건 내가 아는 한, 자기 일을 가진 일본 여성에게 드문 좋은 성질이거든."

밖에 나가는 것을 좋아하는 사람, 이라고 토오루는 생각한다. 빵을 구워 버터와 달걀노른자를 펴 발랐다.

거실 소파에 앉아 아침식사를 하면서, 토오루는 과거 입시 지망 대학을 결정할 당시, 코우지가 진지한 얼굴로 설교하던 일을 떠올렸다.

"사립? 뭐 하러?"

여름이고, 고등학교 옆 편의점에서 나란히 잡지를 읽던 중이었다.

"국립에 가잖아, 보통."

코우지가 그날, 교복 와이셔츠 안에 검은 티셔츠를 입고 있었던 것까지 기억한다.

"왜?"

토오루는 설교도 친절도 질색이다.

"편차치도 그만하면 충분하고, 더구나 너네 모자가정이잖아. 조금은 신경 써야지."

"너희는 모자가정도 아닌데, 너는 국립 지망이잖아."

희한한 반론이라고 스스로도 생각했다.

"부모님한테 쓸데없는 돈 쓰게 하고 싶지 않아."

보던 영점프를 탁 덮고, 코우지는 편의점 밖으로 나갔다. 맑게 갠 더운 날이었다.

코우지한테는 그와 같이 은근히 진지한 데가 있었다. 부잣집 아들인데도 무척 성실하고 건전하고 가족을 생각하는 면이.

그렇지만…….. 토오루는 솔직히 생각한다. 그렇지만, 남의 일에 간섭하고 싶어 하는 것은 녀석의 나쁜 버릇이라고.

집 안은 조용하다. 식기를 닦고, 책을 마저 읽기 위해 자기 방으로 돌아온다. 오늘은 수업 두 개를 들으러 나가야 한다. 비는 종일 계속해서 내릴 모양이다. 어머니는 당분간 잠에서 깨어나지 않을 것이다.

빨간 피아트 팬더의 대시보드에는 하얗고 작은 봉제인형이 놓여 있다. 아까 코우지가 게임센터에서 뽑아 준 것이다. 전지가 내장되어 있고, 꼬리 밑의 끈을 잡아당기면 몸을 부르르 떤다.

지금 키미코는 기분이 좋다. 비 내리는 소토보리도오리를 달리며 시어머니 이야기를 했다.

"나, 그분과는 사이가 좋아. 그야 성가실 때도 있지만 말야. 어제는 함께 쇼핑하러 갔었어. 돌체 앤 가바나 셔츠를 사주시더라.

아주 예쁜 셔츠였어."

셔츠는 거즈 비슷한 옷감으로 만들어졌으며, 화려한 색채의
꽃과 나비가 프린트되어 있다고 한다. 키미코는 그것을 여름용
겉옷으로 사용할 예정이라고 했다.

"그래서, 오후 수업이 몇 시라고 했지?"

"2시 40분."

코우지는 대답했지만, 그것은 거짓말이었다. 3학년이 되면서
수업 수는 부쩍 줄어들었다.

"그럼 앞으로 2시간도 안 남았네."

이제 곧 12시다. 학교까지의 거리를 생각하면 그런 계산이 나
온다. 그렇게 계산했다고 말하는 것이 옳았다.

"점심은 드라이브 스루(자동차에 탄 채로 음식을 살 수 있는 방식_
역주)로 하죠."

코우지가 제안했다.

"그러면 좀 여유가 생기니까."

두 손으로 핸들을 잡은 채―크고 뼈가 앙상해서 콤플렉스라
는 키미코의 손에는 금색 반지가 몇 개 어수선하게 끼워져 있
다―키미코는 코우지에게 얼굴을 쑥 내민다. 코우지는 입술을 가
볍게 맞췄다. 위험하고 민망한 짓이라고 내심 어이없어 하면서.

섹스가 끝나고, 학교까지 바래다주겠다는 키미코의 제안을 거절하고, 코우지는 JR선을 탔다. 3시에 유리와 만나기로 되어 있다.

그런 연유로 6시에 미팅 장소에 도착했을 즈음 코우지는 피로와 공복이 겹쳐 묘하게 긴장했다. 가게 안에는 백화점에서 알게 된 야마모토와, 토오루, 그리고 하시모토가 일렬로 앉아 맥주를 마시고 있었으며, 유리의 친구는 세 명 모두 20분 늦게 왔다. 그녀들이 나타날 때까지 유리는 걱정스러운 듯 앉아 있었다.

토오루는 이 시점에서 이미 앉아 있기가 거북한 모양이었다. 온 것 자체를 후회하고 있음에 틀림없었다.

갓빠 얼굴의 야마모토는 안절부절못하는 것으로 보아 기대하는 기색이 역력했다. 헐렁헐렁한 나일론 바지는 여전했지만, 그래도 아르바이트 때의 트레이닝 셔츠보다는 다소 깨끗한, 흰 칼라의 러거 셔츠(럭비선수가 입는 가로줄 무늬 셔츠_역주)를 입고 있다.

하시모토는 어디에서든 그렇지만, 제3자인 듯한 얼굴을 하고 앉아 있다.

유리는 하시모토하고만 만난 적이 있다. 오늘은 토오루를 만날 수 있게 되어 내심 기대하고 있었다. 코우지는 맥주를 두 개 주문하고, 요리도 먼저 시켜 놓기로 했다.

이윽고 여자애들이 들어왔다. 세 사람 모두 그런 대로 괜찮은 외모였다. 코우지가 미리 귀여운 아이를, 하고 유리에게 일러두었던 것이다. 미팅 분위기가 죽고 사는 것은 여자의 미모에 달려 있다고 코우지는 생각한다. 처음 만남이라든지 성격이 맞고 안 맞고의 문제가 아니다. 상대가 귀여우면 남자들은 저절로 확실하게 흥이 솟는다. 중요한 건 그 점이었다.

유리와 코우지가 세 사람을 제각기 소개했다. 건배를 하고, 어색한 몇 시간에 돌입했다.

결론부터 말하자면 미팅은 실패였다고 코우지도 생각한다. 전혀 흥이 나지 않았고, 여자애들은 누구 한 사람 전화번호도 가르쳐 주지 않았다. 가게를 나오자 비는 아직 주룩주룩 내리고, 코우지는 주선자적 입장에서 오는 피로감에 진력이 났다. 그래서 2차 모임은 그만두기로 했다.

"우리끼리 조금 더 마시자."

토오루에게 귀엣말을 하고, 다음은 역까지 우르르 걷다가 흐지부지 해산했다.

"유리, 괜찮았을까?"

나머지 일행을 전부 개찰구 안으로 밀어 넣고, 단둘이 남게 되자 토오루가 물었다.

"당연히 괜찮겠지."

오늘은 낮 동안, 둘만의 시간을 충분히 보냈다.

"그보다 뭐랄까, 미안해, 오늘. 분위기 썰렁해서."

"됐어."

토오루는 피식 웃는다.

"이런 거 오랜만인데다, 유리랑 '재밌는 녀석인 하시모토'도 만날 수 있었고."

그리고 조금 지나, 귀엽더라 유리, 라고 덧붙였다.

확실히 유리는 나쁘지 않다. 요즘 코우지는 이전보다 더 그렇게 생각한다. 총명하다. 꾸밈없고. 유리와 있으면, 코우지는 매사가 단순하게 느껴진다.

"가게, 어디 아는 데 있어?"

토오루의 물음에 코우지는 '데키토'라고 대답하고, 앞장서서 혼잡한 길을 걸었다. 센터 거리의 네온 불빛 방향으로.

설령 코우지가 붙잡는다해도, 자신 같으면 시후미를 먼저 돌려보내지는 못한다.

걸으면서 토오루는 그런 생각을 했다. '절대로 못 한다' 코우지가 알면 빈축을 사겠지만, 토오루에게는 이 세상의 어떤 일도, 시후미와 함께 있는 시간에는 비교할 수 없다.

토오루는 미팅하는 내내 시후미를 보고 싶다는 생각만 했다. 손으로 살짝 집은 것 같은 작은 코를 가진 시후미. 거실의 관음상과 꼭 닮은, 낭창낭창한 팔을 가진 시후미. 그리고 조용한 목소리로,

"믿어주지 않아도 상관없지만, 난 네가 너무 좋아."라고 토오루에게 말한 시후미.

지금 당장 시후미를 만나고 싶다.

우산을 쓰고 걷는 코우지의 등을 보면서 토오루는 가슴 아프게 그런 생각을 한다. 시후미 이외는 무엇도 토오루를 행복하게 할 수 없었다.

9

코우지는 요리하는 게 싫지는 않다. 칠칠치 못하게 길게 누워 TV를 보고 있는 하시모토에게 돼지고기 야채 볶음을 만들어주면서,

"너, 제대로 먹고 다니는 거야?"

라고 물었다.

"응."

하시모토는 TV에서 눈을 떼지 않은 채 건성으로 대답하고, 곧이어 고개를 틀어 코우지 쪽을 보며,

"엄마 같은 소릴 하네."

라고 말했다. 접시와 젓가락을 테이블에 놓고 나갈 채비를

한다.

"너, 더 있을 거야?"

있을 거야, 라고 대답한 하시모토에게 열쇠를 던져 주고 코우지는 창문의 커튼을 닫았다. 그리고 방의 전등을 켠다. 저녁에 들어와 전등을 켜는 순간이 코우지는 옛날부터 싫었다.

"그럼, 나, 간다."

현관문을 열고 밖으로 한발 내민 순간, 주택가 특유의 습한 냄새가 코를 찔렀다. 예전, 아츠코의 집에서 황망히 돌아 나올 때 항상 이런 냄새가 났다.

버리는 것은 이쪽이라고 정해 놓았다. 코우지는 그대로 했고, 아츠코를 위해서도 그게 좋았다고 생각한다.

그런데 왜 이런 때, 쓸쓸함 비슷한 꺼림칙한 감정이 생기는 걸까.

지난번 미팅이 끝나고, 토오루와 둘이 술을 마셨다. 토오루는 기운이 없어 보였다. 원래 떠드는 타입은 아니지만 평소보다 더 말수가 적었던 것 같다.

고교시절의 친구는 — 그리 친하지 않았던 녀석도 포함하여 — 대학에 들어와서 만난 친구와 명백히 다르다고 코우지는 생각한다. 지금 같으면 보여주지 않아도 될 일을, 끝내 감추지 못했던 것 같은. 좋아하든 말든 매일 함께 있었던 것 같은.

운명이었다고 코우지는 생각한다. 그리고 그런 만큼, 설명하기 어려운 '친밀감'을 어느덧 품고 말았다.

"사람이 부드러워 보여."

토오루에 대해 유리는 나중에 그런 감상을 말했다.

"고교시절에는 합창부였을 것 같은 느낌."

토오루는 어느 클럽에도 소속되어 있지 않았다. 방과 후에는 코우지가 꾀어내지 않는 한, 곧장 집으로 가는 식이었다. 하긴 마지막 1년은 시후미를 만나러 나가는 일도 많았던 듯싶지만. 전람회든 음악회든 바든, 늘 교복을 입은 채 출입했다.

그 무렵의 토오루에 대해 기억나는 것은, 워낙 조금 먹어서 점심은 언제나 학교 식당의 빵 두 개와 샐러드였던 것, 쉬는 시간에 책을 읽었던 것, 코우지가 좋아한 에어로스미스를, 어디가 좋은지 모르겠다고 말한 것들이다. 그리고 그 맨션. 어머니와 둘이 사는, 몹시 깔끔하게 정리된······.

토오루에게는 어딘가 위험한 구석이 있다고, 코우지는 생각한다. 저렇게 어른스러운 녀석일수록 언제까지나 어린애라고.

토오루는 화이트 와인 석 잔째에 이미 취기를 느끼기 시작했다.

8시에 약속이 있다는 시후미는, 옆에서 콧노래를 나지막이 흥얼거리고 있다. 이 가게에서 흘러나오는 곡은 모두 시후미에게는 '그리운 곡'인 듯싶다.

"다음은 'As Tears Go By' 틀어줘요."

카운터 안에 있는, 선이 가는 마스터에게 즐거운 듯 신청하기도 한다.

"좀 더 일찍 태어나 주었다면 좋았을 텐데."

잔을 흔들어, 와인에 잔물결을 일으키면서 시후미가 말했다.

"나한테 이 곡이 아주 특별했던 시절, 토오루도 함께 이것을 들어주었다면 좋았을 텐데."

토오루가 대답을 못하고 있자, 시후미는 스스로 이야기의 결말을 지으려는 듯이,

"가끔 말야, 가끔 그런 생각을 해."

라고 말하며 웃었다. 흰 셔츠에 회색 바지 차림의 시후미는, 스툴 위에서, 어쩐지 작고 의지할 곳이 없어 보인다. 의식적으로 토오루는 한 손을 시후미의 등으로 가져갔다. 그러나 결국 그것은 의식적이라고 하기에는 너무나도 조심스러운 동작이 되고 말았다.

시후미의 셔츠 너머로 등의 감촉이 전해진다. 이 사람이 만약

떠나버린다면, 죽을지도 모른다는 생각이 들었다.

"조금만 더, 그대로 있어 줘."

시후미가 말했다.

"손을, 거기에 두고."

토오루는 그렇게 했다.

가게를 나와 조금 걷다가 토오루는 시후미를 택시에 태웠다. 걷는 내내 시후미는 토오루의 손을 맞잡고 있었다. 아사노와 걸을 때도 이 사람은 이렇게 할까. 토오루는 생각했지만 물을 수는 없었다.

"약속, 아사노 씨와?"

대신 그렇게 물었다. 시후미는 시원스럽게 고개를 끄덕이며,

"결혼해서 좋은 것 중 하나는 함께 식사할 상대가 있다는 거야."

라고 말했다. 토오루는 피식 웃었다. 발을 동동 구르며 분해서 우는 대신, 그렇게 한 것이다.

"지금, 못 박는 거예요?"

너무 취해버린 것 같았다. 어서 집으로 돌아가 침대에 쓰러져 눕고 싶었다.

"아니."

시후미는 미소 짓고, 택시 문이 열렸다.

"사실을 말한 거야."

입술이 아니라 뺨을 맞대는 인사를 하고 시후미는 떠나버렸다.

집에 돌아오니 웬일로 어머니가 있었다.

주방에서 물을 마시고 있는데, 다가와서,

"들어왔니?"

라고 했다. 오고가는 대화는 평범했다. 저녁은? 필요 없어요.
잘 됐네, 야채 부스러기 하나 없어. 늘 그렇잖아요. 하긴, 뭐, 그래
도 냉동식품 정도는 늘 있지 않니? 그것도 없어? 한동안 시장을
못 봐서.

어머니는 아직 외출복 차림 그대로, 이야기하면서 싱크대 안
쪽의 창문을 열고 담배를 피웠다.

어디 갔었냐고 묻지도 않았는데, 토오루는 시후미와 만난 일
을 어쩐지 어머니가 알고 있는 것 같은 느낌이 들었다.

"목욕, 먼저 해도 돼요?"

그러렴, 이라고 대답한 어머니의 시선을 토오루는 거북하게
느꼈다.

"아직 휘었어요."

빈 잔을 거둬들이면서 코우지가 말했다.

"큐를 당길 때, 오른쪽으로 부풀리는 버릇이 있네."

여자는 미니스커트를 입고 있다. 군데군데 녹색으로 물들인, 부스스한 짧은 머리. 벌써 두 시간이나 혼자서 당구를 치고 있다.

"어디가 잘못됐는지 알아요?"

하고 여자가 말을 걸어왔고, 아직은 한산한 시간이여서, 코우지는 무심결에 조언해 주는 처지가 되었다.

"이렇게?"

"조금 더."

큐 끝을 움직여 준다.

"옳지, 그대로 똑바로 치면 돼요. 앞의 공은 보지 말고, 치는 공의 중심만을 노려서."

높고 강한 소리와 함께 여자가 공을 쳤다. 공은 계산한 대로 두 차례 방향을 바꾸며 우중앙 포켓에 떨어졌다.

봤어요? 라는 듯이 돌아본 여자는, 미인은 아니지만 호감 가는 얼굴이었다. 눈도 입도 큼직하고, 표정이 풍부한 얼굴이다. 좀 다르게 화장하면 괜찮을 텐데, 라고 코우지는 생각했다. 눈꺼풀에 얹은 블루와 실버 가루는 그렇다 쳐도, 광대뼈 주변에 붙인 작은 별모양의 스티커는 좀 경박해 보인다고.

"나이스 샷."

칭찬해주자, 여자는 기쁜 듯이 웃었다.

"그 사람한테 배우면 좋을 텐데?"

코우지는 그렇게 말해 보았다.

"잘 치는 사람과 늘 같이 오죠?"

여자는 아까와는 완전히 다르게, 녹아내릴 듯이 행복한 웃음을 지어 보였다.

"멋지죠, 그 사람?"

그러고 나서 공들을 원래대로 배치해놓고 다시 연습을 시작했다.

"코치해 줘서 고마워요."

코우지의 등 뒤로 그렇게 말을 하며.

6월이 되고 한동안, 여름처럼 덥고 맑은 날이 계속됐다. 코우지는 여름이 좋다.

전화벨이 울렸을 때 코우지는 유리와 한 침대에 있었다.

"코우지?"

키미코였다.

"집에 있었네?"

네, 라고 대답했다. 땀이 밴 등에 유리가 찰싹 달라붙어 있다.

"만날 수 있어?"

"지금 말입니까?"

응, 하고 키미코가 말했다.

"지금은 좀."

키미코와는 내일 만나기로 되어 있다.

"그래, 그럼 하는 수 없네."

목소리에, 실망이라기보다 노여움을 실어 말한다.

"무슨 일 있습니까?"

키미코한테는 평소에 성실하게 전화를 하고 있다. 이런 전화가 걸려오지 않도록 하기 위해 그렇게 하고 있는데.

"무슨 일 없으면 안 되는 거야?"

코우지는 침묵했다. 유리의 바로 앞, 입을 다물 수밖에 없었다. 더구나 이쯤 되면 이제 무슨 말을 해도 소용없다는 것을 안다.

"코우지가 차가운 사람이었다는 것을, 어째서 난 늘 잊어버릴까."

키미코는 그렇게 말하고 한숨을 쉬었다.

"게다가 어차피 내일 만날 건데."

여전히 가시 품은 목소리다.

"예정에도 없는 전화 걸어서 미안해."

수화기를 귀에 댄 채 코우지는 담배를 한 대 물었다. 키미코는 그대로 전화를 끊었다.

"누구?"

바로 누워 연기를 내뿜고, 유리의 물음에,

"점장."

이라고 대답했다. 당장 내일, 비위 맞춰 줄 일이 큰일이라고 생각하면서.

여자는 대체 왜 이리 제멋대로 일까. 사람에겐 각자 개인 사정이 있다는 것을 완전히 무시하고 살아간다. 어린애도 알만한 일을. 토도로키에 위치한 키미코의 프랑스어 교실 근처, 유리벽이 쳐진 카페테라스. 그러나 코우지는 그런 기분은 내색도 않고, 어제의 전화에 대해 사과했다.

"실은 당장이라도 나가고 싶었어요."

키미코는 언짢은 얼굴로 아이스티를 마시고 있다.

"그러니까, 이제 됐다고 하잖아."

되지 않았어요, 라고 코우지는 말했다. 가게 안은 추울 정도로

냉방이 잘 되고 있다.

"이제 기분 풀어요."

키미코는 대답을 하지 않았다. 한동안 침묵한 후에,

"보고 싶었어."

라고 했다.

"갑자기 보고 싶어질 때 있지 않아? 오늘 만나는 줄 알면서도, 오늘이 아닌 어제 보고 싶었어."

그리고 잠시 짬을 두었다가,

"보고 싶을 때 볼 수 없는 남자라니, 형편없어."

라고 내뱉는 것이었다.

코우지는 저도 모르게 천장을 올려다보았다.

"이봐요, 뭘 좀 잘 생각하고 말을 해요. 보고 싶을 때 못 보는 건 키미코 쪽이잖아. 가정이 있는 건 내가 아니라 키미코니까."

키미코의 표정이 무섭게 변했다.

"그런 말을 어떻게 아무렇지도 않게 할 수 있어?"

반지를 몇 개씩이나 낀 두 손이 테이블 위에 펼쳐져 있다.

"감정이란 게 이치대로는 안 되는 거잖아? 결국 코우지는 나한테 관심이 없는 거야. 그러니까 그런 말을 할 수 있지."

얼토당토않은 일이지만, 키미코의 딱하도록 사나운 얼굴은 때

에 따라 코우지를 흔들어 놓는다. 지긋지긋한 상황이라고 머리
로는 생각하는데, 팔이 키미코를 끌어안고 싶어 하는 것이다.

"됐으니까."

코우지는 말하고 자리에서 일어나며 계산서를 집어 들었다.
무서운 표정의 키미코가, 그래도 얌전히 따라와 줄 것을 알고 있
었다. 이 다음은 아무리 말을 거듭한들, '당신을 원한다, 당신과
자고 싶다'라는 의미밖에 되지 않는다.

가게를 나오자마자, 코우지는 키미코에게 거칠게 입맞춤했
다. 거기에 응하려는 듯이 키미코도 코우지의 머리칼을 움켜쥐
고 입술을 벌렸다. 욕망이 높아지고, 피차 상대도 그렇다는 것
을 절절히 느끼기 위해, 공기 자체가 조금씩 고양되어 갔다. 욕
망과 욕망이 서로 반응한다. 가슴을 더듬는 코우지의 손을, 키
미코가 간신히 떼어놓았다. 두 사람 모두, 잰걸음으로 계단을
내려갔다. 햇살은 머리 꼭대기에서 내리쪼이고 있다. 차에 올라
시동을 걸고 다이와라는 호텔로 미끄러져 들어가기까지 5분도
채 걸리지 않았다.

토오루가 유리와 재회한 것은, 코우지의 형이 결혼한 날 밤이
었다. 두 사람 모두 피로연에는 초대받지 않았으나, 어찌된 셈인

지 2차 모임에 초대되었다. 빌딩 위의, 바닥이 회전하는 전망 레스토랑. 인원수도 파악하기 어려울 정도로 혼잡하고 떠들썩한 파티였다. 의사끼리의 결혼이라 그런지, 병원 관계자와 의과대학 시절 친구 위주의 모임 같았다.

코우지는 더블 슈트를 입고 있었다. 토오루가 생각하기에, 부잣집 아들풍이 나는 복장이었다. 형과 그리 친한 형제간은 아니면서, 형의 친구들한테는 무척 귀여움을 받고 있는 모양인데, 어찌 보면 코우지다운 일이었다.

유리도 토오루도 달리 아는 사람이 없고, 원피스와 양복이라는 익숙지 않은 모습으로, 하릴없이 끄트머리에 서 있었다.

창 너머 도쿄가 바라다 보인다. 수많은 네온사인이 깜박이고, 새까맣게 가라앉는 황거(천황이 거처하는 곳_역주)의 녹음. 그리고 그 바로 앞에는, 유리창에 비친 실내의 모습. 마이크 다루는 솜씨가 지독하게 서툰 사회자의 목소리가 띄엄띄엄 들려온다.

"아름답다."

밖을 보면서, 곁에 있던 유리가 말했다.

"토오루는 줄곧 도쿄?"

응, 이라고 대답하고 나서, 유리는? 하고 물었다. 유리는 웃었다.

"시즈오카. 미팅 때 말했는데, 토오루는 대화에 참여하지 않았나 봐."

깨끗한 느낌의 아이라고 생각했다. 그러고 보니 그날은 자세히 보지도 못했다.

"고등학생 때의 코우지, 어땠어?"

그것이 마치 먼 옛날의 일인 양, 유리는 물었다.

"보이는 그대로. 막무가내인 데다 성질 급하고."

가끔 술을 마시면 굉장히 격해진다고 덧붙이자, 유리는 재밌다는 듯이 웃었다.

"좋았겠다, 토오루는 그 시절의 코우지 곁에 있을 수 있어서."

토오루는 뭐라 대답해야 좋을지 몰랐다.

"좋았겠다."

유리는 또 한 번 말했다.

'장난꾸러기 남동생'답게 칵테일을 벌컥벌컥 마시고 떠들면서, 코우지는 내심 부모님이 걱정되었다. 그동안 형은 쭉 본가에서 살았다. 지금쯤 노친네들뿐인 집 안에서, 부부가 저녁 반주라도 하고 있겠지.

형은 여느 때와 변함없는 모습으로 그저 그곳에 있고, 사키는 새신부라기보다 동창회의 주역으로서, 여기저기 분주한 기색으로 돌아다니고 있다.

그건 그렇다 치고. 거의 의사뿐인 형 친구들을 바라보면서 코우지는 생각한다. 그건 그렇다 치더라도, 아직 서른 안팎의 나이인데 어째서 다들 저렇게 아저씨 같을까. 이 자리를 보는 한, 의사란 뚱보나 대머리가 될 확률이 높은 직업이라고밖에 여겨지지 않는다.

아저씨가 된다는 것은, 코우지에게는 죄악이었다.

문득, 약혼예물 교환이 있던 날 밤, 현관에서 머리 숙인 사키 아버지의 모습이 떠올랐다. '불민한 여식이지만 모쪼록 잘 부탁드립니다.' 그때의 그 압도적인 슬픔은 과연 무엇이었을까.

예를 들어 키미코도 혹은 아츠코도, 그런 과정을 거쳐 시집을 갔을까.

요리 테이블에 디저트가 올려지고, 코우지는 유리의 모습을 찾는다. 찾으면서, 키미코의 몸이 되살아나고 말았다.

키미코.

키미코는 악마다. 토도로키에서의 그 후 몇 시간을 떠올리면서 코우지는 생각한다. 그것은 어디까지나 몸에 미안했다는 생각이 들 만한, 다시 말해, 정사였다. 방에는 물론 에어컨이 있었지만, 그것을 켤 생각조차 하지 못했다. 서로 옷을 벗겨 주는 일도 없이 두 사람 모두 스스로 벗었다. 말장난할 여유도 없었다. 숨을 헐떡이고 땀범벅이 되면서, 오로지 서로의 몸을 탐했다.

"결국, 코우지는 나한테 관심이 없는 거야."

그런 말을 한 키미코. 정작 자신의 부자유는 문제 삼지 않고, 마치 부당한 꼴을 당하기라도 했다는 듯이 코우지를 질책했다.

"보고 싶었어. 갑자기 보고 싶어질 때 있지 않아?"

창가에서 토오루와 이야기하고 있는 유리에게 디저트 접시를 들고 다가가면서 코우지는 답답하여 한숨을 쉰다.

10

"이 속옷, 코우지를 위해 샀어."

해바라기처럼 샛노란 색 브래지어와 쇼츠를 입은 키미코는, 입술과 그 주변에 온통 복숭아즙을 묻히고, 행복한 듯 웃으면서 코우지에게 덤벼든다.

한낮.

"복숭아물 떨어지잖아."

코우지는 키미코의 손목을 잡았다. 키미코의 손에는 거의 씨만 남은 복숭아가 쥐어져 있다. 휘감기는 듯한 달콤한 향이 방 안가득 퍼져 있었다.

키미코는 개의치 않고 코우지의 입술을 빨아들인다. 코우지가 반대쪽 손목을 잡았다. 양손을 묶인 키미코는 낮은 웃음을 흘리며 손을 빼내려 버둥거리고, 버둥거리면서도 입술은 떼려고 하지 않았다.

코우지는 과일 맛이 나는 그 입술을 받아들이면서, 다리를 걸어 자세를 역전시키려 했다. 키미코는 그 때마다 다리를 휘감으며 저항한다. 힘이 센 여자라고 코우지는 감탄했다.

웃음소리라고도 신음 소리라고도 할 수 없는 소리를 내며 마침내 무너져 내린 키미코를 끌어안으면서, 코우지는 어느새 자신도 키득키득 웃고 있음을 깨닫는다. 샛노란 색 쇼츠에 손가락을 걸어 끌어내린다. 뼈가 도드라진 가는 허리가 드러났다.

거칠게 끌어당기자 키미코는 한층 더 웃음소리를 높이며 코우지의 뺨에, 눈꺼풀에, 정수리에, 얼굴 부근에 키스를 하고, 발을 사용하여 쇼츠를 마저 벗었다.

스스로도 믿기 어려운 일이었지만, 코우지는 이미 인내의 한계를 느끼고 그날 세 번이나 섹스를 했다.

"나, 큰일이야."

섹스가 끝난 후, 베개며 홑이불이며 죄다 바닥에 떨어져 버린 침대에 누워 코우지는 중얼거렸다. 창문으로 약한 바람이 들어

왔으나 땀을 말리기에는 턱없이 부족하다.

"야수인가 봐."

"몰랐어?"

곁에, 마찬가지로 천장을 보고 누운 키미코가 말했다. 한 손을 코우지의 배 위에 얹고 있다. 그 무게를, 코우지는 안쓰럽게 생각했다.

"정말 나, 이러면 안 되는데."

아파트에 키미코를 데려온 것은 처음이었다. 어쨌든 코우지의 방을 보고 싶다며, 키미코가 물러서지 않았기 때문이다. 요즘 키미코는 '어쨌든'을 연발한다. 어쨌든 지금 만나고 싶다거나, 어쨌든 목소리가 듣고 싶었다거나.

"여기, 욕실은 있어?"

브래지어를 입은 채였던 키미코는, 땀에 젖은 그것을 벗고 알몸으로 일어난다.

"그쪽."

욕실을 손가락으로 가리키면서, 코우지는 키미코의 벗은 몸에 넋을 빼앗겼다.

"정말, 예뻐."

잠시 있다가, 키미코는 미소 지으며, 고마워, 라고 말하고 코우지의 이마에 입을 맞췄다.

"가령(새해를 맞이하여 나이를 한 살 더 먹음_역주)과 중력이랑 매
일 싸우고 있어."

샤워 좀 할게, 하면서 키미코가 욕실로 들어가고, 그제야 코우
지는 가령의 의미를 이해했다. 중력은 바로 알아들었지만 가령
이란 게 무슨 뜻인지, 발음만으로는 상상할 수 없었던 것이다.

"저기 좀 봐봐. 저 사람 정말 멋지지 않아?"

밤. 유리는 바카운터에 앉아 레모네이드를 마시면서, 몸을 틀
어 예의 손님을 보고 있다.

"소리가 다르니까 안 보고도 알게 돼. 저 사람이 친다는 거."

정말이었다.

"마에다 씨래, 저 사람."

가르쳐주자, 유리는 놀라 눈을 동그랗게 떴다. 빨대를 입에
문 채,

"어떻게 알아?"

라고 묻는다.

"자주 오는 손님이니까."

그렇게 대답했지만, 사실은 카즈미한테서 들었다. 카즈미는

마에다가 데려오는 여자로, 보름쯤 전부터 가끔 혼자 연습하러 온다. 고등학교 3학년이라고 했다.

"어떤 사람일까?"

유리는 여전히 마에다를 보고 있었다.

"글쎄."

코우지는 물론 마에다보다 카즈미에게 관심이 있다.

"유~리~양."

그러나 유리가 다른 남자에게 눈길을 빼앗기는 건 그다지 달갑지 않았다.

돌아본 유리에게 검지를 세워 보인다.

"그런 시선 보내는 거 아냐. 눈앞의 남자를 보세요."

유리는 재밌다는 듯이 웃으며, 바보 같다고 말했다.

매년 있는 일이지만, 여름방학이 되면, 토오루는 남는 시간을 주체 못 한다. 그래도 어릴 때는 모형을 조립하거나 퍼즐을 푸는 등, 심심풀이 삼아 혼자서 집중할 수 있는 놀이가 있었는데. 조니 미첼의 곡을 들으면서 생각하다 피식 웃었다. 그보다 더 어릴 적에는 베란다에 놓아 둔 비닐 풀에 물을 채워 주면 온종일 그 안에서 놀았다. 지금 생각하면 우스울 뿐이지만, 그 조그마한 비닐

풀에 튜브며 물안경, 잠수용 슈노르헬, 심지어 오리발까지 가지고 들어가서 놀았다.

비닐 풀은 아버지가 집에 있는 날에만 사용할 수 있었다. 물을 채우고 빼는 수고를 어머니가 귀찮아한 탓이었다. 그런 만큼 아버지는 힘을 내서 토오루의 물놀이를 도와주었다.

어릴 적.

토오루는 신기한 마음으로 생각한다. 그 시절엔 혼자라는 것을 당연한 일로 여겼다. 혼자여도 아무렇지 않았다. 이 얼마나 강인하고 둔감한 일인가.

조니 미첼의 곡은 요전 날 니시아사시의 바에서 처음 들었다.

시후미가 신청한 것이다.

조니 미첼, 캐롤 킹, CCR, 엘튼 존, 그리고 롤링 스톤스. 토오루로서는 들은 기억이 없는 곡들뿐이었다.

시후미는 어떻게 지내고 있을까. 전화를 해볼까, 라고 생각한다. 사귄지 3년이 다 되도록, 토오루는 아직껏 당당하게 전화를 걸지 못한다.

어느 때건 상관없어, 전화해 줘, 라고 시후미는 아무렇지 않게 말하지만.

3평 남짓한 방에는 책상 하나, 침대 하나, 책장 하나가 놓여있다. 침대 양옆에 앰프. 그것만으로 방은 꽉 찬다. 작은 옷장은 붙박이형으로 되어 있고 의류는 모두 그곳에 수납한다. 일상 용품은 적은 편이 좋다는 게 토오루의 평소 생각이었다. 알아보기 쉬워야 안심이 되기 때문이다.

책장에서 사진집을 한 권 빼낸다. 시후미의 가게에서 최근 발견하고 마음에 들어 산 것이다.

"좋은 취미네."

시후미는 계산대에서 그렇게 말했다.

역시 전화해보자. 불현듯 마음을 정하고 토오루는 거실로 간다. 자신의 방에 전화가 없다고 하면 대부분의 친구가 놀라지만, 어머니가 좀처럼 집에 없으니, 이 집에서는 그 점 때문에 불편한 일은 없다.

그러나 전화는 연결되지 않았다. 다섯 차례 신호음이 울린 후, '지금은 전화를 받을 수 없습니다.'라는 여자의 음성이 흘러나왔다.

거리가 명백해진다. 시후미는 닿지 않는 장소에 있다. 망설이며 전화 건 일을 부끄럽게 여기며, 토오루는 자기 방으로 돌아온다. 그리고 다시 시간을 주체하지 못한다.

최악의 여름방학이 되리라는 것을, 코우지는 미처 깨닫지 못했다.

　슬슬 취업 준비를 해야 한다는 생각에, OB 방문도 한두 군데 할 예정이다. 하지만 그보다 좀 더 효율적인 방법을, 물론 자신이 선택해야 하는 것도 알고 있었다.

　"아, 이런 데서 남자 녀석들 얼굴만 보고 있음 뭘 해."

　시끌시끌한 이자카야의 테이블에서 야마모토가 투덜거렸다.

　"그럼 여자 있는 데라도 가지 그래."

　언짢게 말하고, 코우지는 야마모토를 노려보았다. 나쁜 녀석은 아니지만 너무 연약하다고, 코우지는 생각한다. 행동력이라는 것이 없다.

　"나는 남자 녀석의 얼굴이라도 괜찮아."

　하시모토가 싱글싱글 웃으면서 말하고, 커다란 맥주잔에 담긴 자몽 사와를 마신다.

　"그것도 별로 듣기 좋은 말은 아니라네."

　대답은 그렇게 했지만, 사실 코우지는 남자끼리 마시는 것도 좋아한다. 특히 오늘 같은 날에는.

　오늘의 키미코는 심기가 안 좋았다.

　처음엔 좋았다. 에비스의 요가 교실로 데리러 가자, 낡은 건물의 계단을 내려온 키미코는 기뻐 웃는 얼굴을 보이며 목을 감싸 안았다. 날씨도 좋았다. 태양이 내리쬐는 가운데 곧장 러브호텔로 갔다. 키미코는 주말에 남편과 골프 여행을 갔었다는 등, 차 안에서 그런 이야기를 했다. 그런데 호텔 방에 들어간 무렵부터 서서히 기분이 상하기 시작했다.

"여친 이야기 들려줘."

그런 말을 했다.

"여친?"

"있냐고 물었더니 있다고 대답했잖아? 한참 전에."

기억나지 않았다. 그래서 그렇게 대답했다.

"내가 그런 말을 했었나."

유리 얘기였을지도 모르고, 그 이전에 수영장 안전요원으로 일할 때 만난 아이일지도 모른다. 아니면 단순한 거짓말이었을 지도. 적어도 키미코와 처음 만났을 때, 코우지는 누구와도 사귀고 있지 않았다.

"나쁠 것 없잖아? 있는 게 당연하니까."

키미코는 집요했다.

"없어요, 아무도."

코우지는 우선 그렇게 말해 보았다. 키미코뿐이에요, 라고.

셔츠 단추를 풀어 주고 가슴에 입술을 미끄러뜨렸다. 키미코
는 코우지가 하는 대로 맡겨둘 뿐이었다.

침대에 들어가서도 키미코는 꼼짝하지 않았다. 가만히 천장을
노려보고 있다.

"왜 토라졌는데?"

어지간히 진절머리가 났지만, 코우지는 애써 달콤한 목소리를
내 보았다. 키미코가 천천히 일어나 옷을 주워 입기 시작했다.

보통 일이 아니구나 싶었다.

"봐요."

불러도 대답하지 않았다. 코우지는 한숨을 쉬고, 어쩔 수 없이
자신도 옷을 집어 들었다. 키미코가 폭발한 것은 그 순간이었다.

돌아본 얼굴은 무척 슬퍼 보이고,

"결국, 코우지는 나한테 관심이 없어."

라고, 주특기인 대사를 내뱉었다.

"있어요."

관심이 있으니까 옷을 벗는 게 아니냐고, 마음속으로 중얼거
린다.

"도대체 왜 화를 내는지 모르겠네."

한동안 말없이 서로 노려보는 상황이 되었다.

"아무 관심도 없으면서."

키미코는 같은 말을 또 한 번 하고,

"그럼 어떻게 아무렇지도 않아?"

날카롭게 째지는 소리를 내며 숄더백을 움켜잡았다.

"진정해요, 왜 그러는데."

'반사적으로' 다가가서, '반사적으로' 벽에 밀어붙였다.

"진정하라니까."

키미코의 몸은 무서울 정도로 뜨거워져 있었다. 우는 게 아닐까 싶었으나 그렇지는 않고, 팔에 힘을 실어 뿌리치려고 했다.

"놔 줘."

진정된 목소리로 말했다.

"놓을 수 없어."

왜 놓을 수 없는지도 모른 채 코우지는 그렇게 단언했다. 새삼 잘 기분이 아니라고 생각하려는데, 도전적인 얼굴로 자신을 노려보는 키미코한테서 눈을 뗄 수 없었다. 거세게 키스했을 때는, 이미 어쩔 도리 없이 키미코를 원하게 되었고, 우격다짐으로라도 깔아 눕힐 생각이었으나, 결국 키미코도 코우지 못지않은 격렬함으로 그 후의 한 시간을 보냈다.

"젠장."

코우지는 생각하며 한숨을 쉬었다.

"왜 그리 감정적이 될까."

"또야?"

하시모토가 씁쓸하게 웃는다.

"정성이다, 정말."

마요네즈 접시에 시치미(매운 맛을 내는 일곱 가지 양념_역주)를 산더미처럼 뿌린다. 하시모토는 시치미를 좋아한다.

"너무 많이 치는 것 아냐?"

야마모토가 말했지만, 코우지는 그것을—당사자인 하시모토보다 먼저—마른 오징어에 듬뿍 찍어 개의치 않고 입에 넣었다.

질투의 일종일 것이라는 정도의 짐작은 가지만, 실제 키미코가 무엇에 화가 났는지, 코우지로서는 이해할 수 없고 또한 이해할 기분도 아니었다. 그것은 말하자면, 키미코 류의 거친 전희일지도 모른다. 그런 식으로까지 억측하고 싶어졌다.

어차피 '언젠가는 헤어져야 한다'. 머리 한구석으로는 늘 그것을 생각하고 있다.

음악은 이미 질리도록 들었다.

오늘은 낮에 이발소에 다녀왔다. 어제는 대학 친구가 하자는 대로 대학야구를 보러 나갔지만, 재미가 없었다. 일주일에 이틀 가정교사 아르바이트를 하러 나가는 것 외에 이렇다 할 일도 없다. 토오루는 남는 시간을 주체할 수 없게 되어버린다.

시후미는 벌써 한 달 가까이 못 만났다.

전혀 공부를 안 한 결과라고는 해도 1학기 시험을 너무 망쳤다는 느낌이 들어서 내일은 오랜만에 도서관에라도 가볼까 생각 중이다. 고등학생 때는 다른 녀석들이 과외나 입시학원에 다니는 것처럼 도서관에 가서 공부를 했다. 그곳에 가면 마음이 차분해진다고 토오루는 생각한다. 해는 좀처럼 지지 않는다. 토오루는 거실 소파에 길게 누워 늦은 낮잠을 자려고 눈을 감았다.

시후미를 알게 된 후부터 거실에서 지내는 시간이 늘었다. 이 곳에 있으면, 적어도 걸려오는 전화를 못 받을 염려는 없다.

막 잠이 들려는데 전화벨이 울렸다. 그런 탓에, 시후미의 전화가 아닐지도 모른다고 생각하는 것을 깜박 잊었다. 평소에는 대개 그렇게 생각하면서 받기로 하고 있는데.

전화는 아버지한테서 온 것이었다.

"어떻게 지내냐?"

잘 지내요, 라고 대답했다.

"이미 여름방학이지?"

오랜만에 밥이라도 같이 먹을까 해서, 라고 아버지는 말했다. 집 안은 에어컨이 너무 잘 돌아서 춥다. 리모컨을 집어 전원을 껐다.

"좋아요. 지금요?"

토오루가 대답하자, 수화기 너머 아버지가 안심하는 것이 느껴졌다.

창밖은 아직 밝다.

"잤니?"

목소리에서 금세 알아차린 모양이다.

"잠깐 졸다가."

라고 인정했다.

"그래."

아버지는 목소리에 웃음을 머금는다. 한 시간 후에 아버지의 사무실로 가기로 약속하고, 토오루는 전화를 끊었다. 끊은 순간, 시후미와의 거리가 또 한 번 벌어진 느낌이 들었다.

나가기 전에 샤워를 한 이유는, 목이며 얼굴, 머리 주변에 이발소 냄새가 났기 때문이다. 이발소 냄새는 어쩐지 옛날부터 토오루를 어린애 같은 기분에 젖게 한다.

역으로 이어지는 비탈길 위에서 짙은 보랏빛 하늘 아래 이제 막 불이 들어오기 시작한 도쿄 타워가 보였다.

아버지는 크림색 폴로셔츠를 입고 있었다. 맛있게 맥주를 마시고, 최근 설계를 의뢰 받은 집에 관한 이야기를 했다. 그 집은 하야마에 있으며, 무엇이든 죄다 하얗다고 한다. 심지어 쓰레기를 덮는 유리 덮개까지 하얀색으로 특별 주문했다고 한다.

"워낙 흰색을 좋아하는 거겠지."

그렇게 결말을 짓고 아버지는 웃었다. 자신도 뭔가 이야기를 해야만 될 것 같아, 토오루는 1학기 시험이 엉망이었다는 이야기를 했다. 아버지는 오히려 즐거운 듯이 그 이야기를 들었다. 그리고,

"시험이 대단한 건 아니야."

라고 말했다.

"뭐, 그렇긴 해도."

아버지가 싫지는 않지만, 아버지와 이야기할 때면 어쩐지 겉도는 느낌이었다. 말이 말로서 제대로 기능하지 않는 것 같은.

"낚시는 해요?"

화제를 바꾸고 싶어서 말했다.

테이블 위에 올라온 아버지의 팔은 굵고 울툭불툭하다.

"웅. 지난번에는 은어를 낚았다."

오른 손등에 작은 상처가 있다. 어릴 적, 불꽃놀이를 하다 덴 흉터라고 했다.

"그래요."

토오루는 시후미와 함께가 아니면 무슨 말을 주고받든 아무 의미가 없다는 생각이 들었다. 시후미에 대해서만, 자신의 말이 제대로 기능한다. 시후미와 함께가 아니면 식사 따위 하고 싶지 않았다.

"먹질 않는구나."

그런 마음을 간파한 것처럼 아버지가 말한다.

"그렇지 않아요."

토오루는 말하고, 작은 잔의 맥주를 비웠다.

일찍이 아버지가 아직 집에 계셨을 무렵, 현관에 들어서자마자 바로 보이는 벽에 액자가 걸려 있었다. 각양각색의 벌레가 늘어선 것처럼 보이는, 제물낚시 액자였다. 어릴 적 토오루는 그것을 이유도 없이 종종 바라보곤 했다. 아버지와 나란히 술을 마시면서 문득 그런 일을 떠올렸다.

11

길모퉁이의 빵집은, 고교시절, 학교에서 돌아오는 길에 코우지와 종종 군것질하러 들르던 곳이다. 당시부터 이미 보기 드물던 잡화코너가 절반을 차지하는, 누추해도 풍정이 있는 가게이다.

"여기?"

유리의 물음에 토오루는 여기, 라고 대답했다. 오후 3시. 주위에 사람의 모습은 없고, 햇볕 쨍쨍하게 맑은 날이다. 고등학교에서 역과 반대쪽으로 나 있는 조용한 주택가이다.

"이 고개 위에 버스 정류장이 있는데, 멀리 돌아가긴 해도 코우지와 가끔 그 버스를 탔어."

토오루는 설명했다. 햇살 속에서 유리는 눈을 가늘게 뜬 채 빵집을 보고 있다.

"복고풍이네."

라고 말했다. 가게는 실제로 그곳에 있고, 유리문이 활짝 열려 있어서 어두운 안이 보이는데도, 유리의 말투에는 마치 먼 곳을 그리워하는 듯한 울림이 있었다.

"들어가 볼래?"

토오루가 묻자, 유리는 고개를 저어 부정했다.

코우지의 고등학교 주변을 걷고 싶다는 전화를 받았을 때 토오루는 솔직히 당혹스러웠다.

"하지만, 코우지에게 데려가 달라고 하지, 왜?"

유리는 망설이는 기색으로 으응, 하고 나서

"코우지와 상관없이, 그냥 걷고 싶어."

라고 대답했다.

"상관없지만."

애매하게 대답했나 싶었는데, 유리는,

"잘 됐다."

라고 말했다.

어제 저녁, 일단 코우지에게 전화를 걸었다. 코우지는 이미 유리한테서 듣고,

"아, 미안."

이라고 했다.

"그 녀석, 뭔가 기대하고 있는 모양이야."

라고도.

햇살이 강하다. 빵집 앞의 자동판매기에서 콜라를 샀다. 유리는 손수건으로 팔꿈치 안쪽을 닦고 있다.

비탈길 아래 철망에 기대어 콜라를 마셨다. 코우지와 빵을 먹던 바로 그 장소이다.

"신발을 그쪽 어딘가에 벗어두고 여기 기대어, 코우지는 그곳에 쭈그리고 앉아서."

토오루가 말하자, 유리는 기뻐하는 듯한 표정을 지었다. 빵집 옆은 낡은 이발소로, 삼색의 꾸불꾸불한 표지판이 돌아가고 있다. 토오루는 이곳에서 항상 그 모습을 바라보았다.

"어떤 이야기를 했는데? 여기서, 코우지랑."

"어떤 이야기라……, 여러 가지, 기억나진 않지만."

유리는 스스로 생각해도 질문이 바보 같았다고 느꼈는지, 웃으면서,

"하긴 그렇네."

라고 말한다. 토오루도 따라서 가볍게 웃었다.

"그렇게 좋아? 코우지가."

그냥 묻자, 유리는 주저 없이.

"좋아."

라고 대답했다.

고등학교, 역 근처의 편의점, 도중에 내려 배회하던 거리의 전자오락실. 빵집. 다음은 어디로 가야 좋을까.

"어떡할까? 버스라도 타 볼래?"

"탈래."

유리는 활기차게 대답한다.

토오루와 유리가 단둘이 만나는 것에 대해, 코우지는, 자신이 조금도 불쾌해지지 않는 것이 이상했다. 상당히 질투심이 강한 편이라고 평소에 생각해 왔기 때문이다. 경계심도 강한 편이라고 생각했다.

그러나 그 두 사람은 모두 자신의 경계심을 없애 주는 인간이다. 그런 생각에 코우지는 어쩐지 흡족한 기분이 들었다. 믿을 수 있는 인간은 적지만, 한 번 믿으면 끝까지 믿는다.

날씨 좋은 수요일. 여름방학 기간 동안의 대학은 한산하다. 두 개의 야구장과 육상경기장, 핸드볼 코트와 궁도장까지 갖춘 캠퍼스는 넓다. 게시판에서 발견한 '인체 실험' 아르바이트는 한 시간 만에 끝나버렸다. 체육과 교수 및 타 학교 학생들이 지켜보는 가운데 손과 발에 전극을 달고 움직인다. 그게 전부였다.

덥다. 담배를 물고 불을 붙였다. 동아리 건물 앞을 지나는데, 연극 부원의 형편없는 발성 연습 소리가 들리고, 공기가 한층 더 숨 막힐 듯이 더웠다.

오늘은 본가에 돌아가기로 되어 있다. 취직 상담차 가는 것이지만, 그 전에 필시 어머니의 요리 공세를 받게 될 것이다.

언제나처럼 시후미의 제안은 갑작스러웠다.

"주말에, 가루이자와에 가. 하루만 놀러 안 올래?"

더운 날이 계속된 끝에 한바탕 소나기가 내려 거리를 적시고, 공기가 조금 차가워진 듯한 기분이 드는 저녁. 토오루와 시후미는 플라니에 있다.

"별장이 있어."

시후미가 보드카를 마시자 가느다란 목의 움직임이 보였다.

"별장?"

토오루가 되묻자, 시후미는 고개를 끄떡이며 근사한 곳이라고 말했다.

내내 보고 싶었던 사람이 곁에 있다.

토오루는 그 사실을 맛보는 것만으로도 벅찰 지경이었다. '주말'도 '별장'도, 멀어서 실감이 나지 않는다.

줄곧 보고 싶었다. 시후미만을 생각했다. 시후미가 읽은 책을 읽고, 시후미가 듣던 음악을 들었다. 병일지도 모른다고 생각될 정도였다. 정신이 돌아버린 건지도 모른다고.

시후미는 시치미를 떼고 앉아 있다. 토오루를 고통 속에 내버려 둔 일 따위 없다는 듯이, 어제도 만나고 오늘도 만나는 것 같은 자연스러움으로, 우아하게 술을 홀짝인다.

"그곳에 가면 테니스도 칠 수 있어."

시후미가 말했다. 토오루는 약간 주저했으나,

"테니스는 해본 적이 없어요."

라고 솔직하게 대답했다.

"운동은 질색이에요."

시후미는 한 손으로 턱을 괴고, 재밌다는 듯이 토오루를 응시하며,

"어머나."

라고 했다. 시후미의 눈은 완전히 아몬드형이다.

"우연의 일치. 나도 그래."

그리고 나서 담배에 불을 붙여 연기를 내뿜고,

"골프도 칠 수 있지만, 안 하겠네?"

라고 물었다. 토오루가 안 한다고 대답하자,

"멋져. 나, 골프 치는 남자 너무 싫어."

라고 말한다. 너무 멋져, 라고 반복해서.

"실컷 퍼질러 놀아야지. 대낮부터 술 마시고, 낮잠 자고."

토오루의 귀에, 어쩐지 그것은 숨이 멎을 것만 같은 일로 들렸다. 도무지 정말이라고는 믿어지지 않을 만큼 감미로운 일로.

"자고 와도 돼요?"

토오루가 묻자, 시후미는 순간 희한하다는 듯한 표정으로,

"당연하잖아?"

라고 말한다. 이상한 걸 다 묻네, 라고. 시후미는 가볍게 미소지으며 글라스에 남은 보드카를 다 마셔버렸다.

"그렇지만 맨몸으로 와도 괜찮아. 필요한 건 모두 사서 쓰자."

왼팔의 시계를 보면서 일어난다.

"그만 가 봐야 해. 토오루는 천천히 마시고 와. 괜찮으면 뭔가 먹을 거라도."

실망이 얼굴에 드러나지 않기를 기도하면서, 토오루는 알았다고 대답한다. 그럭저럭 미소 비슷한 것을 지었다.

플라니의 무거운 문이 등 뒤에서 닫힌다. 그리고 다시, 토오루는 '갑자기' 혼자가 되었다.

유리와 아침 테니스를 친 다음, 가정교사 아르바이트를 하나 해치우고, 코우지를 '과외 쌤'이라 부르는 그 성적 시원찮은 학생 집에서 점심으로 오야꼬 돈부리를 먹고 나서, 코우지는 키미코와 밀회하였다.

키미코와는 요즘 일주일에 나흘, 그녀가 강습 받으러 나올 때마다 만나고 있다. 지금까지 없던 빈도이다. 그것이 키미코의 요구 탓인지, 자신의 욕망 탓인지, 코우지는 판단 내리기 어렵다.

다만 한 가지 아는 사실은, 이대로는 위험하다는 것이다. 키미코의 요구는 날이 갈수록 높아진다. 그리고 자신의 욕망도. 그 두 가지가 한계점에서 부딪히고 있다. 말 그대로, 한계점에서.

"코우지의 몸에선 좋은 냄새가 나."

묘하게도 장딴지에 입을 맞추고 나서, 키미코는 말했다.

"젊고, 향기로운 냄새."

넓적다리에, 배에, 그리고 어깨에 입맞춤한다.

"쓸데없는 게 하나도 붙어있지 않아."

호텔 방은 좁고, 창문이 없기 때문에 어두워서 시간을 가늠할 수 없다.

"쓸데없는 거라니?"

"지방이라든가, 가슴이라든가."

코우지는 어처구니가 없었다.

"붙어 있어요, 모두."

키미코는 천장을 보고 누운 코우지를 거리낌 없이 내려다보고,

"하긴."

이라고, 마지못해 결론을 내렸다.

"게다가 만약 가슴이 쓸데없는 것이라면, 난 키미코의 쓸데없는 것이 너무 좋아."

몸을 일으켜 키미코를 등 뒤에서 끌어안고, 가슴을 두 손바닥으로 하나씩 감쌌다. 키미코는 웃음소리를 흘리며 몸부림쳐 빠져나와 숄더백을 집어 든다.

"선물이 있어."

라고 말하면서 백 안을 뒤졌다.

건네받은 물건을 보고 코우지는 이맛살을 찌푸렸다. 휴대전화였다.

"가지고 다녀?"

말끝을 올려 마치 질문하는 듯한 악센트로 말한 후, 키미코는

코우지의 표정을 걱정스럽게 지켜본다.

"왜?"

코우지는 스스로 생각해도 노골적이다 싶을 만큼 불쾌한 목소리를 냈다. 몹시 불쾌했다. 연상의, 벌거벗은 여자가 주는 물건을 내가 얌전히 받을 이유가 없지 않은가, 라고 생각한다.

"왜라니, 이렇게 하면 언제든 연락할 수 있잖아? 더구나 요즘 젊은 세대들은, 가지고 있는 게 보통이잖아."

요즘 젊은이인데도 갖고 있지 않은 데는 그럴만한 이유가 있다는 것을, 이 여자는 어째서 알아차리지 못할까.

"받아 주어도 괜찮잖아."

고압적이다 싶은 말투로 키미코는 말하고,

"여친이랑 데이트할 때는 전원을 꺼두면 되니까."

라고, 문제의 본질과는 상관없는 말까지 덧붙였다.

"이런 물건, 갖고 다니는 거 싫어해요."

코우지가 말했다.

"구속당하는 느낌이랄까."

키미코는 표정을 바꾸지 않았다. 가시 돋친 목소리로,

"그럼 됐어."

라고 말하고, 코우지의 손에서 전화를 낚아채더니, 내동댕이

치듯 휴지통에 던져 버렸다. 휴지통이 금속제여서 쾅하고 큰 소리가 났다.

흥분하면 키미코는 제스처가 커진다. 방을 걸어 다니는 속도도 빨라지고, 옷을 주워 입는 동작도 거칠다.

"진정해요."

코우지가 말했다. 휴지통을 들여다보니, 휴대전화는 뒤쪽의 덮개가 벗겨지고 건전지가 튀어 나와 있었다.

"물건에 무슨 죄가 있다고, 난폭하게."

키미코는 듣지 않았다.

"바보 같아. 정말, 바보 같아."

혼잣말처럼 중얼거린다.

"애태우는 건 나뿐이야."

평소의 키미코는 아름답다. 그러나 화났을 때의 키미코는, 코우지에게 기분 안 좋을 때의 어머니를 연상시킨다. 히스테릭한 아줌마의 얼굴이다.

"키미코."

이제 한계일지도 모른다고 생각한다. 더 이상은 사귈 수 없다고.

"어떻게 하면 좀 더 코우지와 가까워질 수 있을까, 난 그것만

생각하는데. 어떻게 하면 코우지에게 부담 주지 않고, 그러면서
도 좀 더 가까워질 수 있을까, 하고."

옷을 다 챙겨 입고, 그렇게 말하던 키미코의 목소리가 갑자기
떨렸다.

"어떻게 코우지는 아무렇지도 않아?"

그리고, 그대로 울기 시작했다.

"어떻게 그래. 어떻게 아무렇지 않을 수 있어?"

코우지는 천장을 올려다보았다.

가루이자와는 쾌청했다.

도쿄 역에서 은색 신칸센을 타고 65분. 어머니한테는 대학 친
구와 여행을 간다는 말을 하고 왔다. 어머니는 순간 의심하는 듯
한 눈빛으로 토오루의 얼굴을 보았으나, 그래, 라고 하였다. 조심
해서 다녀오라고.

시후미와는 역에서 만나기로 했다. 도로가 한산해서 일찍 도
착해버렸다는 시후미는 하얀 팔이 드러나는 짙은 감색 여름 드
레스를 입고 있었다.

"짐은?"

시후미가 늘 보던 숄더백만 들고 있자, 토오루가 물었다. 자신

은 일박이지만, 시후미는 그 후에도 한동안 머물 예정이다.

"짐? 뭐가 필요한데?"

재밌다는 듯이 시후미가 묻고, 그 순간, 토오루는 자신들이 자유라는 기분이 들었다. 거의, 무엇이든지 할 수 있을 것 같았다. 맨몸으로, 어디든 갈 수 있다. 마치, 영원히 여행할 수 있을 것 같은 기분이었다.

실제, 그날의 일은 무엇이든, 토오루한테는 너무 행복해서 현실감이 떨어졌다. 그래서 더 아깝게 느껴졌다. 한 가지 한 가지를 좀 더 확실히 맛보고 싶은데, 차창을 흐르는 경치처럼 붙잡을 길도 없고, 어쩔 도리도 없이 행복이 흘러가 버리는 것만 같았다.

신칸센 안에서 시후미는 캔 맥주를 마셨다. 캔 뚜껑은 토오루가 땄다. 그 정도의 일이 토오루한테는 기쁘고 특별하게 생각되었다. 먹거리 등을 실은 손수레가 지나칠 때도, 시후미가 신기한 듯 쳐다보았기에 토오루는 냉동 귤을 사주었다. 시후미는 기뻐하며 그것을 먹었다.

평소에는 시후미의 영역에 있기 때문에 자신이 할 수 있는 일이 별로 없다고 항상 느껴왔다. 혼잡한 가운데 묘하게 들떠있는 시후미를 보자, 자신이 지켜주어야 할 무언가로 느껴졌다.

여하튼 그런 시간을 보내며 토오루는 가루이자와에 도착했다.

"덥네."

개찰구를 나오자, 시후미는 우선 그렇게 말했다. 팔로 이마 위의 해를 가리고 잠시 동안 역앞을 바라보고 나서,

"뭐 하고 싶어?"

라고 물었다. 어쨌든 아직 아침의 범주에 들어가는 시간이다.

"무엇이든."

토오루는 대답했다. 무엇이든 좋다는 뜻이 아니라, '무엇이든 하고 싶다'는 뜻이었다. 시후미는 그 말을 이해한 모양이었다.

싱긋 웃으며,

"멋져."

라고 대답했으니까.

"그럼 우선 방부터 잡자. 그리고 밖에 나오면 돼."

시후미는 말하고, 햇살 속으로 걷기 시작했다.

"간사?"

수화기에 대고, 코우지는 흥미 없다는 듯한 목소리를 냈다. 학급 모임의 간사 따위, 아주 귀찮기 만한 일이다.

"4학년이 되면 모두 여행이니 뭐니 해서 바쁠 테고, 취직하면 좀처럼 만나기 힘들어지지 않겠어? 우리 반, 졸업하고 한 번도

모인 적 없고."

현재 여대생인, 전 동급생이 말했다.

"이런 일이란 게, 누군가가 앞장서지 않으면 진행이 안 되잖아? 코우지는 인망도 두텁고."

여자 쪽은 내가 모을 테니까, 라고 말하는 이 여자애는, 그렇다면 자신도 인망이 두텁다고 여기는 걸까.

"우치다 선생님도 말야, 여름방학 기간 중이면 오신다고 하셨어. 모두의 얼굴이 보고 싶다고."

내일은 아버지의 아는 분과 회식 자리를 갖기로 되어 있다. 대학 3학년 여름은 취업 시즌이다. 키미코는 착 붙어 덤비고, 아르바이트 역시 대충 할 수는 없다. 이런 때에, 어째서 또 학급 모임이람?

"괜찮겠네."

그러나 코우지는 그렇게 대답했다.

"적당한 장소가 있어, 내가 아르바이트하는 곳이지만."

그런 성격이라고 스스로도 알고 있었다. '행동 능력이 지나치다'고 바꿔 말해도 좋다.

"잘 됐다."

이전 동급생은 안도의 목소리를 냈다.

"미카짱도 올까?"

짧은 순간, 생각해 낼 수 있는 한도 내에서 가장 귀여운 아이의 이름을 말했다.

"이이다라든지, 마나미라든지."

생각나는 대로 열거하면서, 그러나, 코우지는 어느 누구의 얼굴도 확실히 떠올릴 수 없었다.

12

가구는 모두 시트로 덮여 있었다. 토오루는 시후미와 둘이 그 것을 한 장씩 벗겨 내면서, 먼지와 오래된 가구가 만들어 내는 퀴 퀴한 냄새임에도 불구하고, 느낌이 좋은 냄새를 들이마셨다. 1층 에는 작은 창문이 한 개 있을 뿐이어서 방 안이 어둑어둑하다.

"산 지 몇 년이나 됐어요?"

토오루가 묻자 시후미는 글쎄, 하며 고개를 갸웃했다. 방을 둘 러보며, 그런 걸 알 리가 없지, 라고 말하는 듯한 얼굴을 한다.

"원래 아사노의 어머니 소유였어."

"헤에."

"청소기 돌리자."

시후미가 시원시원하게 말했다.

넓은 집이다. 2층에는 침실 세 개와 작은 욕실이 두 개 있고, 그 외 곳곳에 비품을 수납하는 찬장이 있다.

"이 별장에서 내가 가장 마음에 들어 하는 건 욕실이야."

시후미가 말하는 그 욕실은, 확실히 무척 세련된 분위기로 꾸며져 있었다.

"고전적이지?"

앤티크한 느낌의 타일은 우윳빛으로, 군데군데 학 그림이 끼워 맞춰져 있다. 같은 우윳빛의 욕조는, 갸름하고 매끄러운 모양에 고양이 다리처럼 생긴 욕조 다리가 달려 있다.

"환하네요."

창을 보면서 토오루가 말했다.

침실 세 군데 중 실제로 사용하는 방은 하나뿐이라고 하기에 그곳만 청소했다. 침대 하나와 의자 하나, 서랍장이 하나 있을 뿐인 작고 귀여운 방이었다.

"라디오, 아직 잘 나올까?"

시후미가 묻고, 토오루는 서랍장 위의, 어쩐지 그 자리에 안 어울려 보이는 트랜지스터라디오의 전원을 켰다. 그 자리에 안 어울린다 싶게 만담가의 경박한 목소리가 들렸다.

시후미가 곁으로 오는 기척이 느껴지고, 다음 순간, 입술이 닿았다. 토오루는 선 자세 그대로, 부드러운 입술을 받아들였다. 가볍고 조용한, 그러면서도 감정이 담긴 키스였다. 만담가가 경박하게 지껄여댔다.

이곳으로 오는 택시 안에서 시후미는 주변의 풍경을 설명해주었다. '이 근방은 번화해, 벌꿀이며 라벤더 쿠키 같은 걸 파는 가게 천지야.', '그 앞이 미술관이야. 뒤쪽에 와인 양조소가 있어.', '이 근방은 겨울이 오면 정말 쓸쓸해. 잔디도 다 말라버리고 말이야.'라고. 별장은 역에서 상당히 떨어진 장소에 있다.

방이 정돈되자, 정오가 좀 지나 있었다.

"조용하네."

토오루가 침실 창문으로 얼굴을 내밀어 눈을 감고 말했다.

"멀리 매미 소리가 나는 것 외에 아무 소리도 들리지 않아요."

시후미는 내일 저녁, 이곳에서 아사노와 합류하기로 되어 있다. 토오루는 뒤돌아 시후미의 얼굴을 보았다. 다시 말해, 앞으로도 꼬박 하루 동안 함께 지낼 수 있다.

"아주 외진 곳인걸."

시후미가 말했다.

"밤에는 무서울 정도로 조용해."

한낮의 햇살 속에서 보는 시후미는 여느 때보다 아주 약간만 연상으로 보였다.

"이따 숲을 산책하자."

작은 얼굴, 하얀 피부, 가늘고 부드러운 머리칼.

"책 가져왔어?"

시후미의 물음에 토오루는 고개를 가로저었다. 책? 뭐 하러 그런 걸 갖고 오겠어. 곁에 시후미가 있는데.

시후미는 뭔가 생각하는 얼굴을 했다. 무척 진지한 어조로,

"그럼, 뭐라도 빌려다 줄게."

라고 한다.

"여기서 함께 책을 읽는 건 멋진 일이야. 달이 뜨면 좋을 텐데."

틀림없이 뜰 거야, 라고 토오루는 생각했다. 시후미가 그러길 바란다면, 설령 달이 두 개인들 놀라겠는가.

"그럼, 침대부터 시험해 보고 나서 나가자."

청소기를 돌리자, 라고 말할 때와 같은 어조로 시후미는 말했다.

달콤한 하루란, 바로 이런 것을 두고 하는 말일 테지. 토오루는 심신 모두 한껏 만족한 어린애와 같은 한숨을 쉬며 생각했다.

작고 어두운 가게다. 맥주는 차갑고, 오이와 해파리는 적당히 달다. 활짝 열려있는 문으로 바람이 들고, 전체가 응달이라서 에어컨 없이도 선선했다.

'침대를 시험'한 후, 토오루는 시후미와 함께 샤워를 했다. 우윳빛 욕실에서. 시후미에겐 배 향기가 난다고, 토오루는 생각했다. 타일 바닥 위에 선 시후미의 둥근 윤곽. 햇살 속에서, 피부표면에 가볍게 소름이 돋아있는 것이 보였다. 따뜻하게 내뿜는 물줄기. 껴안는다거나 키스하는 상상은 하지 않았다. 토오루는 그저 바라보았다.

학 그림을 배경으로 욕실 안의 시후미는 편안하고 느긋해 보였다. 자주 웃고, 머리카락 끝으로 물방울을 흘려 토오루의 것도 흠뻑 적셨다.

"배 너무 고프다."

거품이 이는 비누로 발끝을 닦으면서, 시후미는 행복한 듯이 말했다.

"게다가, 목도 많이 마르고."

토오루는 고개를 끄덕였다. 이제 곧 2시 반이 지나려 한다.

중국인 아저씨가 혼자 경영하고 있다는 이 중화요리점은, '늦은 시간에도 열려 있어서' 종종 온다고 시후미는 말한다. 토오루와 시후미 외에 손님은 한 사람도 없었다. 카운터 안쪽에 술병이 늘어서 있는 걸 보니, 밤에는 바_{bar}가 되는 모양이다.

"가본 적은 없지만, 동남 아시아 분위기가 나요, 여기."

조금 작아 보이는 딤섬을 베어 먹자, 버석하고 둔탁한 소리가 났다.

"일본도 중국도 동남아시아도, 다 같은 아시아인걸 뭐. 비슷하겠지."

시후미의 말이 토오루가 말하려던 것과는 좀 벗어난 느낌이 들었지만, 결국 그 말이 맞는 것도 같아 토오루는 애매하게 고개를 끄덕였다. 뭐가 됐든 기분 좋았다. 몸 안에서 맥주가 돌기 시작한 느낌이다.

"아무 얘기나 해 봐."

재촉을 받고, 토오루는 오랜만에 고등학교 주변을 걸었던 이야기를 했다. 유리며 코우지에 관한 얘기, 길모퉁이의 빵집, 비탈길 위의 버스 정류장.

시후미는 끼어드는 일 없이 잠자코 듣고 있었다. 이상한 느낌이었다. 시간도 장소도 알 수 없게 되어 가는 듯한. 가게 안의 공기가 바깥과는 전혀 다른 밀도에서 흐르고 있는 듯한. 도쿄며 고등학교며, 유리며 코우지는 마치 먼 이야기 속 일인 양 느껴졌다.

이 세상에 자신과 시후미 두 사람만이 존재하고 있다. 토오루는 그런 생각을 하며 거의 현기증이 날만큼 행복감에 젖었다.

"다음에, 시후미네 고등학교에 가 봐요. 대학도 좋지만."

생각이 나서 제안하자, 시후미는 눈가에 웃음을 띠우며 고개를 갸웃했다.

"너무 멀어."

거리 이야기가 아니라는 것을 알기에 토오루는 반론할 수 없었다.

"고등학생의 나도, 대학생의 나도, 언제나 토오루 눈앞에 있어."

시후미는 그런 식으로 말했다.

가게를 나와, 국도변—한쪽은 계속 숲이다—을 슬렁슬렁 걸었다. 더위는 어느 정도 가셨지만 하늘은 아직 파랗다. 도중에 편의점에 들러 토오루는 칫솔과 치약, 그리고 속옷을 샀다.

어디든 갈 수 있다.

자유로워진 기분으로 토오루는 생각했다. 도쿄로 돌아가는 날 따위, 영원히 오지 않을 것 같았다.

"상쾌한 기분."

가볍게 숨을 들이마시며 시후미가 말했다.

"산의 공기가 느껴져."

아직 8월인데도 곳곳에 마른 억새가 흔들리고 있다. 걸을 때 손을 잡는 것은 이미 습관이 되었다.

"와 주어서 기뻐."

시후미가 말했다.

"이곳을, 토오루와 걷게 되어 너무 기뻐."

그 말은 왜 그런지 토오루를 무척 안타깝게 만들었다. 이 사람과 자신은, 줄곧 다른 장소에서 살아가고 있는 것이다.

도로 반대쪽으로 자전거 한 대가 지나쳤을 때 시후미가 불쑥 물었다.

"자전거는?"

질문의 의미를 이해 못하고 있는데,

"자전거 타자고 하면?"

라고, 재밌다는 듯이 되묻는다. 무척 즐거워 보였기에 당연히 토오루도 고개를 끄덕였다.

"뭔가 지금껏 안 해본 것을 하고 싶어."

혼잣말처럼 시후미는 말했다.

식료품을 사고, 일단 별장으로 돌아온 후에 자전거 대여점으로 나갔다. 2인용 자전거를 빌려 숲을 따라 달렸다. 시후미가 천천히 달리자고 하기에 토오루는 그렇게 했다.

저녁 무렵이 되었다. 도로는 곧게 뻗어있고 단조로운 풍경이 이어진다. 토오루는 가루이자와가 좋아졌다. 어디든 달릴 수 있다.

"호리호리하네."

등 뒤에서 시후미가 말했다.

"등이 무척 날씬해."

바로 뒤에 시후미가 있고, 목소리가 들리고, 페달을 밟는 리듬과 더불어 숨결이 희미하게 흐트러지는 것까지 느껴지는데도 불구하고, 볼 수도 만질 수도 없다는 것은 부당하다는 생각이 들었다.

그래도 토오루는 시후미의 모든 것을 느낄 수 있었다. 아, 지금 머리카락을 쓸어 올렸구나, 지금은 옆을 보고 있구나, 라고.

"기분 좋은 바람."

황홀한 듯 말한 시후미가 눈을 감은 것까지도…….

무척 긴 하루였다.

7시가 지나고 그제야 해가 저물었다. 별장 거실에서의 저녁식

사는, 요리를 싫어하는 시후미답게 치즈와 햄, 조리된 독일식 감자요리와 청어 마리네 등을 플라스틱 케이스에서 직접 집어먹는 식이었다. 와인만은 풍족하게 있었다. '벌써 몇 년째 작동하지 않는다'는 근사한 오디오 세트 위에 놓인 작은 CD 플레이어에서 로버타 플랙의 노래가 흘러나온다.

그것들 모두가 토오루를 어린애 같은 기분에 젖게 했다. 무엇 하나, 이 별장에 어울리는 것이 없다. 자신과 시후미가, 벽이며 바닥이며 앤티크한 가구들로부터 거절되고 고립되어 있는 것처럼 느껴졌다.

참 이상한 일이었다. 이 별장에서, 자신이야 낯선 사람이지만, 시후미는 다르다. 그런데도, 토오루는 두 사람 모두 이 세상에서 밀려나 있는 것처럼 생각되었다.

"안 마셔?"

시후미가 토오루의 잔을 들어 올리며 물었다.

"이 자리가 불편해?"

라고도.

"그런 건 아니지만."

토오루는 대답하고, 어쩐지 난처해져서,

"이렇게 오래 같이 있는 건 처음이라서."

라고, 변명처럼 덧붙였다.

시후미는 웃으며 방안을 둘러보았다.

"말하자면, 어쩐지 꺼림칙해?"

하필이면 그때, 로베타 플랙의 곡이 끝나고, 방 안은 아주 조용하다.

"시후미는?"

토오루가 되묻자, 시후미는 잠시 말없이 생각하고,

"걱정할 일은 아닌 것 같아."

라고 대답했다.

그것은 결론이었다. 토오루는 감탄하고 만다. 시후미는 언제나, 곧장 생각하고 결론을 이끌어 낸다.

"보고 싶었어."

시후미는 토오루의 얼굴이 아니라 가슴께를 보면서 말했다.

"내가, 라기보다 내 안의 누군가 다른 여자가, 널 무척 보고 싶어 했어."

"다른 여자?"

밝은 느낌의 전자 피아노 연주에 이어, 스리 도그 나이트가 흘러 나왔다.

"응, 그게 말이지, 완고하고 야성적인 여자야."

야성적이라는 말이 시후미와 어울리지 않았기에 토오루는 가볍게 웃었다. 웃으면서, 그렇지만 알 것 같아요, 라고 생각했다. 아주 잘 알 것 같다고.

키스도 섹스도, 조용하고 자연스러웠다. 특별히 격렬하지도, 특별히 길지도 않았다.

그 후에 침대에서 책을 읽었다. 시후미가 빌려 온 것은 『Peacock Pie』라는 시집이었다. 외국 서적이었으나 토오루의 영어실력으로도 충분히 읽을 수 있었다. 시후미는 그 가운데, 「The Ship of Rio」라는 시가 좋다고 했다. 창밖에는 물론 달이 떠 있었다. 시트에 와인을 엎질러도 시후미는 개의치 않는 것 같았다.

"벗고 있는 거 너무 좋아."

그런 말을 했다.

말도 안 되게 행복하다.

잠에 빠져들기 직전, 토오루는 마음속으로 그렇게 생각했다.

현관 앞, 주차장에서 나는 자갈 튀는 소리에 토오루는 눈을 떴다. 일순 늦게 시후미가 퉁기듯 일어나고, 설마 싶었으나, 정말 아사노의 차였다.

상반신만 일으킨 시후미는 한쪽 손으로 얼굴을 비볐다.

"이런."

당황하는 것처럼 보이지는 않았다. 토오루는 너무 놀라 심장이 튀어나올 지경인데.

"옷이랑 신발 가지고 욕실로 가."

시후미가 말했다.

"문은 열어두고. 괜찮으니까."

"무리예요."

토오루가 말했다. 스스로 생각해도 한심할 정도로 허둥댔다.

"이미 늦었어요. 아래층도 그대로이고. 둘이 식사한 자리도 그렇고. 여기도……."

"됐으니까 어서 가."

토오루는 자신이 떨고 있음을 깨달았다. 시키는 대로 욕실에 숨고, 남편의 엄습에 대비했다. 무사히 벗어나기란 불가능했다.

계단을 올라오는 발소리는 묵직했다.

그곳에서 방의 모습은 보이지 않았지만, 문이 열렸을 때 시후미는 아마도 침대에서 몸을 일으킨 모습 그대로였을 것이다. 시트는 흐트러지고, 책 두 권과 와인 잔 두 개가 나뒹굴고 있는.

"일찍이네요."

먼저 입을 연 쪽은 시후미였다.

"약속이 하나 취소돼서 말이야. 길이 붐비기 전에 오려고 5시에 나왔어."

아사노의 목소리에는 노여움이라기보다 피로가 배어있는 것처럼 느껴졌다.

"손님?"

"네에. 따분해서."

시후미의 목소리에서는 아무런 감정도 읽을 수 없었다.

발소리가 들리고, 아사노가 창가로 다가가는 것 같았다.

"벌써 돌아간 거야?"

"아뇨."

시후미의 목소리는 태연했다.

"커피 사러 갔어요. 다 떨어져서."

전화해서 당신이 왔다고 전할게요, 라고 시후미가 말했다. 토오루로서는 아사노가 그 말을 믿었는지 어떤지는 알 수 없다. 그저 좀 지나서 아사노가,

"그렇게 해 줘."

라고 말하는 소리만 들렸을 뿐이다.

"짐 내리고 올게."

토오루로서는 전혀 알 길이 없었다. 예상했던 것과 같은 아수

라장은 되지 않았다. 아사노는 '손님'에 대해 아무것도 묻지 않았다. 시후미도 아사노도 차분했으며, 놀라 어쩔 줄 모르는 사람은 자신뿐인 것 같은 기분이었다. 발가벗은 채. 옷가지를 끌어안고.

소외된 기분이었다. 토오루는 타일의 학을 응시했다.

"나와도 돼."

시후미의 목소리가 들렸다. 나와 보니, 시후미는 이미 몸단장을 마친 후였다.

"옷 입고, 잠시만 여기 있어. 우리가 나간 다음에 택시를 부르면 돼. 번호는 전화기 옆에 붙어 있으니까."

토오루는 알았다고 대답했다. 어젯밤의, 터무니없던 행복감은 흔적도 없이 사라졌다. 자갈을 밟는 발소리가 들려온다.

"돌아가면 전화할게."

시후미는 그렇게 말하고, 방을 나서려다 돌아보며, 상황에 어울리지 않게 웃어 보였다.

"즐거웠어."

그리고, 멍하니 서 있는 토오루를 남겨두고 가버렸다. 남편이 기다리는 현관 앞으로.

순식간의 일이었다. 잠에서 깨어나자, 어쩔 도리도 없이 세상이 싹 달라져 버렸다.

옷을 입고, 토오루는 조심조심 창밖을 내려다보았다. 벤츠의 트렁크가 열리고, 두 사람이 짐을 밖으로 실어내는 참이었다. 커다란 여행용 가방이 한 개, 골프 가방이 두 개, 보였다.

13

지독한 여름이라고, 코우지가 훗날 돌아보게 되는 여름방학은 이제 막 시작된 참이었다. 적어도 유리와의 관계는 잘 돼가고 있다. 아르바이트에 더하여 동창회 간사일도 맡은 터라 분주하긴 했지만, 한편으로 취직 준비가 '시작부터 호조'를 보이고, 말하자면 모든 일이 순조롭게 진행될 예정이었다.

사흘 밤 연달아서 회식을 했다.

아버지가 의사라 해도 상당히 정치적인 부류의 의사로, 이른바 '만나기조차 힘든 명의와 십년지기처럼 느긋하게 건강에 대해 이야기 나눈다'는 메디컬센터─재계인사, 저명인사, 재벌만을 회원으로 가진─의 중진이기 때문에, 코우지가 취직을 생각하는데 있어서 최초의 첫발은 더없이 유리했다.

기업에 근무할 요량이면 우선 큰 기업이 좋다고 정해 놓았다. 시험 성적 이상으로 힘을 발휘하는 뭔가가 있는 것도, 물론 알고 있다.

"믿음직한 아드님이군요."

노친네들은 입을 모았다. 요즘 젊은이치고는 보기 드물게 '진취적'이라는 둥, 앞날이 기대된다는 둥. 그야 그런 자리—장어 요릿집이니 회원제 레스토랑이니—에서 하는 말을 곧이곧대로 받아들일 만큼 어수룩하지는 않지만, 여하튼 코우지는 예전부터 '노친네들의 호감을 사는 일'에는 자신이 있었다.

그 중에서도 외국계 기업 임원의 반응이 좋았다. 헤어질 때 팔을 내밀기에 악수를 하자, 묘하게 힘껏 쥐었다.

"이야, 훌륭해."

악수는 악수대로 하고, 한쪽 어깨를 두드렸다.

"다음엔 아버님 빼고 우리끼리 마시자."

외국계 기업은 휴가를 내기가 수월하다는 것도 매력이다. 해고당하지 않고 잘 적응할 수 있는 인간이라면 급여도 오른다.

다소 느낌이 안 좋았던 쪽은 유통회사의 노친네로,

"뭐, 야심도 나쁘지는 않지만."

라고, 뼈 있는 말을 했다.

"뭐, 열심히 하세요."

라고도 했지만.

한동안 본가에서 지냈기 때문에 생활 패턴이 정체되어 버렸다. 코우지는 유리와 키미코가 보고 싶었다. 내일은 아파트로 돌아가기로 되어 있다.

토오루가 가루이자와에서 돌아오자, 어머니가 집에 있었다. 잠옷 차림으로 커피를 끓이고 있다. 활짝 갠 날이다.

"다녀왔습니다."

얼굴을 보이자, 어머니는 토오루를 힐끗 흘겨보았다.

"뭘 그리 일찍 왔니."

오후 1시가 지났을 무렵이었다. 다 귀찮아, 라는 생각이 들었으나 물론 입 밖에는 내지 않고 자기 방으로 돌아왔다.

돌아오는 신칸센에서 심한 위화감을 느꼈다. 마치 자기 자신이 가공의 존재인 듯한 기분이었다. 주위 사람들의 눈에 보이지 않는 그런 존재. 햇살에도, 붐비는 플랫폼에도, 현실에 전혀 스며들지 못했다. 토오루는 외톨이였다. 무엇 하나 믿을 수 없었다. 상황을 이해하거나 파악할 여유가 없었다. 이해도 파악도 하지 못한 채 그저 멍하니 귀로에 올랐던 것이다.

아사노는 '손님'에 대해 아무것도 묻지 않았다. 와인 잔이며 시트며 벌거벗은 아내며, 그 부근에 남아 있던 흔적은 전혀 없는 것이나 마찬가지였다.

시후미는 얼버무리지 않았다. 가까스로 토오루를 숨기기는 했지만, 태연했다.

창문으로 내다보았을 때, 그들은 흡사 '평범한 부부'처럼 보였다. 휴가 때 별장에 온 사이좋은 부부처럼.

"짐? 뭐가 필요해?"

시후미는 어제 그렇게 말했다. 토오루는 자신들이 자유라고 느꼈다. 그러나 당연하게도, 시후미의 짐은 남편이 갖고 왔다.

"나, 골프 치는 남자 너무 싫어."

시후미는 그런 말도 했다. 벤츠 트렁크에 실린 두 개의 골프 가방. 상상도 못할 일이지만, 시후미와 아사노는 지금쯤 함께 골프를 치고 있는 것이다.

노크 소리에 이어, 문이 열렸다.

"어젯밤 코우지한테서 전화 왔었다."

커피 잔을 손에 든 어머니가 말했다.

"전화해 달라고."

토오루는 알았다고 대답했다. 대답해도 어머니는 아직 나가지 않는다.

"왜요?"

라고 물었다.

"쓸데없는 잔소리할 생각은 없지만."

어머니의 목소리는—특히, 술을 마신 다음 날은—나직하고 까칠하다.

"적당히 해둬라."

"뭔데요, 그게."

좀처럼 없는 일이었으나, 토오루는 발끈했다. 넌더리가 났다. 어머니는 대답하지 않았다.

"뭐냐고 묻고 있잖아요!"

화를 내자, 목소리가 어린애 같아진다. 그 점도 토오루가 화를 내고 싶어 하지 않는 이유 중 한 가지였다.

"알고 있을 텐데."

어머니가 말했다.

"모르니까 묻는 거잖아요."

어머니가 뭘 억측하고 있는지, 생각하고 싶지는 않았다. 어차피 쓸데없는 참견이었다. 내버려 두었으면 싶었다.

어머니는 한숨을 쉬었다.

"왜 화를 내고 그러니, 어린애처럼."

이번에는 토오루가 대답하지 않았다.

"점심은?"

필요 없다고 대답했다.

최악이었다. 가루이자와에서의 일은, 도무지 현실로 여겨지지 않을 만큼 이미 멀어졌다.

오랜만에 만난 유리는 퍼프 소매 블라우스를 입고 있었다.

"귀엽네."

칭찬해주자, 유리는 기뻐하는 표정이었다. 오후 2시. 유리가 아이스티를 다 마시길 기다렸다가, 아파트로 돌아가, 아르바이트하러 나갈 때까지 한 시간 반. 완벽하다고 코우지는 생각한다. 하루는 누구에게나 평등하게 24시간이므로, 효과적으로 사용해야 한다.

빨대를 입에 문 유리의, 깨끗하게 하얀 볼이 코우지는 마음에 든다. 키미코의 볼은 갸름하지만, 유리의 볼은 통통하다. 그것은 코우지의 눈에, 어쩐지 소중한 존재인 양 비친다. 불행하게 만들어서는 안 되는 존재인 양.

"'뭐 아저씨'네는 그만둬."

사흘 밤 계속된 회식의 전말을 이야기하자, 유리가 말했다.

"아까워, 코우지의 장점을 알아주는 회사라야 해."

유리는 별명을 붙이는 것이 특기다. 장어 요릿집에서 만난 유통회사의 전무는, 대화 서두에 반드시 '뭐'를 붙인다고 하여 즉시 '뭐 아저씨'로 이름 붙여졌다.

"그렇지만, '훌륭하다'면서 어깨를 두드리는 것도 싫어. 어쩐지 가식 같아."

빨대로 아이스티를 휘저어 대그락대그락 얼음 소리를 냈다. 유리는 늘 해롭지 않은 말을 하지만, 도움이 되는 것도 없다. 그렇게 생각하면서 코우지는 담배에 불을 붙였다.

여름이 끝날 때까지는 키미코와 헤어져야 한다. 그것이 코우지가 본가에서 지낸 며칠 동안 내린 결론이었다. 더 이상 키미코가 냉정을 잃어버리기 전에, 혹은 더 이상 자신이 농락당하기 전에.

"좋은 날씨지?"

눈앞에서 유리가 미소 지었다. 아이스티를 거의 다 마셔가고 있다. 퍼프 소매 블라우스를 얼른 벗기고 싶다고 코우지는 생각했다.

아파트로 가는 도중, 유리는 친구와 구경 갔던 라이브 공연 이야기를 했다. 그 친구는 외모를 너무 따져서, 음악성보다는 얼굴이나 몸매로 뮤지션을 선택한다고 한다. 그런데 외모를 따져 선택한 그 인디밴드의 뮤지션들이 유리에게는 '전혀 멋있지 않아' 보이고, '하나같이 순진해 빠진 어린애들' 같았던 모양이다.

코우지로서는 어떻든 상관없는 일이었다. 아무래도 상관없는 일이었지만,

"코우지가 단연코 멋있어."

라며 팔에 매달리고 어깨에 코를 비벼대는 유리는 귀여웠다. 키미코와의 재회는, 유리와의 그것과는 전혀 다르다.

키미코의 희망에 따라 다시 아파트로 데려온 것인데, 같은 자기 집인데도 키미코가 있으면 어쩐지 불손한, 비위생적인 러브호텔처럼 느껴졌다. 좋아하는(하고 있을) 여자를 두고 그런 생각을 한다는 것 자체가, 이제는 아닌 모양이라고 코우지는 생각한다. 처음부터 키미코는 심기가 불편했다. 마치 점검이라도 하는 양, 방을 제멋대로 둘러보았다.

"젊은 사람 방답네."

그런 말을 했다.

"청소며 세탁은 직접 해?"

코우지는 물론, 이라고 대답했다. 사실이었으나, 키미코가 믿지 않고 있음을 안다.

"뭐라도 마실래요?"

코우지가 묻자 키미코는 홍차, 라고 했다. 주전자에 물을 담고, 유리가 언젠가 '유리용'이라면서 사온 티백 상자에 손을 뻗는다.

"나도 알고 보면 바빠."

키미코가 말했다.

"배우는 것도 있고, 집안일에 소홀하고 싶지 않고, 시집 식구와의 모임도 그렇고, 제법 일이 많으니까."

무슨 말이 하고 싶은 건지 알 수 없었다.

"그래서?"

홍차 잔을 늘어놓고, 냉장고에서 우유를 꺼낸다.

"그래서 말인데."

키미코의 목소리에 히스테릭한 웃음이 섞여 있었다.

"그래서, 이제 끝내고 싶어."

놀랐다. 돌아보자, 키미코는 미소 짓고 있었다.

"끝?"

얼간이처럼 코우지는 그렇게 되물었다.

"너도 여러 가지 생활이 있어 보이고, 피차 바쁘니까, 굳이 무리하면서까지 사귀어 주지 않아도 된다는 말을 하는 거야."

조짐이 안 좋은데, 라는 생각이 들었다. 키미코는 이미 이성을 잃고 있었다. 무엇 때문에 그리 되었는지는 몰라도, 이미 제정신이 아닌 것은 분명했다.

"네가 앞으로도 쭉, 그런 식으로 살아갈 수 있도록 기도할게. 코우지라면 가능할지도 몰라. 냉혈한인걸 뭐. 그래, 틀림없이 가능해."

키미코는 감정적으로 지껄여댔다.

"전화했어. 몇 번이나. 그야 집에 없어도 상관은 없어. 그렇지만, 밤중이 돼도 새벽이 돼도 받질 않으니까, 사고라도 생겼나 싶어서……"

키미코는 말을 잇지 못했다. 울지는 않고 그저 침묵했다.

"미안해요."

코우지는 사과했다.

"자동응답기에 남겨 주었으면 좋았잖아요. 그러면 바로 걸 수 있었을 텐데."

"나, 바보 아냐."

무서운 표정을 하고, 키미코가 가로막았다.

"그건 누구라도 꺼린다는 거잖아? 그녀든 어머니든, 그게 아니더라도 다른 누군가를."

이번에는 코우지가 가로막았다. 더 이상 말하도록 내버려 둘수는 없었다. 입술을 덮자 키미코는 저항하고, 믿기 어려울 정도의 힘으로 코우지의 팔을 뿌리쳤다. 몸을 억지로 잡아떼고, 코우지를 노려보면서,

"나 바보 아냐."

라고, 다시 한 번 말한다. 서로 응시하는 상황이 되었다. 좀 지나서, 키미코가 목을 감싸 안으며 매달렸다.

"걱정했잖아."

목소리는 결코 달콤하지 않았다. 오히려 노여움이 아직 꼬리를 물고 있었다. 그러나 귓전에 대고 그렇게 속삭이자, 코우지는 왼손으로 키미코의 몸을 끌어안으면서 오른손을 등 뒤로 돌려가스 불을 껐다. 주전자가 아까부터 내내 수증기를 뿜어 올리고 있었기 때문이다. 그 상태 그대로 침대로 이동한다. 코우지는 자신도 모르게 계속해서 사과하고 있었다. 미안하다고, 키스를 거의 교대로 반복하면서 침대에 밀어 눕히고, 키미코를 덮어 누르며 홀쭉한 볼에 한 손을 살짝 가져갔다.

헤어지기로 결정했다. 결정은 했지만, 그것은 아직, 오늘은 아

니었다.

　코우지의 전화는 또 부재중으로 되어 있었다. 아르바이트하
랴 데이트하랴 바쁘기도 하겠지. 토오루는 소파에 털썩 앉아 창
밖을 바라보았다. 저녁 무렵.

　『Peacock Pie』는 오늘 외국서점에서 발견했다. 팔랑팔랑 넘기
며 「The Ship of Rio」가 실린 페이지를 펼친다.

　시후미는 아직 가루이자와에 있다.

　그런 일이 있은 후에 그녀는 아사노와 대체 무엇을 하며 어떻
게 지내고 있을까.

　부부 사이에 마치 무언가 암묵의 양해가 있는 것처럼 보였다.
부부 욕실에서, 토오루는 명백히 소외되어 있었다. 없는 것이나
다름없는, 하잘 것 없는 존재였다.

　"즐거웠어."

　시후미는 마지막에 그렇게 말했다. 그렇게 말하고, 그대로 아
사노 곁으로 갔다. 토오루로서는 이해할 수 없는 일이었다.

　천장을 올려다보며 눈을 감고, 아사노가 오기 전의 가루이자
와를 떠올리려 했다. 있었던 일 하나하나가 아니라, 그때의 그 기
분을.

그것은 쓸데없는 노력이었다. 자기 자신을 봉지 뒤집듯 뒤집어도, 그 때의 기분은 먼지 한 톨만큼도 발견할 수 없음을 알았다.

시후미와 읽은 책도, 시후미와 들었던 음악도, 토오루를 진정시켜 주지는 못했다. 초조한 마음에 일어나서 주방으로 갔지만 아무것도 손에 쥐지 않고 다시 소파로 돌아왔다. 이 집은 에어컨이 너무 잘 돌아서 춥다. 외출 중인 코우지가 부러웠다. 어딘가 갈 장소가 있고, 할 일이 있어 보이는 코우지가.

6시가 지나고, 바깥이 마침내 어두워지기 시작한다. 도쿄 타워가 조용히 서 있다.

벨 소리 두 번 만에 토오루 본인이 받았다.

"토오루?"

흰 셔츠에 검은 바지. 여느 때와 다름없는 제복 차림으로 코우지가 사무실에서 전화를 걸었다.

"다행이다, 붙잡아서."

수화기 너머 토오루가 피식 웃고 있는 것이 느껴졌다.

"잡히지 않는 건 너잖아."

라고 말한다.

"몇 번 걸었는데, 매번 부재중이었어."

라고.

"미안. 집에 다녀왔어. 그건 그렇고, 동창회를 하게 돼서 말이야, 지금 아르바이트하는 데라서 길게 얘기할 수 없으니까 용건만 말할게. 다음 주 금요일, 6시부터. 올 수 있지? 약도는 나중에 알려줄게. 우시다도 오는 모양이야. 응, 내가 간사. 누가 아니래. 갑자기 전화가 와서, 하라고 하기에. 다시 전화할게. 아, 지난번에는 유리가 쓸데없는 걸 부탁해서, 응, 굉장히 좋았던 모양이야. 그럼 이만, 어? 응, 아주 잘 지내. 넌? 시후미 씨한테 안부 전해달라고 해도 어차피 안 전해주겠지만, 여하튼 다음 주 금요일이니까 그때 보자. 응. 그럼, 끊는다."

수화기를 내려놓았다. 플로어의 떠들썩함이 사무실까지 와 닿는다. 단체 손님이 와 있는 것이다. 코우지는 거울을 들여다보며 머리를 매만졌다.

"걱정했어."

낮에, 한껏 분방하게 사랑을 나눈 후에 키미코가 다시 한 번 그렇게 말했다.

"코우지한테 무슨 일이 생겼나, 그런 생각만으로도 몸이 떨렸어."

키미코는 여느 때보다 작고 덧없어 보였다. 코우지의 어깨에 머리를 얹으며 몸을 바싹 붙였다.

"코우지는 욕망을 모를 거야. 젊은 사람은 절대 알지 못해."

"욕망?"

몸을 일으키고, 얼굴에 붙은 머리카락을 치워주자, 키미코는 기분이 좋은지 턱을 들었다.

"젊은 사람이라지만, 키미코도 아직 서른다섯인데."

키미코는 키득키득 웃었다. 감고 있던 눈을 뜨고 코우지를 응시하며,

"서른다섯 먹은 여자의 욕망을, 코우지는 절대 알지 못해."

라고 말했다. 말투로 보아 어쩐지 재밌어하는 것 같았음에도 불구하고, 순간 코우지를 기죽이는 것이 있었다.

"욕망이라면 지지 않아."

우선 그렇게 말하고 다시 몸을 끌어안아 보지만, 방금 전에 꺾인 기분을 어떻게 하기도 어렵고, 키미코가 자신의 힘에 부칠지 모른다는, 조금 전부터 어렴풋이 느끼고 있던 우려를, 코우지는 제법 확실히 의식했다.

"안녕하십니까."

아르바이트 동료가 들어오며 소리를 냈다.

"안녕."

사무용 책상, 응접세트, 재떨이, 휴지통, 사물함. 새시 창 바로 바깥쪽의 천박하기 그지없는 네온사인. 테이블에는 누군가가 먹다 버린 프라이드치킨의 잔해가 남아 있고, 가게 안 가득 냄새가 배어있다. 코우지는 머리를 아르바이트용으로 전환하고, 혼잡한 플로어로 나갔다.

14

생생하다, 라는 것이 동창회에 출석한 토오루가 주눅 든 가운데 품은 솔직한 감상이었다. 코우지의 아르바이트 가게―1층이 게임센터, 2층이 당구장이며, 3층이 호프, 4층이 볼링장으로 되어 있다―에 모인 과거의 고교생들은, 친했든 친하지 않았든 모두 생생하게 스무 살이 되어 있다. 게다가 재회의 설렘도 한몫했는지, 남녀 할 것 없이, 주위에서 들뜰 만큼 요란하고 떠들썩하게 느껴졌다. 토오루로서는 자신이 그 중 한 명이라는 생각이 도무지 들지 않았다.

바깥은 비가 내리고 있다. 끈적끈적 기름기 도는 피자와, 여자애들이 마시고 있는 싸구려 색 칵테일, 조명이 어두운 가게 안에 시끄럽게 흘러나오는 음악.

어느덧 코우지의 모습을 눈으로 쫓고 있는 자신을 깨달았다. 코우지를 보고 있으면 안심이 된다.

대부분 대학생이 되어 있는 과거의 동급생들. 토오루의 눈에는 아무래도 고교생이었을 때가 영리했던 것처럼 비쳐진다. 영리하고, 제 몫을 다했던 것처럼.

어떻게 지내? 학교는 재미있어? 애인은? 취직은 어쩔 셈인데?

똑같은 질문에, 그때마다 진지한 얼굴로―그러나, 사실 적당히―대답하면서, 토오루는 벌써 두 시간째 한자리에 앉아 있다.

시후미가 보고 싶다.

그것만 생각하면서.

시후미가 이 모습을 보면 뭐라고 할까. 상상을 하니 조금 기운이 난다. 시후미는 우선 양손을 허리에 대고 눈썹을 가볍게 치켜올리며, '요리는 맛없는 것 같아'라고 말할지도 모른다. 하지만, 그러고 나서 불현듯 눈가에 웃음을 띠며, '다들 생기발랄하네'라고 말하겠지. 거리낌 없이 의자에 앉을지도 모른다. 필요하다면, 시후미는 이 자리에 동화될 것이다. 한 사람 한 사람의 이야기를 흥미진진하게 들을 테지.

그런 식으로 생각하면서 토오루는 시간을 보냈다.

토오루는 못내 있기가 거북한지 구부정하게 앉아 있다. 자리에서 일어나지도 않는다. 변함없이 사교성 없는 녀석이라고, 코우지는 생각한다. 일단 테이블석이긴 하지만, 칸막이된 안쪽 절반을 전세 낸 것이나 다름없는 이런 장소에서는 여기저기 돌아다니며 반쯤 서서 먹기도 하고 두루두루 얼굴을 보여 주는 게 상식일 것이다.

간사인 데다 사회자의 입장에서―분홍색 폴로셔츠라는, 학교에서는 한 번도 본적 없는 의욕에 찬 모습으로 등장한―담임 선생님도 챙겨야 하고, 모임 장소가 자신의 일터이다 보니 알게 모르게 종업원들한테도 신경을 써야 한다. 코우지로서는 그런 여러 가지 성가신 일과 무관하게 항시 그저 멍하니 앉아 있는 토오루의 모습이, 화가 난다고 할까 부럽다고 할까 흥미진진하다고 할까, 여하튼 왠지 눈에 띄어 보였다.

게다가.

아까부터 느껴지는 요시다의 시선. 다소 거북한 일이 있었던 이 여자 친구―아츠코의 딸―한테는 자신 쪽에서 먼저 말을 걸어 마음을 편안하게 해 주고 싶은 참이었다.

그건 그렇고 너무 시끄럽다. 아무리 3년 만에 얼굴을 마주했다고 해도, 이렇게까지 흥분할 일은 아닐 텐데. 코우지는 내심 질려

버린다. 하긴, 간사의 입장에서는 기뻐해야 할 일이겠지만.

어깨를 톡톡 두드리기에 돌아보니 요시다가 서 있었다. 요란한 화장이며 미니스커트 차림으로 눈에 띄게 변신한 수많은 여자애들이 많은 가운데, 요시다는 전혀 변함이 없어 보였다. 새카만 단발머리.

"잘 지내?"

차분한 목소리로 물어왔다. 아주 잘 지낸다고 밝게 대답할 생각이었는데, 스스로도 놀랐을 만큼 코우지는 침묵해 버렸다.

"혼자 지내나 봐?"

방금 전에 나눠준 새 주소록을 보면서 요시다는 말했다.

"아, 혼자가 아닐지도 모르지만."

혼자야, 라고 우선 대답했다. 너는? 하고 되물을 여유는 어디에도 없었다. 다음에 한잔하자거나, 몰라보게 섹시해졌다거나, 다른 여자한테라면 생각하기 전에 말할 수 있는 농담도 한마디 나오지 않았다.

아버지가 불쌍해.

그렇게 비난 받은 것은 교정 한구석, 식당의 창문 앞이었다.

요시다한테는 미안한 짓을 했다. 코우지는 진심으로 그렇게 생각하고 있었다.

"가게 좋네. 아르바이트하는 곳이라며?"

응, 하고 대답했다. 요시다는 미소 짓고 있었으나 눈은 코우지를 용서하고 있지 않았다. 그것은 알 수 있었다. 그 어떤 농담도, 변명조차도 허락하지 않겠다고, 그녀는 온몸으로 전하고 있었다. 물론 사죄의 말도 들어주지 않을 것이다.

"9시까지지?"

주위를 둘러보면서 요시다는 말했다.

"간사님은 슬슬 마무리 지어야겠네?"

걸어가는 요시다의 단발머리를 바라보면서 코우지는 가슴을 쓸어 내렸다.

아츠코는 어떻게 지내고 있을까.

그런 생각을 했다.

2차 모임 장소인 가라오케에 토오루의 모습은 없었다. 코우지는 두 곡을 불렀다.

그 후 다시 이자카야의 다다미방으로 옮기고, 여섯 명이라는 피로한 인원―어쩐지 납득이 가는, 집에 돌아가고 싶어 하지 않는 얼굴들―끼리 조금 마셨다. 거기에도 요시다는 있었다. 의외로 술이 세고, 얼굴색 하나 변함없이 자리를 지켰다.

"예전에 나, 코우지한테 마음 있었는데."

라는 식으로 말하며 분위기를 조성하였다.

이것은 이미 괴롭히는 단계이다.

코우지는 생각했지만, 어쩔 도리가 없었다.

비는 계속해서 내리고 있다. 토오루는 전화 부스에서 시후미에게 전화를 걸었다. 벌써 한참 동안 시후미한테서 연락이 없다. 전화를 건다는 생각만으로도 동요하는 건 무슨 이유일까. 토오루는 망설이고, 자신이 한심스러워 한숨을 쉰다. 전화 부스의 유리에 붙은 물방울은 왜 그런지 언제나 지독하게 잘다. 두려운 것은 부재가 아니라 응대였다. 놀란 듯한, 또는 당혹스러운 듯한 시후미의 목소리는 듣고 싶지 않았다. 서먹서먹하게 혹은 분주하게 응대 받는 것도 견딜 수 없을 것 같았다. 그래서 발신음이 들린 순간, 토오루는 거의 부재중이길 기원했다. 부재중이라면, 그저 조금 실망하는 것으로 끝난다.

조용한 목소리가, 네, 하고 대답했다.

"시후미?"

공백이 있었다. 그 짧은 순간, 시후미가 천천히 두 눈을 감는 것이 느껴졌다.

"안녕."

그 한마디는 분명히 토오루에게만 발음되는 소리로 들리고, 이어서,

"반가워."

라고 말한 시후미의 목소리는 진심으로 기뻐하는 것 같았다. 그것만으로 토오루는 완전히 충족되고 만다. 가루이자와도, 그후 버려진 일도, 순식간에 없었던 일이 되고 말았다.

시후미는 방에서 혼자 술을 마시던 참이라고 했다. 뒤로, 볼륨을 낮춘 음악 소리가 들린다. 바흐야, 라고 시후미가 말했다.

"혼자예요?"

바보처럼 또 한 번 물었다. 이전에 시후미가 남편과 매일 밤 술을 마시는 게 습관이 되었다고 한 말이 생각나서―라기보다 한시도 잊을 수가 없다―이다. 그러나 시후미는 대번에,

"맞아."

라고 대답했을 뿐이다.

"만날 수 있어요?"

토오루가 눈 딱 감고 묻자, 조금 지나서,

"좋아."

라는 대답이 돌아왔다. 웃음을 머금은 목소리였다. 30분 후에 플라니에서. 그렇게 약속하고 전화를 끊었다.

비는, 방금 전까지와는 전혀 다른 모습으로 토오루의 우산을 때린다. 여름밤을 식히는 밝고 경쾌한 빗줄기.

플라니의 무거운 문을 열자, 가게 안은 북적였다. 금요일 밤인 것이다. 토오루한테는 그곳에 있는 남자며 여자가―모두 토오루보다 연상의, 제각기 마시거나 떠들고 있는―이 지하 바에서, 무언가를 공유하고 있는 반가운 동료인 듯한 느낌이 들었다. 이곳은 언제나 변함이 없다. 피아노, 바카운터, 꽃병에 꽂혀있는 거대한 꽃.

주문한 맥주가 나왔을 때 시후미가 왔다. 가게가 아무리 혼잡해도, 시후미의 기척은 바로 알 수 있다고, 토오루는 생각한다. 돌아보지 않아도 정확히 알 수 있다.

"억수 같은 비야."

시후미는 토오루의 뒤에 서서, 어깨에 한 손을 얹고 머리 가까이에서 그렇게 말했다.

옆에 앉은 시후미는, 그러나 조금도 젖어있지 않았다. 하얀 티셔츠도 베이지색 팬츠도, 마치 건조기에서 꺼낸 것처럼 말라 있어 기분 좋아 보인다. 맨션 앞에서 택시를 타고 가게 앞에서 내린 것일 테지.

"어떻게 지냈어? 잘 지냈어?"

시후미는 밝은 목소리로 묻고, 보드카를 주문한 후 스툴을 돌려 토오루를 보았다. 손가락에 아주 큼직한 다이아몬드 반지가 한 개 끼워져 있다.

토오루는 대답하지 못했다. 시후미한테는 거짓말을 할 수 없다.

평소와 변함 없는 시후미를 보며, 갑자기 원망 비슷한 감정이 솟았다.

돌아가면 전화할게.

그때 가루이자와에서 시후미는 그렇게 말하지 않았던가.

"화났어?"

시후미는 묻고, 그러나 질문은 아니었던지 토오루의 대답도 기다리지 않고,

"화내지 말아."

로 이어졌다.

"즐겁지 않았어?"

라고.

확실히 즐거웠다. 도무지 사실이라고는 여겨지지 않을 만큼 행복했다. 토오루는 떠올리고, 행복과 불행이 구별되지 않아 당혹스러워한다.

"하지만."

간신히 말이 입을 따라 나왔다. 다음 한마디에 토오루는 놀라고, 입 밖에 낸 순간, 그게 자신이 느꼈던 감정임을 깨달았다.

"하지만, 난 버려졌어."

시후미는 두 눈을 크게 뜨고, 입도 조금 벌렸다. 놀라서 말이 나오지 않는 모양이었다. 이윽고 아주 진지하게,

"누가 누구를 버리는 일은 있을 수 없어."

라고 말했다.

"각기 다른 인간이야. 두 명의 각기 다른 인간이 있고, 그곳으로 도중에 또 한 명이 와서, 그때 그곳에 세 명의 인간이 있었어. 그것뿐이야."

그 말은 토오루한테는 아무런 의미도 가져다주지 못했다. 자신은 그때 버려진 것이다. 며칠씩이나 정체를 알 수 없었던 고독의 정체를 알게 되었다. 토오루는 묘하게 차분해져 있었다.

"아마 앞으로도 몇 번씩이나 버려지겠지."

시후미는 입에 물었던 담배를 카운터에 내려놓고 토오루를 응시했다.

"싸우고 싶어?"

토오루는 미소 지었다.

"아뇨. 사실을 말해본 것뿐이에요."

피아노곡이 흐르고 있다. 주위는 여전히 시끌시끌하다.

"그래도."

시후미를 되받아 응시하며, 토오루는 조용히 진심으로 말했다.

"그래도, 보고 싶었어요."

서로 응시하는 상황이 되었다. 시후미는 짧은 순간 텅 빈 표정을 짓고, 그리고 무척 상처 입은 듯한 얼굴을 했다.

"그만해."

작은 목소리로 말하고, 담배를 입에 물었다가 다시 내려놓았다.

"그만해."

라고 반복한다.

"슬프게 만들지 말아."

토오루는 순간, 자신이 심한 짓을 한 것 같아 당황했다. 책망할 생각은 아니었다. 그래서,

"미안해요."

라고 사과했다. 침묵이 계속되고, 미지근해진 맥주를 마셨다.

"난폭하네."

시후미는 말하고, 다이아몬드 반지가 달린 손가락으로 머리칼을 쓸어 올렸다. 그제야 담배에 불을 붙인다.

"토오루 꿈만 꿔."

토오루로서는 도저히 상상할 수 없는 말이었다.

"일을 할 때도, 어느새 너를 생각해."

가루이자와에서의 일도, 라고 시후미는 덧붙였다.

"갑자기 네가 없어져버린 그 똑같은 장소에서, 모든 것이 이미 완전히 다른데도 그 똑같은 장소에서, 난 그 후 며칠씩이나 생활했어. 그런 식으로 너를 돌려보내 놓고, 나 혼자서."

이상한 논리일지 몰라도, 토오루는 시후미를 남겨두고 온 것을 후회했다. 데리고 떠나지 못했다는 생각에, 시후미에게 떳떳하지 못한 기분이 들었다.

"보고 싶었어."

시후미가 말했다. 남의 눈도 개의치 않고 키스했다. 많이 슬펐다.

이튿날 아침, 코우지는 어머니로부터 걸려온 전화에 잠이 깼다. 비는 그치고, 파란 하늘에 소나기구름이 떠 있다.

"아직 자고 있었니?"

어젯밤은 오랜만에 술을 마셨다. 아파트에 돌아오자 새벽 2시가 지나고, 그대로 쓰러지듯 잠이 들어 버렸다.

"지금 일어나는 참이었어요."

그르렁거리는 목소리가 나왔다.

"아이고, 지저분한 목소리하고는."

어머니는 말하고, 이어서 뭔가 말을 시키려다 마음을 바꿨는지 침묵했다.

"왜요? 무슨 일인데."

귀찮아 못 살겠네, 라고 생각하면서 물었다. 하고 싶은 말이 있으면 확실하게 말해 줘요.

"그게 말이지."

어머니는 한숨을 쉬었다. 이번에도 또, 그 다음 말을 하지 않고,

"다카시한테서 무슨 연락 있었니?"

라고 묻는다.

"형한테서?"

코우지는 형과 마지막으로 만난 것이 결혼식 때였던 것을 떠올렸다.

"없어요."

라고 대답한다.

"무슨 일 있어요?"

어머니는 조금 망설인 후,

"그게 말이지, 내쫓겼지 뭐냐."

라고 말했다.

"형수한테? 무슨 일로?"

형은 결혼하고 아직 두 달밖에 지나지 않았다.

"말을 안 해, 다카시가."

코우지는 머리를 긁었다.

"잘은 모르지만, 그다지 걱정할 일은 아닐 거예요. 부부싸움 같은 건 종종 있는 일이잖아요?"

"그래도 말야, 사키도 군이 쫓아낼 필요까지 있었겠냐, 이 말이지."

코우지는 천장을 올려다보았다. 무슨 큰일이라고.

"형이 나한테 연락하지도 않겠지만, 혹시라도 연락 오면 알려드릴게요."

우선 그렇게 말해 보았다.

"내버려 두는 편이 나을 거예요, 그런 문제는."

전화를 끊고 나니, 옆에 꾸물꾸물 움직이는 것이 있었다. 요시다였다. 코우지는 온몸에 소름이 돋았다. 너무 놀란 나머지 말도 나오지 않았다.

그러나, 여하튼, 두 사람 모두 옷은 입고 있다.

얼어붙고, 사고가 정지된 짧은 순간에 이어, 코우지의 머리에 맨 처음 떠오른 생각이 바로 그것이었다.

15

토오루와 시후미는 갈 장소가 없었다.

플라니를 나와 조금 걸었다. 여전히 비가 내리고 있었다. 한 우산 아래, 시후미의 향수 냄새가 토오루의 코끝을 희미하게 감돈다. 여느 때처럼 만 엔 짜리 한 장과 함께 얌전히 택시 안에 밀어넣어질 생각은 없었다. 오늘밤 간신히 되찾은 시후미를, 남편 곁으로 돌려보낼 마음은 없었다.

그러나 토오루와 시후미는 갈 곳이 없었다. 시후미의 맨션에는 아사노가, 토오루의 맨션에는 어머니가, 머지않아 돌아올 시간이었다. 인도도, 차도도, 네거리도, 신호도, 횡단 보도도, 모두 젖어 무딘 빛을 발하고 있다.

"어디 가는데?"

시후미가 물었다. 플라니를 나왔을 때, 토오루는 시후미에게 "와요."라고 말한 후, 걷기 시작했다. 목적지가 있어서 한 말은 아니었다. 돌려보낼 생각은 없다. 그냥 그렇게 말하고 싶었다.

토오루는 그런 류의 호텔에 가본 적이 없다. 그렇지만 어떤 장소인지는 알고 있다. 너무나도 싸고 간편한 장소이다. 토오루는 시후미를 그런 곳에 데려가고 싶지는 않았다. '이것'은 '그것'과는 다른 것이다. 세간에 쓸어 담을 만큼 흔하다는 불륜관계의 남녀와 '이것'은 전혀 닮지 않았다.

"와요."

토오루는 다시 한 번 말하고, 택시를 세웠다.

시후미는 불안한 듯한 표정으로, 그래도 차에 올라탔다. 우산을 줄곧 시후미 쪽으로 기울이고 있어서 토오루는 왼쪽 몸이 흠뻑 젖게 되었지만, 그런 노력에도 불구하고 시후미의 옷은 더 이상 건조기에서 꺼낸 것처럼 보이지는 않았다. 토오루는 시후미를 안전한 장소에서 끌어내린 것에 대한 죄책감과 난폭한 성취감을 동시에 느꼈다.

"근처에 아버지 사무실이 있어요. 이 시간이면 이미 아무도 없을 테니까."

운전기사에게 주소를 알려 주고, 토오루는 시후미에게 그렇게 설명했다. 시후미는 아무 말도 하지 않았다. 차 안에 비 냄새가 배어 있다.

죄책감과 달성감은 양쪽 모두 점점 부풀어 올라, 토오루의 몸 안에서 날뛰었다. 이런 식으로 시후미를 꾀어낸 것은 처음이었다. 레스토랑에도 바에도, 불러내는 것은 언제나 시후미의 역할이었다. 토오루는 기다리는 것 이외의 방법을 갖지 않았다. 파티가 됐든, 누구누구의 전람회가 됐든.

토오루는 시후미의 젖은 어깨를 양팔로 끌어안으며, 안심시키기 위해 젖은 머리카락에 입을 맞췄다. 마치 불안과 흥분에 시달리고 있는 사람이, 자신이 아니라 시후미이기라도 한 것처럼.

와이퍼 스치는 소리가 난다. 매끄럽게 젖은 앞 유리 너머로, 도쿄 타워가 반쯤 붉은빛으로 번져 보였다.

시후미를 차 안에서 기다리게 하고, 토오루는 아버지가 살고 있는 맨션—사무실에서부터 걸어서 15분 정도의 거리—에 열쇠를 빌리러 갔다. 주거지를 방문하는 것은 처음이었다.

"잠깐, 사무실 좀 빌리고 싶은데."

현관에 서서 그 말만 했다. 이미 잠옷 차림으로 느긋하게 쉬고 있던 것처럼 보이는 아버지가 놀란 얼굴로 지금? 하고 물었다.

"네, 지금."

현관에는 여자용 샌들과 어린이용 운동화가 놓여있다. 신발장 위에는 십이간지 인형.

"왜? 누구랑 함께인 거니?"

복도 벽에 제물낚시 액자가 걸려있다.

변명은 준비하지 않았다. 그래서 입을 다물었다.

"말하자면."

아버지가 말했다.

"비를 피하기 위해서란 말이지."

아주 약간 쓴웃음을 머금은 목소리였다. 토오루는 어떻게 해야 좋을지 몰라서,

"이런 시간에, 미안해요."

라고 말했다.

"무척 다급해 보이는구나."

아버지는 말하고, 이번에는 확실하게 쓴웃음을 지었다.

"자고 갈 생각이면 어머니한테 연락해라."

할 생각은 없었지만 고개를 끄덕였다. 아버지는 열쇠를 빌려 주었다. 열쇠는 닳고 닳은 서프보드 모양의 키홀더에 달려

있었다.

시후미는 차 안에서 기다리고 있었다.

왜 그런지 토오루한테는 그 점이 의외였다. 만약 시후미가 가고 없다 해도 자신은 놀라지 않았을 것이라고 생각했다.

"빌렸어?"

시후미가 묻고 토오루는 열쇠를 보였다.

"어디 봐."

열쇠를 받아든 시후미는 그것을 한동안 바라보다, 이윽고 키득키득 웃었다.

"설계 사무실? 그래서 우리 지금부터 거기 가는 거네? 믿을 수 없어. 그런 거 너무 우스워."

토오루도 따라서 조금 웃었다.

"설계 사무실? 거기가 어떤 데야? 우리, 도대체 왜 그런 곳에 가는데?"

시후미는 몇 번씩이나 그렇게 말했다. 밝고 쾌활한, 슬픈 듯한, 그리고 무척 작은 목소리로.

가스대에 풍로는 한 개밖에 없었다. 토오루는 주전자의 물을 끓이고, 인스턴트커피를 두 잔 탔다.

사무실은 좁고 어수선하다. 도착하고 바로, 가죽 소파에서 사랑을 나누었다. 기다릴 수 없었다. 그러기 위해서 왔다고 말하는 것 같았다.

형광등은 너무 하얗고, 너무 밝다. 창에 내려진 블라인드는 올려도 좁은 골목이 보일 뿐이었다. 사무용 책상도 제도판도, 종이투성이로 어질러져 있었다. 커다란 복사기는 눈에 거슬렀다.

시후미의 가슴은 포동포동하게 살이 쪘다. 잘 관리된 피부는 희고 매끄러우며 달콤한 냄새가 난다. 그 방의 모든 것이 시후미의 몸에 지나치게 안 어울리고, 그 점이 한층 토오루를 부추겼다. 하얀 티셔츠를 감아올리고, 시후미의 가슴에 얼굴을 비벼댔다. 티셔츠는 끝까지 벗겨지지 않고 그곳에 있었다. 간접 조명만으로 아름답게 꾸며진 시후미 집 침실의 넓은 침대에서 하는 행위와, 그것은 전혀 다르게 느껴졌다.

"자요, 커피."

커피 잔을 건네자, 시후미는 웃으면서 받아 들었다. 화장이 지워져 맨얼굴처럼 보였다.

"그거 알아?"

시후미가 말했다.

"밥 먹느라 지워진 루즈는 고쳐 바르면 금세 원래대로 돌아와. 그런데 이렇게 하다 지워진 루즈는 고쳐 바르려고 해도 좀처럼 안 돼."

토오루의 귀에 그것은 무척 행복한 일처럼 들렸다. 루즈 따위, 시후미는 바를 필요 없다.

뜨거운 인스턴트커피는 정겹고 푸근한 맛이 났다.

"이거 다 마시면, 가야 돼."

중얼거리듯 시후미가 말했다. 시계는 새벽 2시 근처를 가리키고 있다.

"좀 더 있어요."

토오루가 말해보았다.

"아침까지. 그러면 바래다 줄 테니까."

시후미는 받아주지 않았다. 미소 지으며 고개를 흔들고, 무리야, 라고 말한다.

"아무리 불량스러운 아내라도, 무단 외박은 할 수 없어."

"그럼 전화하면 되지."

평소와 다르게, 토오루는 여전히 그렇게 말했다.

"무리야."

시후미는 반복하고, 커피 잔을 바닥에 내려놓고 일어났다.

"같이 살아요."

말이, 느닷없이 토오루의 입을 따라 나왔다. 침묵이 찾아들고, 이윽고 시후미가 외국인처럼 양손을 올렸다.

"좀 봐줘."

토오루는 그렇게 하지 않았다. 시후미를, 아사노 곁으로 보내고 싶지 않았다. 서로 일어선 자세 그대로, 가만히 마주 보았다. 어쨌든 돌려보내고 싶지 않았다.

"미안해요."

그러나 정신이 들고 보니, 토오루는 그렇게 말하고 있었다.

말은, 언제나 토오루를 배신한다.

냉방이 잘 된 찻집의 창가 자리에 앉아, 유리는 980엔짜리 런치세트―새우 그라탕, 콤비네이션 샐러드, 빵, 커피―를 입으로 가져가면서 즐거운 듯 재잘거린다.

"어제 동창회, 어땠어?"

자리에 앉자마자 그렇게 물어왔을 때는 가슴이 덜컥했지만, 동요할 까닭이 전혀 없다고 스스로를 타이르며,

"다 그렇지 뭐."

라고 대답해 두었다. 사실, 동창회 자체는 무사히 마쳤다.

"이거, 맛있어."

코우지의 눈에 '질퍽질퍽한 물체'로 보이는 그라탕을, 유리는 포크로 떠서 내밀었다. 숙취 뒤의 무엇인가를 유리에게 설명하는 것이 귀찮았기 때문에 코우지는 내미는 물체를 마지못해 입에 넣고 삼켰다. 구역질이 나서 황급히 물을 마신다.

"그러고 보니, 하시모토 씨 애인이라는 사람 만나봤어?"

유리는 개의치 않고 재잘거린다.

"아니, 아직 못 봤어."

대학 생활 3년 만에 처음으로 하시모토에게 여자가 생겼다는 최근의 중대 뉴스는 코우지에게 충분히 흥미진진하고 재미있는 일이었다. 그래서 만나게 해달라든지 불러내라든지 하면서 성가실 정도로 하시모토를 심하게 놀렸으나, 지금은 이미 별반 흥미를 느끼지 못한다.

"어떤 사람일까?"

어, 아니면 응, 이라고 건성건성 대답하면서 코우지는 창밖을 바라보았다. 어젯밤의 비가 거짓이었다는 듯이 쾌청하다. 온도가 너무 높아서 공기가 흔들려 보인다.

요시다는 단발머리가 약간 흐트러진 채,

"잘 잤어?"

라고 말했다. 옷은 입고 있었지만, 같은 침대에서 잠을 잤다. 코우지로서는 그 설명이 될 만한 기억이 전혀 없었다.

"어떻게?"

그래서 그렇게 말했다.

"어떻게 여기 있어?"

요시다는, 히죽 웃는다고 밖에 형용할 수 없는 방법으로 웃어 보이고,

"괜찮아. 아무 짓도 하지 않았어."

라고 말했다. 그것은 코우지의 질문에 대한 대답은 아니었지만, 가슴을 쓸어내린 코우지는 그만 안심한 표정을 지어버리고, 또다시 요시다에게 히죽 웃음을 사고 말았다.

코우지는, 유리용이라며 유리가 사온 홍차를 타서 요시다에게 내주었다.

"3차 모임 후, 이미 전철이 끊어져서 어떡할까 하던 중에, 코우지가 택시로 돌아간다기에 돈 있냐고 물었더니 있다고 하고, 나는 돈이 없어서, 태워 달라고 했더니 자기 집까지만이라고 하기에, 코우지 집이면 된다고 말하고, 그래서 지금 나, 여기 있는 거야."

'유리용' 홍차를 마시면서 요시다는 그런 식으로 말을 했다. 구두점 없이 우물우물 지껄이는 통에 이해하는 데 노력이 필요

했다. 그렇지 않아도 머리가 지끈거리는데. 이미 정오가 가까워졌고, 점심때는 유리와 약속이 있다.

"다른 녀석들은?"

코우지가 묻자 몰라, 라고 딱 잘라 대답하고, 요시다는 다시 히죽 웃었다.

홍차를 다 마시고도 요시다는 돌아갈 생각을 하지 않았다.

"어머니, 뭐라셔?"

전화하는 소리를 들었는지 그런 말을 했다. 간신히 정신을 되찾은 코우지는,

"알 것 없잖아."

라고 내뱉었다.

몹시 씁쓸한 기분으로 담배에 불을 붙인다.

돌아갈 때 요시다는 현관에서,

"재워줘서 고마워."

라고 말했다.

"다시 친하게 지내자."

라고.

"코우지, 기분 안 좋아?"

유리가 말했다. 새우 그라탕은 이미 다 먹었다. 안되겠다 싶었

던 코우지는,

"안 좋을 이유가 없잖아, 유리를 만났는데."

라고 말하며 담배를 재떨이에 비벼 끈다.

"어젯밤에 너무 마셔서 말이야. 간사였고."

"피곤해?"

의심과 염려가 반반인 유리의 얼굴이 똑바로 자신을 주시했다.

"아르바이트, 저녁때부터지?"

종이냅킨으로 입을 닦고, 유리가 달콤한 어조로 말했다.

"얼른 코우지 집에 갔다 올까?"

어리광이라기보다 생각해 주는 마음임을 알 수 있었다. 오늘 아침의 그 집에 다시 들어가는 것은 내키지 않았지만, 어떻게 싫다고 말할 수 있겠는가.

올리비아 뉴튼 존의 '졸린Jolene'은 시후미가 좋아한다고 말한 곡이다.

오후.

해가 비치는 거실에서 토오루는 바보처럼 멍하니 CD를 듣고 있다.

결국 시후미는 돌아가지 않았다. 새벽녘까지 소파에서 서로 끌어안고 있었다. 섹스가 아니라, 말 그대로, 그저 서로가 서로의 몸을 꼭 끌어안고 누워 있었다. 달리 어쩔 도리도 없었다. 슬펐고, 시후미도 슬퍼하고 있음을 알 수 있었다. 떨어질 수 없었다.

"교활해."

토오루가 '미안해요'라고 말해 버린 후, 시후미는 절반 신음하듯이 그렇게 말했다.

"그런 상황에 사과라니, 교활해. 돌아갈 수 없게 돼 버렸잖아."

다이아몬드 반지를 낀 손가락으로 머리카락을 쓸어 올렸다.

"너무해. 못됐어."

울 듯한 표정이었다. 머리도 옷도 후줄근해진 모습으로, 전혀 평소의 시후미답지 않았다.

"미안해요."

토오루는 다시 한 번 사과했다. 그리고, 울 것 같은 사람은 자신임을 깨달았다.

그리고 키스했다. 몇 번씩이나 키스했다. 소파에 뒤엉키고, 토오루는 자신의 팔이 시후미를 안아 부수는 게 아닐까 싶었다. 시후미의 양손은 토오루의 뺨을 감싸고 있었다. 시후미의 입술은, 그야말로 무방비 상태의 무언가였다. 키스 도중, 시후미는 몇 번씩이나 사랑한다고 말했다. 말도 안 되게 사랑한다고 말했다. 이런 일 믿어지지 않는다고.

어쩌지도 못하는 몇 분이 지나고, 키스가 멈추어도, 두 사람 다 일어나려 하지 않았다.

"무거워요?"

토오루가 묻자, 시후미는 고개를 옆으로 흔들었다.

"이거, 좋은 소파 같아."

소파는 아무리 봐도 싸구려인 데다 조금 작았으나, 두 사람분의 몸이 딱 들어갔다.

토오루는 그대로 눈을 감았다. 시후미의 팔에 머리를 안긴 채.

"이렇게 함께 살아 있어."

조용히, 시후미가 말했다.

"같이 살지 않아도, 이렇게 함께 살아 있어."

토오루는 대답하지 않았다.

몸의 위치를 바꾸기도 하고, 뺨과 이마에 입을 맞추기도 하면서 조금 잤다. 창밖이 파래지기 시작할 즈음, 다시 인스턴트커피를 마셨다. 그곳에 달리 마실 것이 없었다. 비는 이미 그쳐 있었다.

"전화, 걸고 싶어요?"

토오루가 묻자, 시후미는 웃으며 부정했다.

"돌아가는 편이 빨라."

토오루도 이번에는 붙잡지 않았다.

바깥의 공기는 푸른빛으로 밝고, 맑고, 시원했다. 모든 것이 아직 물방울을 가득 달고 있었지만, 날씨 좋은 하루가 되리란 것을 알 수 있었다. 열쇠는 아버지한테 들은 대로 우편함에 떨어뜨렸다. 시후미와 둘이서.

차가 들어오는 길까지 손을 맞잡은 채 걸었다. 고독한 듯한, 흡족한 듯한, 이상한 기분이었다.

새벽은 도심의 뒷골목에조차 청결한 정적을 가져다준다.

"먼저 타요."

토오루가 큰길에서 택시를 세우고 말했다. 그때의 시후미의 표정이, 토오루의 머리에서 떠나지 않는다. 어머니가 없는 자기집 거실에 앉아, 올리비아 뉴튼 존의 노래를 듣고 있는 토오루의 머릿속에서.

그토록 쓸쓸한 표정으로 웃는 것은, 시후미 외에 어느 누구도할 수 없는 일이라고 생각한다.

택시의 열린 문 앞에서 시후미는 미소 지었다. 그리고 토오루를 똑바로 바라보며,

"고독해 보이고 싶은 십 대랑은 다르니까, 난 이제 혼자이고

싶지는 않아."

라고 말했다. 차에 오르고 나서 시후미는,

"전화 고마워."

"전화할게."

라고 말했다. 앞을 향해 운전기사에게 행선지를 알려 주고, 시트에 기대더니 더 이상 돌아보지 않았다. 문이 닫히고 택시는 달려가 버렸다.

그 모습은 평소의 시후미였다. 옷은 구겨지고 화장도 지워진 그대로였지만, 그 모습은 여느 때와 다름없는 시후미였다. 아름답고, 침착하기 그지없는, 그리고 어른스러워 보이는.

16

유통회사 전무인 '뭐 아저씨'와의 두 번째 회식 장소는 프렌치 레스토랑이었다. 전무 외에 부장도 두 사람 왔다. 빵을 뜯어 버터를 듬뿍 발라 입에 넣으면서, 코우지는 이 회사에 취직하게 될지도 모른다고 생각했다. '여기 취직하고 싶다'가 아니고, '해야만 한다'도 아니고, '하게 될지도 모른다'라고. 의지나 노력은 발휘할 방향이 정해지고 나서 발휘해야 한다. 코우지는 그렇게 생각한다.

코우지의 아버지는 양복을 입고 있지만, 샌드베이지색 실크셔츠와 오데코롱, 게다가 금색 손목시계와 반지 덕분에 그다지 고지식해 보이지는 않는다. 능력만 있으면 인간은 자유롭다. 코우지는 아버지한테서 그렇게 배워왔다.

회식은 시종 잡담으로 일관했다. 이따금 코우지에게 향하는 질문도, 어느 축구팀을 좋아하느냐, 여자친구는 있느냐, 라는 따위의 어떻든 상관없는 그런 질문들뿐이었다. 이력서는 지난번에 받아 보았기 때문에 묻고 싶은 건 이제 그다지 없을 것이다.

"뭐, 시험 여부에 달려있겠지만."

막 자리를 뜨려는 단계에 이르러, '뭐 아저씨'가 말하는 것이었다.

동창회가 끝나고 2주일이 지났다. 요시다는 그 이후 만나지 못했다. 한동안 키미코를 내버려두었기 때문에 요 2주일 동안은 키미코의 비위를 맞추느라 고생했다.

어째서 비위를 맞춰버리는지.

코우지는 스스로 생각해도 납득이 가지 않는다. 솔직히 말해서, 이제는 만나는 것조차 귀찮다. 키미코는 너무 직선적이다. 연상인데도 전혀 연상답지 않다.

아츠코는 조심스러워했다. 코우지에게 어울리는 사람은 자신이 아니라는 걸 알고 있었다. 물론 당시에는 그런 망설임에 안타까움과 초조함을 느꼈다. 괜찮으니까, 라고 코우지는 아츠코에게 몇 번이나 말했다. 괜찮으니까, 아츠코 씨 쓸데없는 생각 말라

고. 문제없으니까, 내가 언젠가 문제없게 잘 할 테니까 라고. 진
심이었다. 말을 입 밖으로 내는 순간, 코우지는 언제나 진심이
었다.

요시다에게 관계를 들켜 소동이 벌어졌을 때 코우지는 왠지
모르게 안심이 되었다. 언제까지나 숨겨서 될 일은 아니었다. 아
츠코 쪽에서도 그렇게 생각했을 것이 틀림없다. 나는 괜찮으니
까, 라고 말했다. 아츠코는 어른이었다.

그와는 반대로 키미코. 코우지는 한숨을 쉰다.

당장 오늘이라도 헤어지자는 이야기를 하겠노라 마음먹고 나
가지만, 얼굴을 본 순간, 언제 그랬냐는 듯 흐지부지되고 만다.
쌍방이 강하게 원하고 있는 것이므로, 여하튼 지금은 섹스를 하
자. 이별 이야기는 그 후에 해도 늦지 않다. 그런 식으로 생각이
흘러버리는 것이다.

침대 위에서 코우지도 키미코도 정열적이다. 서로의 육체에
대한 애정이 자제할 수 없을 정도로 폭발한다. 마치 싸움 같아.
언젠가 키미코가 그런 말을 했다. 잠자리에서 달콤한 말을 속삭
이는 것은 코우지가 특기로 삼는 일이다. 그러나 키미코는 어김
없이 도중에 코우지한테서 그 여유를 빼앗는다. 사실, 달콤한 말
을 할 순간이 아니다. 마지막에는 두 사람 모두 호흡곤란 직전과

다름없는 상태로 숨을 헐떡거리고, 침대 끝에서 끝으로 뒹군다. 아주 짧은 순간이지만, 그때만큼은 키미코를 세상에서 가장 사랑하는 것처럼 느낀다. 온몸으로.

그런 일이 있은 후에, 이별 이야기 따위가 가능할 리 만무하다.

잃고 싶지 않다고, 코우지는 생각한다. 자신은 키미코를 잃고 싶지 않다. 설령 언젠가 다른 여자와 결혼한다 해도, 키미코와의 육체관계는 잃고 싶지 않다고.

"아파트로 돌아갈거니?"

'뭐 아저씨'와 헤어지고 나서 아버지가 물었다. 흡연자가 한 사람도 없었기에 어지간히 참고 있던 담배를 한 대 깊숙이 빨아들이면서 코우지는 네, 하고 대답했다.

"내일 일찍 일어나야 돼요. 약속이 좀 있어서."

유리와 이른 아침의 테니스를 치기로 되어 있다. 아버지는 그러냐, 라고 했다. 내가 꾸지람을 듣는 건가, 라고.

코우지는 후후후, 하고 웃어 두었다. 가벼운 사죄를 담은, 그러나 뭐, 거의 동정의 웃음이었다. 냉방이 잘 된 가게 안에서 방금 나온 터라 밤공기가 뜨듯미지근하다.

"분이 가라앉질 않는 모양이에요."

어머니, 라는 주어를 생략하고 코우지가 말했다.

"어젯밤에도 전화로 온통 형수 이야기만 해댔어요."

형 다카시는 신혼 3개월째 들어 이혼 위기에 처해있다. 본인이 설명하지 않아서 원인은 잘 모르는 모양이지만 여하튼 신혼집에서 내쫓겨 본가에 몸을 의지하고 있다.

"큰일이네. 형은 소박맞고 와 있지, 동생은 취직해야지."

'장난꾸러기 남동생'에 걸맞게 마치 남의 일인 양 코우지는 말했다.

"정말이지."

아버지는 몹시 씁쓸한 표정으로 대답했다. 멋쩍은 웃음도 미소도 머금지 않은, 순전히 씁쓸한 표정이었다.

같은 시간, 토오루는 자신의 방에서 망연자실해 있었다. 그리고 또다시, 자신은 이곳에 틀어박히게 되었다고 생각한다.

9월. 시후미한테선 아무 연락도 없다.

고독해 보이고 싶은 십 대랑은 다르니까, 난 이제 혼자이고 싶지 않아.

시후미의 말이 머리에서 떠나질 않는다.

토오루는 그때, 혼자 살라고 말한 것이 아니다. 함께 살자고 말했다. 시후미에게, 자신은 결국 손꼽기에 부족한 존재이다. 그렇게 생각하니 미칠 듯이 화가 났다. 더구나 묘하게도, 시후미가 아니라 자기 자신에게 화가 났다.

베갯머리에는 시후미가 좋아한다고 말한 책이 일곱 권, 쌓아둔 그대로 있다.

같이 살아요.

그것은 생각해서 입 밖에 낸 말은 아니었다. 정신을 차려보니, 어느새 그렇게 말해버린 것이었다. 그러나 그것은 지금의 토오루에게는 지극히 현실적인, 그것 밖에 없다고 여겨지는 말이었다. 그렇게 하면 안 되는 이유가 어디 있을까.

다시 한 번 가다듬고 시후미에게 분명히 이야기하자. 토오루는 그렇게 결심하고 베란다로 나갔다. 별이 떠 있다. 시후미만 그렇게 하고 싶다고 생각해 준다면, 다른 사람이야 어떻게 생각하든 상관없다. 사실 그렇지 않은가.

토오루는 이런 상태로 더 이상은 견딜 수 없을 것 같았다. 이제 슬슬 확실히 해야 할 때였다.

이튿날 아침은 쾌청했다.

유리의 테니스는 취미 수준이지만 의외로 힘이 있다. 코트 전체를 종횡무진하며, 자세가 무너져도 되받아 친다. 힘이 부치기 때문에 양손으로 치도록 코치 받았다는 백핸드 스트로크만 해도, 양손으로 치는 만큼 힘이 강하고 구족이 빠르다. 네트 플레이는 특히 뛰어나서, 위태위태해 보여 방심하다가는 아차 하는 순간에 깨끗이 당하고 만다.

"많이 늘었네."

칭찬해 주자, 유리는 기쁜 듯이 웃어 보였다.

"잔뜩 연습했는걸."

숨을 헐떡이면서 말한다.

"하지만 코우지 짓궂어. 나한테서 가장 먼 곳으로만 보내고."

아직 8시인데 벌써 태양이 내리쬐고 있다.

"오늘은 이 정도로 해두지?"

묻자, 유리는 즉각 고개를 가로저었다.

"한 번 더 해?"

말꼬리를 올리듯이 말했다. 유리에게는 청결한 터프함이 있다. 코우지는 그 점이 좋았다.

샤워를 하고 클럽 안에 있는 찻집에서 모닝 세트를 먹었다. 그리고, 새 스니커즈를 갖고 싶다는 유리의 쇼핑에 따라가 주고, 헤어졌다. 유리는 오후에 여자 친구와 영화를 보러 갈 예정이고, 코우지한테는 유리에게 말할 수 없는 일정이 있다. 이렇듯 이른 아침부터 테니스를 치는 것도, 하루에 두 여자를 만나고 다니는 것도 모두 학생의 특권이다. 코우지는 그렇게 생각한다.

날씨가 좋은 탓인지 기분도 좋았다. 테니스 치느라 땀을 흘린 터라 몸도 가뿐하다. 키미코와 약속한 에비스까지 가는 동안 전철 안에서 눈 좀 붙이자.

말쑥한 흰색 면 셔츠는 언젠가 시후미에게 받은 것이다.

"첫눈에, 너한테 어울릴 것 같아서."

시후미가 말했다. 토오루는 그 옷을 시후미와 만나는 날 입은 적이 없다. 선물 받은 옷을 착실하게 입으려니까 새삼 보여주려는 것 같아서 어쩐지 움츠러든다. 하지만 오늘은 그 옷을 입고 갈 생각이었다. 셔츠는 여러 번 세탁해서 이미 피부에 친숙하다.

어젯밤, 토오루는 시후미에게 전화를 걸었다. 마냥 있을 수 없었다. 더 이상은 기다릴 수 없었다. 시후미는 자기 집에서 아사노와 술을 마시는 중이라고 했다. 지난주는 내내 출장을 갔었다는 말도.

"동유럽에 좋은 가구가 있어. 소박하고, 가격도 적당하고, 겨울 디스플레이에 딱 좋은. 그밖에도 여러 가지 발견했어."

평소의 시후미였다. 지난번 일 따위, 전혀 없었던 것 같은 말투였다.

"보고 싶은데."

토오루가 말하자, 시후미는 순간 침묵하고,

"전화할게."

라고 말했다.

"언제?"

두 번째 침묵은, 첫 번째의 그것보다 길었다.

"내일 저녁이라면."

시후미가 말했다.

"한 시간 정도밖에 안 되지만."

그 한 시간을 위해 토오루는 여기서 또 전화를 기다리고 있다.

그러나 시간은 문제되지 않았다. 예를 들어 세 시간, 다섯 시간, 설령 열 시간을 같이 있는다 해도 충분하게 느껴지지는 않으니까. 집으로 돌아가야만 하는 시간이 온다. 문제는 그 점이다.

오후 5시. 하늘은 아직 파랗고, 매미 소리가 들린다. 반복 재생 버튼을 눌러 내내 틀어 둔 빌리 조엘에 질리기 시작했을 즈음, 시후미한테서 전화가 걸려왔다. 30분 후에 플라니에서. 그렇게 약속하고 전화를 끊었다.

여느 때와는 다른 기분으로 집을 나섰다. 토오루는 시후미를 빼앗고 싶어졌다. 빼앗겠다고 결심한다.

베이지 색 셔츠에 갈색 가죽바지 차림으로, 시후미는 보드카를 마시고 있었다.

"잘 지냈어?"

토오루를 보자 그렇게 물었다.

"덥네. 여름이 좀처럼 물러가질 않아."

토오루는 옆의 스툴에 걸터앉아 맥주를 주문했다. 시후미의 등은 작고 아름답다.

"가게에서 오는 길이에요?"

맞아, 라고 대답하고, 시후미는 토오루를 정면으로 응시했다. 보고 싶었어, 하며 목에 팔을 두르고, 키스가 아니라 볼에 볼을 맞댔다. 최근 시후미가 즐겨 사용하는 '베이비 돌'이라는 향수 냄새가 났다.

"여행은 좋았는데."

쓸쓸하게 미소 지으며 시후미가 말했다.

"여행지에서 누군가가 그리워서, 아, 정말이지, 정말이지 하면서, 내가 왜 이런 곳에 있어야 하나, 라고 생각하는 거 처음이었어."

담배를 입에 물고 불을 붙인다. 한 모금 빨아들이고, 천천히 연기를 내뿜고 나서,

"잘 지냈어?"

라고 또 한 번 물었다.

"알면서."

토오루는 행복한 기분이 되어버리지 않도록 조심하면서, 시후미의 얼굴은 보지 않고 그렇게 대답했다.

"잘 지낼 리 없는 줄 알면서."

플라니의 바카운터는 어느새 토오루에게는 친숙하고 잘 아는 무언가가 되어 있었다. 매끄러운 나뭇결의, 두껍고, 딱딱하지 않은 느낌의 짙은 갈색 카운터.

"여기서 살고 싶다는 생각이 들 정도예요."

토오루가 말하자 시후미는 웃었다.

"그리고."

토오루는 계속했다.

"그리고, 나도 이미 십 대는 아니에요."

그 말은 시후미에게, 토오루가 생각했던 것만큼의 영향력을 주지는 못했다. 적어도 그런 것처럼 보였다. 시후미가 바텐더에

게 올리브를 주문하고, 여행지에서 발견한 양洋 이야기를 시작했기 때문이다. 그것은 아주 작은 장식물이며, 진짜 양털을 전혀 염색하지 않고 사용한 봉제 인형이라고 한다. 시후미는 그것을 윈도우 디스플레이용으로 백 마리 구입했다.

"보러 올래?"

시후미는 말하고 미소 지었다. 토오루로서는 관여할 수 없는 곳에 있는, 충분히 만족하고 행복한 여자인 양.

토오루는 대답하지 못했다. 조금 지나, 시후미가 조용히 입을 열었다.

"말했지? 한 집에서 함께 사는 것과 함께 살아가는 것은 절대 같은 게 아니라고."

토오루는 정면에 진열된 술병을 보고 있었다. 그런 건 말장난이라고 생각했다.

"누구와 살든, 난 함께 살아가고 싶은 사람과 살아. 그렇게 마음먹었어."

토오루의 눈에 시후미는 오늘, 처음부터 결론을 준비하고 있었던 것처럼 보였다. 토오루의 말에 귀를 기울이지 않겠다고 결심한 것처럼.

"함께 살아가고 싶은 사람과 함께 생활하는 건?"

시후미의 얼굴을 보며 물었다. 그리고 이내, 그렇게 질문한 것을 후회하게 되었다.

"그럼 너, 우리 집으로 이사 올래?"

시후미가 그렇게 말한 것이다. 이번에는 시후미 쪽에서 토오루를 똑바로 응시했다. 그 얼굴에는 아름다운 미소마저 떠올라 있었다.

토오루로서는 어찌해 볼 도리도 없었다.

요시다가 다시 나타난 것은, 코우지가 유리와 테니스를 치고, 에비스에서 키미코와 서로 안았던, 바로 그날 밤이었다. 아르바이트하는 당구장으로 느닷없이 찾아온 것이다.

요시다는 혼자였다. 코우지에게 술을 주문하고,

"게임, 같이 하자."

라고 말했다.

"그런 일은 안 됩니다."

안 됩니다, 를 강조하여 거리를 둘 생각이었는데. 이상하게 친숙한 느낌으로 울려 퍼지고 말았다. 그야말로 예전의 친구를 위한 말.

"됐어, 그럼."

요시다는 볼멘 얼굴을 해 보였다.

"오늘 게임은 포기할게. 다음에 친구 데려올 거니까, 괜찮아."

다음에.

가게는 테이블이 절반쯤 차 있었다. 여기저기서, 공을 치는 예리한 소리가 들린다.

"무슨 용건인데."

언짢은 소리로 물었다. 들러붙는 것은 좋아하지 않는다. 하물며 상대가 요시다이면.

"좋잖아."

요시다는 히죽 웃었다. 녹색 탱크톱을 입고 있다. 가슴에 살이 없는 것이 오히려 징그럽게 느껴진다. 징그럽고, 딱하고.

"좋잖아. 손님인데."

좋지 않네요, 라고 대답했다. 전혀 좋지 않네요.

창밖으로 신주쿠의 초라한 야경이 보인다. 요시다는 가방에서 멘톨 담배를 꺼내 피우고, 조금 떨어진 곳에 놓여 있던 재떨이를, 자신이 가져오지 않고 코우지에게 시켰다.

생각해라. 코우지는 자신의 뇌에 명령했다. 요시다는 대체 무슨 속셈이지? 뭘 원하는데? 뭘 하려는 거지?

요시다는 스툴을 돌려 코우지에게 등을 보인 채 가게 안을 바라보고 있다. 그 새카만 단발머리 속에서 뭘 생각하고 있을까.

코우지로서는 전혀 감이 잡히지 않는다.

"요시다~."

코우지는 눈물로 호소해 보았다.

"괴롭히는 짓은 그만두자고요."

요시다는 돌아보며 다시 히죽 웃었다.

17

달걀만 얹은 초간단 오므라이스와 무 샐러드를 하시모토를 위해 만들어 주면서, 넌 정말 변함이 없구나, 라고 코우지는 불평 비슷한 어조로 말했다.

"남의 집에서 TV 보니까 재밌냐?"

하시모토는 대답하지 않는다.

"보통, 여자가 생기면 달라지는 거 아냐? 만나고 싶어서 TV 볼 시간도 없어야 정상인데."

코우지는 오므라이스를 잘 만든다. 왼손에 든 프라이팬 자루를 오른손으로 쳐서, 전체를 능숙하게 흔들어 달걀노른자로 밥을 감싸는, 이른바 기술적인 점이 특기이다.

"왜 그리 미적거리는데?"

하시모토는 뭐 그냥, 이라고 대답하고 일어나, 다 된 오므라이스에 스푼을 넣는다.

"물도 좀 먹을 수 있어?"

오후 3시. 코우지는 간식을 먹는 습관이 없기 때문에 하시모토뿐 아니라 대부분의 친구들이 이 시간에 배고파하는 것을 이해할 수 없었다.

"도대체가, 점심을 거르니까 안 되는 거야."

컵에 물을 따라 주면서 말했다.

"기분이 안 좋은 모양이네? 여자처럼."

그 말은 코우지의 신경을 건드렸다.

"네 녀석이 여자를 아냐?"

하시모토는 잠자코 있었다. 오므라이스의 뜨거운 김 때문에 안경 렌즈의 일부가 뿌옇다.

"너는 좋겠다. 그 여자한테만 신경 쓰면 되니까. 편하겠다."

본심이었다. 하시모토는 어이없어하는 표정을 짓고 있다.

요시다는 사흘 밤 연속해서 아르바이트 장소에 나타났다. 어젯밤은 나타나지 않았는데, 손님이 들어올 때마다 요시다인가 싶어 마음이 조마조마했다. 하룻밤 내내. 도대체 왜 요시다 때문에 그런 일을 겪어야 하는지, 부당하다는 생각이 들어 화가 나고, 그러나 아무리 화를 낸들 해결이 되는 것도 아니어서 더욱 초조했다. 해결을 위한 행동을 취할 수 없는 상황만큼 코우지를 초조하고 피곤하게 만드는 일은 없다.

"다 먹으면 그릇 씻어 놔. 나, 샤워하고 나갈 거니까."

하시모토는 어, 하고 대답했다.

키미코는 모스그린 색 브래지어와 쇼츠를 입고 있었다. 에비스에서 만나 곧장 고한다호텔로 직행했다. 기다리지 못하고, 차 안에서도 조금 농탕쳤다. 키미코는 운전하면서 웃음소리를 냈다.

"보고 싶었어."

키미코에게 거짓 없는 마음으로 그렇게 말한 것은, 무척 오랜만이었다. 코우지는 '이 방의 청소를 담당한 사람은 접니다'라고, 종업원의 이름이 적힌 카드가 놓여 있던 침대에 누워, 자신이 한동안 키미코에게 냉정했던 것을 반성했다. 키미코의 대담함과 솔직함은, 분명 사랑해야 할 무언가였다. 탄탄한 몸과 힘센 팔도.

코우지가 순간 기겁하게도, 키미코가 브리프 위로 코우지의 그것을 덥석 입에 물었다. 생각지도 못한 열기에 코우지는 신음

소리를 흘렸다.

　코우지에게 키미코는 번거로운 일과 무관한 여자였다. 만나서 서로 사랑하고 헤어진다. 주위에 아무 영향도 끼치지 않는다. 요시다의 출현도, 유리와 코우지와 하시모토도, 대학과 아르바이트와 취직과, 그밖에 코우지 자신을 자신답게 하는 모든 것과 키미코는 무관한 장소에 있었다.

　정신을 차려보니, 속옷은 이미 벗겨져 있었다. 코우지는 손을 뻗어 키미코를 위쪽으로 끌어올리려 했다.

　"이리 와. 이제 안 돼."

　키미코는 움직이지 않는다. 나오는 웃음을 참으며, 코우지의 아랫배며 넓적다리에 마구 입을 맞추면서, 아직이야, 라고 말한다.

　그것은 코우지가 있는 힘을 다해 상황을 역전시킬 때까지 계속되었다. 키미코와의 행위는 늘 그런 식이다. 어느 한 쪽의 힘이 다할 때까지, 끝없이 탐하고 계속해서 갈망한다. '강強'으로 맞춰 놓은 에어컨 따위 아무 도움도 되지 않고, 결국에는 두 사람 모두 땀범벅이 되었다.

　"당신이 참 좋아."

　모두 끝나고, 통조림 속 정어리처럼 나란히 드러누운 채, 담배를 피우면서 코우지가 말했다. 스스로 생각해도 우스울 만큼 달콤하고 흡족한 목소리가 나왔다.

정말 어느 때인가 자신이 키미코와 헤어질 수 있을까, 라는 생각을 한다. 그것은 어려울 것 같았다. 지금까지 경험한 몇 번의 이별보다, 또는 언젠가 찾아올지 모르는 유리와의 이별보다, 그것은 훨씬 어려운 일로 여겨졌다.

"짐승 같은 키미코가, 나, 너무 좋은 건지도."

그렇게 말하자,

"야수한테 듣고 싶지는 않네요."

라는 나직한 목소리가 되돌아왔다.

그러나 코우지로서는 자신이 앞으로도 쭉 키미코와 사귄다거나, 남편과 이혼시키고 결혼하겠다, 라는 식의 생각은 도저히 할 수 없었다.

키미코는 코우지 옆에 딱 달라붙어서, 가는 두 다리를 코우지의 한쪽 다리에 휘감고, 한껏 배부른 고양이처럼 만족스러운 얼굴을 하고 있다.

저녁 늦게 코우지한테서 전화가 걸려왔을 때 토오루는 자기 방에서 빌리 조엘의 노래를 듣고 있었다. 오랜만에 밥이라도 먹자고 하기에, 오랜만은 아니잖냐고 대답했다. 지난달에 동창회

가 있었기 때문인데, 코우지가 되받아 말하길,

"쌀쌀맞기는."

"도대체 2차 모임에는 오지도 않은 녀석이 말은 잘 하네."

라는 것이 되고, 토오루도 내심 그 말에 수긍한다. 그러나 토오루는, 시후미가 없는 장소에는 아무런 흥미도 갖지 못했다. 그래서 애매한 대답을 했다. 아, 라든지 글쎄, 라든지.

"뭐야, 확실하게 해. 어차피 시간 많잖아."

코우지의 목소리는 크다. 어찌된 셈인지, 매번 어김없이 혼잡한 공중전화로 걸기 때문에 주위의 소음에 지지 않으려고 절반 고함치듯 이야기한다.

결국, 고등학교 근처의 라면집에 가기로 했다. 예전, 도서관에서 돌아오는 길에, 입시학원에서 돌아오는 코우지와 합류하여 들르던 가게다.

토오루는 입고 있던 티셔츠와 청바지 위에 감색 여름 스웨터를 걸치고 나갔다. 여름철의 저녁은 대중목욕탕 같은 냄새가 난다.

지하철을 두 정거장만 타고 내려, 개찰구의 전언판 옆에서 문고본을 읽으면서 코우지를 기다렸다. 문고본은 엔도 슈사쿠의 작품으로, 시후미가 학창시절에 읽고 감명 받았다는 책이다.

5분 후에 나타난 코우지는 가슴 부위에 HUGO BOSS라는 로

고가 들어간 연보라색 티셔츠를 입고 있었다. 머리에 무스인지 젤인지를 잔뜩 발랐는지, 보기엔 예사로 말라 있지만 냄새로 그 것을 알 수 있었다.

"오늘, 아르바이트는 없어?"

걸으면서 물었다.

"없어."

코우지는 짧게 대답하고, 토오루를 보며 더운데 용케 스웨터 를 다 입었네, 라고 말했다.

태루라면, 이라는 이름의 그 가게는, 3년 만인데도 전혀 변한 것이 없었다. 토오루도 코우지도, 여기서 주문하는 것은 늘 정해 져 있다. 코우지가 그것을 주문했다.

"그런데 말야, 히죽하고 웃는 거야, 의미도 없이."

코우지는 아까부터 요시다 이야기를 하고 있다.

"요시다가 웃으면, 곤란해?"

냉수기에서 익숙하게 물을 따르고, 구석 자리에 걸터앉았다.

"그런 이야기가 아니잖아."

아직 아무것도 나오지 않았는데 코우지는 나무젓가락부터 쪼 갰다.

"그래서, 요시다는 무슨 용건이래?"

묻자, 코우지는 한숨을 쉬었다.

"아무 말도 듣지 못했어. 그걸 모르니까 고민이지."

그만 됐어, 라고 야속한 듯이 이야기한다.

"당최 요즘 젊은 녀석들은 남의 말을 듣질 않아."

마치 자신은 요즘 젊은이가 아닌 것처럼 말했다.

만두에 맥주를 마신 후, 토오루는 친자오로스면을, 코우지는 텐진면을 먹었다.

"내 얘기를 제대로 들어 주는 사람은 유리랑 키미코뿐이야."

토오루가 놀라서,

"상담한 거야?"

라고 묻자, 이번에는 코우지가 놀라서,

"그럴 리가."

라고 대답했다. 얘기할 리 없잖아, 그런 걸.

토오루는 고개를 갸웃하며,

"앞뒤가 맞질 않아."

라고 말했다. 어차피 코우지의 여자 문제와 관련하여 상담에 응할 생각은 없었다. 절반은 어처구니가 없어서이며, 절반은, 코우지라면 무난히 혼자서 헤쳐나갈 것으로 생각하기 때문이었다. 그것은 다시 말해, 절반의 경시와 절반의 경의이다. 토오루는 코우지에 대해 고교시절부터 쭉 그런 감정을 품고 있다.

"하지만 말야."

코우지가 말했다.

"키미코와는 슬슬 헤어져야 할 것 같아."

"왜?"

라면은 이미 다 먹었다. 토오루의 그릇은 완전히 비었지만, 코우지의 그릇에는 국물이 조금 남아 있다. 예전과 똑같다고 토오루는 생각했다.

왜, 라는 질문에 코우지는 대답하지 못했다. 그 대신,

"졸업하면 말이지."

"졸업하면, 여자애들은 역시 결혼 같은 걸 생각하겠지?"

라고 말했다.

유리를 염두에 둔 말이겠거니 생각했다.

"글쎄, 꼭 그렇다고도 할 수 없지 않나?"

토오루는 말했지만, 잘 알지 못했다. 그럴지도 모른다고 생각했다. 어느 쪽이든 상관없었다.

가게를 나오자 밤공기가 젖은 것처럼 차갑고 기분 좋았다.

"배부르다."

토오루는 롯폰기까지 지하철역을 한 정거장만 걸어서 돌아가

기로 마음먹었다. 산책하기에 딱 좋은 거리다.

"하시모토한테 여자 생겼다."

코우지가 말했다.

"차이기 전에 얼굴 보여달라고 말은 했지만."

롯폰기에는 시후미와 가끔 가는 바가 있다. 70년대 음악을 들을 수 있는 곳이다. 시후미와 가끔 가는 이탈리아 음식점도 있다. 그 가게의 야채는 다른 데보다 맛있다고 시후미는 말한다.

"야마모토도 한동안 못 만났고, 유리도 보고 싶어 하니까, 다음에 다시 전부 모이자. 하시모토와 그 여자친구도 함께 말이야."

토오루는, 좋아, 라고 대답했다. 흥미는 생기지 않았지만, 매번 솔직할 수도 없다.

코우지와 헤어진 후, 토오루는 가이엔니시도오리를 혼자서 곧장 내려갔다.

좀처럼 없는 일이지만 코우지는 혼란스러웠다. 토오루가 어딘지 모르게 멀리 있는 느낌이었다. 예전부터 그랬다. 고독한 아이처럼, 토오루에게는 주위와 융화되지 못하는 부분이 있다. 특별히 튀는 것은 아니지만, 그렇다고 친해지려고도 하지 않는다. 모자가정에서 자랐다는 것, 어머니 없이 하루 중 대부분을 혼자 지내는 아이였다는 것, 그런 점과 관련이 있을까, 라고 코우지는 생각한다. 관련이 있든 없든 토오루는 옛날부터 그런 식이었고, '시후미'와 사귀게 되면서부터 그런 경향은 점점 더 강해졌다.

혼란의 원인은 요시다, 그리고 아마도—아마도 라는 단어를 사용하는 것 자체가, 자신이 혼란스러워하고 있다는 증거라고 코우지는 생각하지만—키미코다.

자신은 키미코와 못 헤어질지도 모른다.

그런 생각이 들자 코우지는 몸서리가 쳐진다.

키미코와는 육체만의 관계다. 그것은 두 사람의 합의 사항이라고 생각된다. 적어도 코우지는 그렇게 정해 놓았다. 아예 처음부터.

그리고 오늘, 코우지는 키미코에게 같이 식사하자는 말을 꺼냈다. 토오루에게 전화 걸기 전이다. 키미코와는 지금껏 밤에 만난 적은 한 번도 없다. 이유는 간단해서, 키미코가 남의 아내이기 때문이다.

그런데 정말 그런 이유에서였을까.

만약 키미코가, 예를 들어 토오루의 '시후미'처럼 밤에도 나다닐 수 있는 여자였다면, 자신은 과연 키미코를 위해 밤 시간을 내주었을까? 코우지는 우선, 물리적으로 무리라고 생각하며, 이 물리적으로, 라는 부분에 거짓이 있다고 보았다. 물리적으로?

키미코는 마침 오늘 남편이 출장 중이라서, 집에 들어가는 길에 장을 보지 않아도 된다고 했다. 그냥, 있는 반찬으로 혼자 마음 편히 저녁을 먹겠다고. 코우지는 마침 식사 전이었고, 아르바이트가 없는 날이기도 했다.

"그럼, 같이 밥 먹어요."

라고 제안했다. 어쩌다 보니 상황이 그렇게 된 것이다. 우연히.

우연히? 정말? 그토록 주의 깊은 내가?

"지금?"

키미코는 단순히 놀란 얼굴이었다. 그리고 단순하게 거절했다.

"밤에는 집에 있고 싶어."

라고.

남편이 전화할지도 모른다는 말과 함께 '전에도 말했지만, 나, 제법 괜찮은 주부야'라는 말도 했다. 그것은 코우지가 예상도 못한 대답이었다.

특별히, 키미코와 식사를 꼭 같이 하고 싶었던 것은 아니다. 그런데도 그때 자신이 대체 왜 그렇게 상처를 받았는지, 이해가 가지 않았다.

키미코에게 화가 났다.

그토록 분방하게 굴면서, 주부니까 돌아간다는 말은 하지 않겠거니 생각했다.

전철을 두 번 갈아타고 츄오우선의 좌석에 앉아 가면서, 코우지는 키미코의 가는 허리와 큼직한 입, 머리를 젖혔을 때의 하얀 목을 떠올린다. 화가 났을 때의 무서운 표정과, 기분 좋을 때 코우지를 놀리는 듯한 말투도.

밤에는 집에 있고 싶어.

야수한테 듣고 싶지는 않네요.

츄오우선은 혼잡했다. 맞은 편 유리창 너머로 빌딩의 불빛이 작고 하얗게 보인다.

아파트에 돌아오자, 현관문에 하얀 비닐봉지가 매달려 있었다. 귀에 거슬리게 부스럭 소리를 내는 그 봉지 속에는 타코야키와 쪽지가 들어 있었다. 기분 나쁜 예감대로 요시다가 두고 간 것이었다.

코우지에게.

아르바이트하는데 갔더니 쉬는 날이라고 해서, 집에 있을까 싶어서 들러봤는데 없는 것 같아서 돌아갑니다. 타코야키, 전자

레인지에 데워 먹어요.

요시다

메모는 어린애처럼 매우 서툰 글자로 쓰여 있었다. 코우지는 복도에 우뚝 선 채 그것을 읽었다. 속포장이 아직 조금 따뜻한 것에 흠칫 놀랐다. 자신도 모르게 주위를 둘러보았다.

"뭐야, 정말."

마음을 가볍게 하려고 거의 필사적으로 소리를 내서 그렇게 말해 보았다.

"글씨 한번 지저분하네."

그러나 효과는 없었다.

집 안으로 들어간 코우지는 타코야키를 비닐봉지째 쓰레기통에 버렸다. 창문을 열었다가 생각을 바꿔 다시 닫는다.

스스로도 한심한 반응이라고 생각했지만, 소름이 돋아 있었다. 이런 일에는 익숙지 않았다. 굉장히 싫다.

침대에 다리를 꼬고 드러누워 생각한다. 자신의 인생이 자신의 의도에서 벗어나기 시작한 듯한 기분이었다. 얼른 어떻게든 하지 않으면 위험해질 것 같았다. 그러나 무엇을 어떤 식으로, 어떻게 해야 좋을지 알 수 없다는 것이 문제였다.

18

이 집의 유리창을 닦는 것은, 어릴 때부터 코우지의 일이었다. 처음에는 여름방학이나 연말에, 어머니가 시켜서 어쩔 수 없이 닦았다. 그런데 고등학생이 되면서부터, 어머니가 말하지 않아도 스스로 알아서 하게끔 되었다. 더러워진 창문을 볼 때면 칠칠치 못한 기분이 들어 싫었다. 일단 습관이 되면 간단한 일이다. 벌써 몇 년 넘게 이 집의 유리창이 늘 깨끗하게 유지되고 있다는 사실을 어머니가 알아차렸는지 어떤지, 토오루로서는 알 수 없다.

여름날 저녁, 다 닦은 유리창 너머로, 토오루는 도쿄 타워를 바라보고 있다. 집 안의 공기 중에는 스프레이 냄새―레몬 향을 흉내 낸, 그러나 레몬과는 거의 다른 냄새―가 남아 있다.

시후미와 사귀기 시작했을 무렵, 토오루에게는 모든 것이 신선했다. 연상의 아름다운 여성과 토오루 '자신'이 서로 약속하고 만난다는 일에서부터, 전철을 거의 이용하지 않는 시후미의 행동 형태, 다양한 상황 속에서 시후미가 소개해 주는 사람들, 술과 식사와 음악, 시후미와 남편의 유별난―어쨌든 거실에 관음상이 있다―생활 공간 등등. 모든 것이 신선하고 놀라움으로 가득 차서, 그때마다 착실하게 눈을 뜨고 받아들이는 것이 고작이었다.

토오루는 그리운 마음에 피식 웃는다. 시후미의 주변 사람들 눈에 자신은 아마 어린애로 비쳤을 것이다. 지금도 그 점은 변함없으며, 사실 자신은 무력하다.

"그럼 너, 우리 집에 이사 올래?"

시후미가 그렇게 말하는 것도 무리는 아니다. 시후미를 빼앗고 싶었다. 빼앗을 수 있다고 생각했다. 어처구니없는 것도 정도가 있다.

토오루는 묘하게 명랑해져 들떠 있었다. 칵테일 타임이다. 냉장고에서 캔맥주를 꺼내 와, 엷게 노을 진 하늘을 바라보면서 혼자 마셨다. 술을 못 마실 만큼 어린애는 아니다.

토오루는 시후미 이외의 것은 어떻든 상관없었다. 시후미가 전부였다.

그렇다면 어쩔 수 없지 않은가.

맥주를 다 마시고, 커튼을 닫고 불을 켰다. 단 한 가지 확실한 것이 있다. 울리지 않는 전화기에서 눈을 떼고, 토오루는 마치 스스로를 격려하듯 생각한다. 한 가지만 확실하다면, 그것으로 충분하다. 그것은 시후미도 알고 있는 일이었다. 그것만은 자신이 있다. 주위 사람들 눈에 자신이 아무리 어린애로 보일지라도, 시후미한테는 결코 어린애가 아니다.

아마 아무도 알지 못할 것이다. 시후미와 자신 이외의 어느 누구도.

언제나 아름답고 어른스러워 보이는 시후미의, 불현듯 비치는 안쓰러운 표정. 동요를 감추기 위해 일부러 똑 부러지게 말할 때의 순간적인 망설임. 그런 것들을 떠올리며 토오루는 빙그레 미소 짓는다.

그러면 됐지 않은가. 토오루는 생각한다. 적어도 지금은, 그것으로 충분하지 않은가.

코우지는 아르바이트 시간보다 3시간 빨리 사무실로 들어 와,

리포트를 한 개 마무리 지었다. 몇 권의 책에서 인용한 자료와, 인용하지 않은 것처럼 꾸민 인용 자료를 교묘하게 짜 맞춘 리포트이다. 훌륭하진 않지만 퇴짜 맞을 것 같지는 않았다.

사무실의 에어컨은 소리만 시끄럽고 성능이 나빠서 창문을 반쯤 열어두는데 역시 무덥게 느껴진다. 읽다 팽개친 만화주간지며 과자 봉지, 누군가가 게임센터에서 뽑아 온 것으로 짐작되는 봉제 인형, 백 년도 넘게 빨지 않은 것처럼 보이는 운동화―워낙 냄새가 고약해서 사물함에 넣을 기분도 아닐 것이라고 코우지는 생각했다―따위가 어지럽게 흩어져 있다. 종업원은 대부분이 아르바이트생. 말하자면, 누가 됐든 이곳은 잠시 동안만 다니는 곳이므로 더럽고 지저분해도 아무렇지 않은 것이리라.

코우지는 리포트를 잘 정리해 홀더에 끼워 넣고 담배에 불을 붙였다. 오늘 만약 요시다가 나타난다면, 도대체 무슨 속셈인지 반드시 자백하게 만들어야지. 그리고 앞으로 다시는 내게 접근하지 말라고, 딱 잘라 말할 생각이다.

코우지가 아파트를 나올 때, 어젯밤의 타코야키는 여전히 쓰레기통에 들어있는 그대로였다. 하얀 비닐봉지째 쓰레기통에 처박혀, 나가려는 코우지를 원망스럽게 올려다보고 있는 것처럼 느껴졌다. 요시다의 메모가 딸린 타코야키.

성가신 일은 그것만이 아니었다. 오늘 아침에도 어머니한테서 걸려온 전화 때문에 잠에서 깨어 형과 형수에 관한 푸념을 들어야 했다. 두 사람은 그럭저럭 원상태로 돌아간 모양인데 싸움의 원인을 한사코 털어놓지 않는다는 사실이 어머니로서는 못마땅한 것이었다.

"이렇게까지 큰 소란을 피우고, 갈라서니 어쩌니 라는 소리까지 해 놓고 말이야. 시끄럽게 해서 죄송하단 말로 끝날 일이 아니잖니?"

어머니의 말에도 일리는 있다고 생각했지만, 코우지에게는 그저 성가신 일이었다.

그래서 말했다.

"됐잖아요, 이제 그만 내버려둬요."

다카시는 워낙 옛날부터 요령이 없다. 부부싸움 정도는 부모를 끌어들이지 않고 해야 하는 것 아닌가.

"그럴 수는 없지 않겠니? 사키의 친정 쪽에서도 걱정이 되셔서 우리 집으로 전화를 한 모양인데. 그렇더라도 우리가 무슨 사정 이야기를 들었어야 설명을 하지."

덕분에 코우지는 15분이나 어머니의 전화 상대가 되어야 했다. 결국,

"그래도 뭐, 비 온 후에 땅이 굳는다고 하잖니. 그럭저럭 마침 사키의 생일이어서, 우리 집에서 다 같이 식사라도 하면 어떻겠 냐는 이야기가 나왔어. 코우지 너도 얼굴 정도는 비쳐야지? 여러 가지로 바쁘겠지만."

라는 지시까지 나오고, 원래 형과 그리 친하지도 않은 코우지 로서는 귀찮기 짝이 없었다.

담배를 끄고 일어난다. 거울 앞에 서서 손으로 대충 빗어 머리 를 정돈했다. 가게에 나갈 시간이다. 오늘밤이 얼마나 끔찍한 밤 이 될지, 코우지는 아직 아무것도 알지 못했다.

당구 테이블이 70퍼센트 정도 채워진 밤 9시경, 요시다가 나 타났다. 코우지는 그때, 다른 손님과 이야기를 나누는 중이었다. 다른 손님이란 다름 아닌 카즈미. 고등학교 3학년으로 코우지가 마음에 들어 하는 손님이다. 여름방학에 가족끼리 하와이에 갔 었다며, 예쁘게 살을 태운 터였다. 언제나처럼 중년 남자와 함께 였다. 하지만 마침 그때는 혼자 스툴에 앉아 우롱차를 마시고 있 었다. 그곳에 요시다가 나타난 것이다.

"안녕."

요시다는 말하고, 카운터에는 카즈미 외에 아무도 없었건만 굳이 카즈미의 옆을 선택해서 앉았다. 그리고 느닷없이,

"코우지 여자친구?"

라며 카즈미에게 대놓고 물었다.

무슨 소리냐고 코우지가 말 꺼내기에 앞서 카즈미가 강하게 부정했다.

"아닌데요."

녹색으로 부분 염색을 한 와일드한 느낌의 머리카락이 얼굴의 움직임과 함께 좌우로 흔들린다.

"미안합니다."

코우지는 우선 카즈미에게 사과하고, 그리고 요시다를 노려보았다. 사과해, 라는 표정으로 재촉한 것인데 요시다는 태연한 얼굴을 하고 있다.

"이 손님한테 실례잖아."

어쩔 수 없이 코우지가 그렇게 보충하여 말했다.

"아니, 괜찮아요."

당연히 카즈미는 심상치 않은 분위기를 감지하고, 우롱차 잔을 들고 서둘러 중년 남자가 있는 테이블로 돌아갔다.

주위에 사람이 없게 되자, 코우지의 자제심도 툭 끊어지고 말았다.

"무슨 소릴 하는 거야, 진짜."

말이 거칠어지는 것을 알면서도 어쩔 수가 없었다.

"그만 돌아가. 남한테 피해주지 말고."

요시다는 아무 말도 하지 않는다. 다소 겁먹은 듯 보였으나, 애써 반항하는 표정을 지으려 한다. 그러는 탓에 복잡하면서도 섹시한 듯 습기 어린 눈빛으로 코우지를 빤히 쳐다본다.

"무슨 생각을 하는 거야, 정말이지."

소리를 낮춰서인지 상대가 말이 없어서인지, 거친 말도 종국에는 어쩐지 우는 소리처럼 울려 퍼졌다.

"미안."

마지못한 목소리로 요시다는 말했다.

"미안하다고 될 일이 아니야."

오늘만큼은 코우지도 용서할 마음이 없었다. 그러나 요시다는,

"럼코크 주세요."

라고 말하고, 더군다나 히죽 웃기까지 했다.

"안 돼. 돌아가. 두 번 다시 오지 말아."

요시다는 말이 없었다. 말은 없었으나, 돌아갈 낌새는 전혀 보이지 않는다. 플로어 중앙의 당구 테이블 곁에서 카즈미가 걱정스러운 듯이 보고 있다.

"너 말야, 나한테 뭔가 하고 싶은 말이 있으면 확실히 말해. 뭔

가 할 말 있지? 다 지난 일로 앙심을 품고 사람을 따라다니다니, 치사하지 않아? 사과하라면 할 것이고, 엎드려 빌라면 빌겠지만, 그건 이미 끝난 일이야. 나로서는."

5초 정도 침묵이 흘렀다.

"앙심 품은 적 없다 뭐."

요시다가 토라진 듯한 말투로 대답했다.

"사실 연애는 자유잖아. 내가 왜 앙심을 품어야 하는데?"

"그럼, 뭐야? 뭘 바라는데?"

요시다는 또 한 번 히죽 웃었다.

"말해도 돼? 말하면, 들어줄 거야?"

순간, 까닭 모를 소름이 오싹 돋았으나, 코우지는,

"말해."

라고 재촉했다. 도대체 뭘 바라는지 알고 싶었고, 알 필요가 있었다.

"나랑 한 번 자. 딱 한 번이면 돼. 그러면 더 이상 따라다니지 않을게. 약속해. 나온 김에 하는 말이지만, 나 이상한 병은 없어."

단숨에 말하고, 요시다는 마치 그 바람이 이루어질 가능성이라도 있는 것처럼, 자못 기대하는 표정으로 코우지를 바라본다.

"농담이겠지?"

진절머리가 났다. 엎드려 빌 각오까지 하고, 진지하게 이야기한 자신이 갑자기 바보처럼 느껴졌다.

"너, 너무 위험한 거 아냐?"

코우지는 말을 내뱉고 카운터를 떠났다. 포갠 재떨이를 들고 플로어를 돌며 더러워진 것과 교체한다. 빈 잔을 치우고, 방치된 큐를 있어야 할 자리에 가져다 놓는다. 코우지는 내심 요시다가 돌아가기를 원했다. 정상적인 여자라면, 더 배겨내지 못하고 돌아가는 것이 당연하다고 생각했다.

그러나, 플로어의 자질구레한 일은 금세 끝이 나버렸다. 종업원 중 일부는 가슴에 '언제라도 코치해드립니다. 주저 없이 불러주십시오'라고 적힌 택을 달고 있다. 그것은 코우지의 가슴에도 달려 있지만, 원래 손님이란 그렇게 '선뜻' 말을 걸어오지는 않는다. 바 카운터를 보니, 요시다는 여전히 혼자 앉아 있다.

그리고 그때, 자신의 눈에 뛰어든 존재에 코우지는 아연 실색했다. 그 자리에 얼어붙어 꼼짝할 수 없었다.

맨 처음 눈에 들어온 것은 유리였다. 코우지를 발견하고, 기뻐하며 손을 흔들었다. 그 옆에 하시모토가 어이! 하는 표정으로 서 있었다. 또 그 옆에는 낯선 여자―아마도 하시모토의 여자친구―가 서서 코우지에게 가볍게 목례했다.

세 사람은 이제 막 들어왔는지 입구 옆에 몰려 서 있다. 입구 옆, 바카운터 바로 곁에.

어떻게 해야 될지 생각하기에 앞서 코우지는 행동하고 있었다. 성큼성큼 재빨리 다가가 요시다를 보지 못하도록 신경 쓰면서, 접수대에서 입점시각이 찍힌 전표를 끊었다.

"놀랐어?"

라든가,

"처음 뵙겠습니다."

라는 등, 세 사람이 각기 뭔가 말은 했으나, 거의 귀에 들어오지 않았다. 코우지는 전표를 손에 들고 세 사람을 빈 테이블로 안내하려 했다.

"왜?"

유리가 미심쩍은 듯이 물었다.

"평소처럼 카운터면 족해. 가게도 붐비는 것 같고."

그래, 됐어 됐어. 그냥 여기서, 라고 하시모토까지 거드는 바람에 코우지는 화가 났다.

"모처럼 셋이나 되는데, 가끔은 당구를 치는 것도 좋잖아. 나중에 코치하러 갈 테니까."

하지만, 유리는 점점 더 미심쩍어하는 얼굴이다.

그때 요시다가 일어났다. 전표를 들고 걸어와서,

"잘 먹었습니다."

라고 코우지에게 말했다.

"감사합니다."

세 사람이 보고 있는 앞에서 계산을 하며, 코우지는 온몸에 땀이 배는 것을 느꼈다. 차마 요시다의 얼굴을 볼 수는 없었다.

"이만 돌아가 드리죠. 하나 빚진 거, 있으니까."

코우지는 귀를 의심했다. 요시다의 마지막 한마디는, 유리의 의혹을 결정짓기에 충분했다.

"누구?"

요시다가 나가는 순간, 당연히 유리는 그렇게 물었다.

"누구야? 응? 누구?"

비가 내린다.

코우지는 자신의 방바닥에 드러누워 있고, 하시모토는 벽에 기대어 두 다리를 쭉 뻗고 앉아 있다.

"하지만 어쩔 수 없잖아. 연상의 여자는 아르바이트하는 데는 안 온다고 들었고, 다른 여자와 문제 있는 줄은 몰랐고."

특별히 문제 같은 거 없어, 라고 코우지는 언짢게 대답한다.

"그만 됐어."

라고.

"내 여자친구 만나게 해달라고 조른 건 너잖아?"

하시모토는 변명도 아닌 말을 여전히 했다.

"그만 됐다잖아."

코우지는 몸을 일으켜 담배를 입에 물었다.

그저께 밤, 요시다가 돌아간 후 코우지는 더 이상 발뺌하기도 어려워 유리에게―그리고 하시모토와 그 여자친구에게―일의 자초지종을 설명했다. 가능한 한 성실하게, 사실에 입각하여 설명한 셈이었다. 동창회 날 오랜만에 만났다는 것, 그날 이후 자신을 따라다니는 통에 곤란하다는 것, 요시다와는 일찍이 사귄 적도 없고, 앞으로도 사귈 생각은 전혀 없다는 것.

"흠."

이야기를 다 듣고 난 유리의 반응이었다. 그러나 납득한 것처럼 보이지는 않았다.

"그것뿐이야?"

질문처럼 느껴지지 않는 말투로 그렇게 묻기도 했다. 다소 책임을 느끼고 있었을 하시모토가,

"이상한 여자네."

라고 말하고, 어찌해야 좋을지 몰라 하던 하시모토의 여자친구가,

"힘드시겠네요."

라고 말하기도 했으나, 그다지 도움은 되지 않았다.

"그것뿐이라면, 코우지가 겁낼 필요 없잖아."

유리는 그렇게 말했다.

"그러니까, 좀 더 당당하고 확실하게 나를 소개해 주었더라면 좋았잖아."

특제 칵테일, 이라고 부르며 좋아하는 레모네이드에 입도 대지 않고 유리는 열을 띠며 말했다.

"그게 정말 위험한 여자라면 곤란하잖아. 오히려 유리한테 앙심이라도 품으면."

그래 맞아, 라며 하시모토의 여자친구만 고개를 끄덕였다. 하시모토는 절반 어이없어 하는 표정이고, 유리는 완강하게,

"겁 안 나."

라고 주장하였다.

"난 그런 거 전혀 겁 안 나. 확실하게 상대해 주지 뭐."

상대라……, 라고 코우지는 중얼거렸다.

"여자들이란 정말, 뭐라고 해야 할지."

하시모토는 안경 너머로 차가운 시선을 보냈을 뿐이다.

비가 내리고 있다.

달걀노른자를 입혀 구운 아스파라거스를, 시후미는 유쾌한 동작으로 갈라놓는다.

"저기, 아무 말이나 좀 해 봐. 학교는 아직 방학이야?"

정원수가 보이게 활짝 열어 놓은 유리문은 검은 테두리 덕분에 고전적인 멋이 느껴진다. 구운 치즈의 고소한 냄새가 난다.

"개강은 모레부터에요."

토오루는 대답했다. 티셔츠에 청바지 차림인데도 풍요롭고 화려한 느낌이 나는 시후미의 옆얼굴을 보았다. 화이트 와인은 차갑고, 입 안에 착 달라붙는 느낌이다.

토오루는 스스로 행복하다고 느꼈다. 이렇게 있는 것만으로도 완벽하게 행복했다.

"엔도 슈사쿠 작품 읽었어요."

토오루는 『침묵』에 대해 이야기했다. 그리고 『백색인』에 대해. 시후미는 약간 고개를 갸웃하고, 식사하는 손은 쉼 없이, 이야기를 들어 주었다.

"무척 재밌었어요. 문체가 투철한 작가던데요. 지금은 『사무라이』를 읽고 있어요."

심플한 토마토 스파게티를 둘이 나눠 먹은 후, 메인인 육류 요리는 토오루 혼자서 해치웠다.

시후미와 함께 있을 때면, 시간은 꿀처럼 달콤하고 느긋하게 흘러간다.

시후미는 칼리에르의 연극에 대해 이야기했다. 지난번에 '가게의 여자애들'과 보러 갔다고 했다.

잠시 대화가 끊어졌을 때, 토오루는 홍차를, 시후미는 에스프레소를 마셨다.

"함께 생활하지 않고 함께 살아간다는 조건, 받아들이기로 했어요."

토오루는 애써 느긋하게, 단어가 만족스럽게 울릴 수 있도록 신경 쓰며 그렇게 말했다. 시후미는 금세 눈썹을 치켜올린다.

"조건 같은 거 내세운 적 없어."

"아, 미안해요."

토오루는 미소 지으며 사과했다. 토오루 자신한테는 조건이나 마찬가지였다고 생각한다. 그것을 받아들일 것이냐, 시후미를 잃을 것이냐, 둘 중 하나였으므로.

"그래서, 좋은 방법을 생각해 냈어요."

"좋은 방법?"

되묻는 시후미는, 한 손으로 에스프레소 잔을 입으로 가져가고, 다른 한 손으로 담뱃갑에서 담배를 한 개비 빼내려 했다. 토오루는 담뱃갑을 집어 담배 한 개비를 건네주면서,

"가게에 취직시켜 주세요."

라고 말했다. 순간, 시후미는 손에 든 잔도 담배도 잊고, 정지 상태로 토오루를 응시했다.

19

일요일, 코우지는 아침부터 유리와 테니스를 치고 기치조오지에서 점심을 사준 후, 사고 싶은 CD가 있다는 유리를 따라 타워레코드에도 갔다.

남들 눈에는 그저 사이좋은 커플의 데이트쯤으로 보일지 모르지만, 유리는 내내 기분이 언짢아 있다. 딱히 말로 한 것은 아니지만, 원인은 요시다였다. 요시다에게 화가 나 있다기보다, 요시다의 도발적인 태도를 보고도 거기에 대해 아무 대응도 하지 못한 코우지에게 화를 내고 있는 것 같았다.

"미리 얘기해 줬으면 좋았잖아."

볕이 잘 드는 양식당에서 드라이 카레라이스를 먹으며 유리는 그렇게 말했다.

"동창회에서 이상한 여자를 만났다든지, 자꾸 달라붙어서 곤란하다든지, 그런데서 딱 마주치기 전에, 제대로 얘기해 주었더라면 좋았잖아."

그때까지 아마 열 번쯤은 사과했겠지만, 코우지는 다시 한 번 미안하다고 말했다. 그러나 사과한들 아무것도 달라지는 것은 없었다.

신혼 초기, 요란한 부부싸움 끝에 간신히 안정을 되찾은 듯한 형 부부를 둘러싼 식사모임. 코우지는 유리를 데려갈 생각이었다. 유리는 원래 가족 행사에 참가하는 것을 좋아한다. 오늘 아침 만나자마자 그 얘기를 꺼냈으나, 유리는 바로 대답하지 않았다.

"괜찮을까, 내가 가서."

시무룩한 표정으로 그렇게 말했다. 코우지는, 가족들과 친해지게 함으로써 자신에게 가장 소중한 여자는 유리라는 것을 전할 수 있으리라 생각했다. 유리에 대해서만큼은 진지하게 생각하고 있는 것이다. 유리가 그런 자신의 마음을 믿어주기 원했다. 믿는다면, 다음은 말없이 따라와 주기 원했다.

드라이 카레라이스는 막과자 같은 맛이 났다.

"유리."

코우지가 말했다. 유리와 시선을 맞춘다.

"믿어 줘. 그 아이하고는 아무 사이도 아니니까."

유리는 아무 말도 하지 않고, 코우지의 얼굴을 빤히 처다본다. 통통한 볼과 의지 강해 보이는 쌍꺼풀 진 눈. 둥근 칼라의 흰 블라우스에 청바지 차림으로, 자그마한 핸드백을 둘러맨 채 식사를 하고 있다.

돌아가 드리죠, 라고 요시다는 말했다. 대체 무엇 때문에 그런 식의 말을 들어야 하는지, 코우지는 짐작도 가지 않는다. 유리와는 순조롭게 되어 가고 있는데, 아무 상관도 없는 요시다 때문에―아츠코라는 옛 상처는 있지만―다투게 되다니, 어처구니가 없었다.

"그 아이 일은 내가 확실하게 할 테니까. 유리한테는 피해 안 가도록 할 거야."

유리는 고개를 한차례 가볍게 끄덕였다. 그리고 유달리 가련한 미소를 지어 보였다. 코우지는 그제야 좀 살 것 같았다.

어머니는 말 붙여볼 틈을 주지 않았다. 요란하게 한숨을 쉬며, 적당히 해 둬라, 라고 말했다. 너는 이용당하고 있는 것뿐이니까, 라고.

시후미와의 관계를 어머니에게 설명할 생각은 없었다. 설명해 봤자 알아줄 리가 없었다.

"하지만 그렇게 정했어요. 일단 보고 차원에서 말하는 것뿐이니까."

가게에 취직시켜달라고 말했을 때 시후미는 깜짝 놀란 얼굴을 했다. 전혀 예상도 못한 말을 들었다는 표정 자체였다.

"그렇게 하면, 항상 같이 있을 수 있어요. 외국에 물건 사러 갈 때도 둘이 함께 갈 수 있고."

한 가지 한 가지 사항을 시후미가 정확히 상상할 수 있도록 토오루는 차근차근 이야기했다.

"그렇게 되면, 같이 살지 않아도 함께 살아갈 수 있어요."

두 사람은 아오야마에 있는 시후미가 좋아하는 이탈리아 음식점에서 식사를 마친 참이었다. 커다란 창문이 활짝 열려 있고, 여름의 끝을 알리는 비가 거리를 식히듯 조용히 내리고 있었다.

토오루가 이야기를 마친 후에도 시후미는 아무 말 하지 않았다. 가게는 붐비고, 웨이터들은 분주히 일하고 있었다.

"정말 그런 일이 가능할까."

잠시 후 시후미는 그렇게 말했다. 질문이라기보다, 자기 자신에게 말하는 듯한 목소리로 들렸다. 시후미는 들고 있던 담배에는 불도 붙이지 않은 채 토오루를 빤히 쳐다보았다.

"물론 가능해요."

토오루는 미소 지으며 말했다.

"정말?"

시후미가 묻고, 토오루는 시후미를 안심시키려는 듯이,

"정말."

이라고 대답했다.

그 후의 한 시간은 믿어지지 않을 만큼 행복한 한때였다. 온갖 장소에 갈 계획도 세웠다.

시후미의 반응은 토오루가 기대한 것 이상으로 좋았다.

"멋진 생각이야."

몇 번이나 그렇게 말했다. 그러면서도,

"하지만, 그런 일이 정말 가능할까?"

라고, 짬짬이 확인하는 바람에 그 때마다 토오루는 '물론 가능해요'라고 받아주며 안심시켜야 했다.

"그래, 틀림없이 가능할 거야."

마침내 시후미는 그렇게 말했다.

"안 될 이유가 없잖아."

그리고 왜 이런 게 여기 있는지 모르겠다는 표정으로, 식어버린 에스프레소를 옆으로 밀어내고는 토오루를 지그시 바라보았다.

"너무 좋은 생각이야."

시후미는 미소 지으며―그 미소에 언뜻 쓸쓸한 그림자가 비치는 것을 토오루는 놓치지 않았으나, 여하튼―

"그러니까 적어도 일적으로는, 앞으로 오래오래 너랑 함께 있을 수 있는 거네?"

라고 말했다. 이로써 적어도 일적으로는, 앞으로 오래오래.

가게를 나오자, 여전히 비가 내리고 있었다. 토오루는 여느 때처럼 만 엔짜리 지폐와 함께 택시에 밀어 넣어졌으나 마음은 흡족했다. 시후미와의 관계가 시작된 이후 처음으로 '미래'가 보인 것 같은 기분이었다.

"그런데, 요우코 씨는 뭐라고 할까?"

헤어지기에 앞서 시후미가 불쑥 그런 말을 했을 때 토오루도 다소 두려운 마음은 있었다. 그러나 행복의 홍수 같은 한 시간을 보내고 겁날 것 하나 없는 기분에 젖어 있던 토오루는,

"걱정돼요?"

라고, 여유 만만하게 물었다. 택시 지붕에 양손을 짚고 안을 들여다보던 시후미는 고개를 갸웃하고, 좀 지나서,

"아니."

라고 대답했다.

"아니, 걱정 안 돼."

라고. 그것은 특별한 순간이었다. 두 사람 사이에 틀림없이 공범자인 듯한 교감이 통했다. 빛이 날 만큼 진하고 달콤한, 애정과 신뢰와 공감의 순간이었다.

문이 닫히고 택시는 달리기 시작했다. 토오루는 좌석에 기대어 눈을 감고 숨을 들이마셨다. 세상은, 더할 나위 없이 멋진 곳이었다.

"머리를 좀 식혀라."

어머니는 조용한 만큼 한층 노여움 띤 목소리로 말했다.

"너한테는 정말 어이가 없다."

잠옷에 가운을 걸친 모습으로 아침식사를 하고 있던 어머니는 입맛도 잃었다는 듯이 자리에서 일어나 그릇을 싱크대로 가져갔다. 크림치즈를 바른 베이글을 제대로 먹지도 않고 그대로 가정용 분쇄기에 넣는다. 귀에 거슬리는 기계음이 주방에 울려 퍼졌다.

"이제 어른이라고 생각해서."

토오루에게 등을 돌린 채 어머니는 작은 소리로 말했다.

"그래서 두 사람의 교우관계에 대해 왈가왈부하지 않았어. 하지만 그것과 취직 문제는 별개 아니니? 정말이지, 뭘 좀 생각하고 말을 해야지."

그것은 단순한 잔소리였다. 시후미네 가게에 취직하기로 결정했다고 말한 토오루에 대한 대답이 아니라, 그저 하는 잔소리였다. 적어도 토오루한테는 그렇게 들렸다.

"그건 내가 할 대사예요. 혼동하는 건 어머니 쪽이잖아요. 난 교우관계 이야기를 하는 게 아니라, 취직을 결정했다고 말하는 것뿐이니까."

돌아본 어머니는 미간에 짜증이 번져 있었다. 화장을 하지 않아서인지 안색이 무척 안 좋다.

"됐으니까 잘 생각해."

강한 향수를 뿌리고 자는 습관이 있어서, 아침에 어머니에겐 나른하고 달콤한 냄새가 난다. 오늘 아침의 토오루한테는 그 냄새가 노여움의 발산처럼 여겨졌다.

"그래도 기어이 거기서 일해야겠다고 고집 피운다면, 이 집에서 나가 살도록 해."

어머니는 차갑게 말했다.

코우지는 교정 벤치에 앉아 학생들을 바라보고 있다. 워낙 캠퍼스가 넓은 대학인지라 죄다 본 적 없는 인간들만 걸어 다닌다. 제법 시원해지고 투명하게 밝은 공기 속에서 학생들은 모두 천진하고 철없어 보인다. 오늘은 오후에 세미나 수업이 있는 날이다. 세미나 이후, 요리교실에서 돌아가는 키미코와 만나기로 되어 있다.

요즘의 코우지에게는 키미코와 함께 있을 때가 가장 마음 편한 시간이었다. 물론 키미코에게 결점이 없는 것은 아니다. 금세 감정적이 되고, 그녀의 상황이 좋을 때―강습을 마치고 돌아가는 길에―밖에 만나지 못한다. 코우지에게 휴대전화를 쥐어주려 하거나, 돈을 주려고 하는 데에는 더 할 말이 없다. 키미코는 늘 이상한 부분에서 넘쳤다. 바로 얼마 전에도 손수건을 받았다.

"손수건 정도는 상관없지?"

가시 돋힌 말투로 그렇게 말했다. 파란색 랄프로렌 손수건.

키미코는 코우지에게 여자가 있는 것을 당연하게 여기고 있는 모양이었다. 자신들의 관계가 쌍방의 편의에 의한 정사에 지나지 않는다는 것을, 아마 알고 있으리라. 본질적인 부분에서 거짓말을 하지 않아도 된다는 것은, 무척 마음 편한 일이었다.

9월.

코우지는 세미나 교수한테는 점수를 따고 있다. 단지 학교생활이 인생의 전부라면, 아무것도 어려울 게 없는데.

코우지는 일어나서 유럽의 교회 같은 강당—70년의 역사가 아로새겨진 로마네스크 양식의 건축물로, 학장이 자랑으로 삼는 건물이다—을 올려다본다. 청바지 뒷주머니에 손을 집어넣어, 최근 이삼 일 동안 가지고 다니는 종이가 아직 있는지 확인했다. 동창회에서 나눠준 주소록이다. 요시다는 당구장 사건 이후 한 번도 나타나지 않았다. 그 대신 아파트로 전화를 걸어 자동응답기에 메시지를 남겼다.

"지난번 일, 언제가 좋을지 정해서 연락해. 딱 한 번이지만, 평범한 데이트처럼 제대로 신청해 줘. 그러엄, 잘 부탁해."

어딘지 모르게 혀 짧은 소리로, 그러나 낮은 음성으로 그렇게 녹음되어 있었다. 마지막의, 억지로 장난치는 듯한 '그러엄, 잘 부탁해'란 말이 귀에 남았다. 지금도 남아 있다.

저녁.

코우지의 방에서 키미코는 오늘도 도발적이었다. 육체의 기쁨이라는 것을 나는 왜 이 나이까지 모르고 있었을까, 라는 말도 했다.

6시. 주위는 이미 어두워져 있다.

"키미코가 좋아."

발가벗은 채 침대에서 홍차를 마시고 있는 키미코를 바라보면서 코우지는 진심으로 그렇게 말했다.

"키미코의 섹스는 너무 대담해서 오히려 깔끔해."

키미코는 홍차 잔 너머로 눈을 가늘게 뜨며 웃었다.

"누구랑 비교하는 건데."

뼈가 도드라진 손목에, 언젠가 코우지가 선물한 골드체인 팔찌가 감겨 있다.

"그거, 항상 하고 다녀요?"

코우지가 묻자 키미코는,

"이거?"

라고 하며 손목을 흔들었다.

"맞아. 늘 차고 있어. 잠잘 때도 샤워할 때도."

스스로 생각해도 의외이다 싶을 정도로 코우지는 불쾌한 기분이 들지 않았다. 불쾌하기는커녕 이런 일로 만족해하는 듯한 키미코가 애처롭게 느껴졌다.

"다음 달, 댄스 발표회가 있어. 와줄래?"

시어머니한테서 선물 받았다는 화려한 노란색 셔츠 블라우스를 입으면서 키미코가 물었다.

"다음 달? 좋죠, 며칠인데요?"

그다지 흥미는 없었지만 그렇게 대답했다. 키미코는 놀라서 얼굴을 들고 물었다.

"거짓말. 정말 와 줄 거야?"

그리고,

"오늘이 경로의 날이었던가?"

라는 썰렁한 농담까지 던졌다.

그 이틀 후, 키미코와 헤어지게 될 줄은 생각도 못했다. 일이란 게 단순해서, 키미코가 완전히 폭발하고 만 것이다.

맑게 갠 화창한 오후였다. 키미코가 전화를 걸어 와 바로 근처에 있다고 했다. 지금 당장 만나고 싶다고. 무슨 일이 있었는지 모르지만, 전화 너머의 키미코는 이미 울먹이는 목소리였다. 코우지는 유리와 방 안에 있었다. 그래서 말했다.

"미안하지만, 지금은 좀."

키미코는 물러서지 않았다.

"부탁이야."

무척 절실한 음성으로 그렇게 말했다.

"무리입니다."

코우지는 웃으면서 대답했으나, 자연스러웠다고는 생각되지 않는다. 내심 식은땀을 흘리고 있었다.

"부탁이야."

키미코는 흐느끼면서 매우 처량하게 반복했다. 코우지는 그대로 전화를 끊었다.

"누구?"

맥 라이언 주연의 신작 비디오를 '일시 정지' 시켜놓고 기다리고 있던 유리가 묻기에,

"아르바이트하는 곳."

이라고 대답했다.

"갑자기 결근자가 생겼다고 대신해 달래서."

아닌 척 시치미를 떼고 설명을 덧붙였으나, 유리가 의심하고 있음을 알 수 있었다.

키미코는 바로 근처에 있다고 했다. 당장이라도 현관문을 두드릴 것만 같은 기분이었다. 코우지로서는 키미코가 이대로 얌전히 돌아가리란 기대를 할 수 없었다.

"나가자."

유리의 의심에 확신을 주게 될 것을 알았지만, 맞닥뜨리는 것

보다는 나았다. 코우지는 스스로도 창피하다는 생각이 들만큼 허둥댔다.

"그런 영화 따분하잖아. 날씨도 좋고, 어디든 가자."

유리는 코우지의 얼굴을 흘끗 쳐다보며,

"싫어."

라고 짧게 대답했다.

"절대 안 가."

코우지는 마음이 급해서 유리의 양 옆구리 사이로 손을 집어넣어 일으켜 세우려 했다.

"부탁이야, 응?"

유리는 한사코 움직이려 하지 않았다.

"그렇게 가고 싶으면 코우지 혼자 갔다 와. 나는 기다리고 있을게."

저도 모르게 울컥 화가 나서,

"뭘 말이야!"

라고 고함치듯이 말한 코우지에게 유리는 경멸의 시선을 던졌다.

"당연히 코우지지. 달리 누구를 기다려?"

더 이상 어쩔 도리가 없었다. 유리는 '끄떡도 않을' 기세이다.

"마음대로 해."

코우지는 내뱉듯이 말했다. 될 대로 되라는 생각이 들었다.

그러나 결국, 키미코는 나타나지 않았다.

감당하기 힘든 분위기 속에서 비디오를 다보고, 영화가 끝나는 동시에 유리는 돌아갔다. 아르바이트가 있으니 도중까지 같이 가자고 했지만, 혼자 돌아가고 싶다고 하고는 정말 혼자 가버렸다.

이튿날 아침, 코우지는 키미코의 전화에 잠에서 깨어 그만 끝내자는 통고를 받았다. 너의 얼굴은 두 번 다시 보고 싶지 않다고.

20

버리는 것은 이쪽이다, 라고 정해 놓았다. 그러나, 버리는 것은 언제나 아픔 이외의 아무것도 아니었다. 코우지는 자기 방바닥에 드러누워, 열린 창문으로 스며 들어오는 주택가 특유의 점심 냄새를 성가시게 느꼈다.

키미코는 처음부터 울먹였다. 무슨 일이었을까.

너의 얼굴은 두 번 다시 보고 싶지 않아.

두 번째 전화에서 그렇게 말했다. 그때는 더 이상 울지는 않고, 키미코다운 공격적인 말투였다. 잠자코 있자, 대답도 안 한다며 비열하다고 힐난했다. 끝까지 이기적이구나, 라고.

그 말이 맞다고 코우지는 생각한다. 그 말 그대로이므로 어쩔 수 없다. 마침 잘됐다고 생각해야 한다. 언젠가 버린다고 정해 놓았다. 버리는 수고를 덜었고, 실질적으로는 자신이 버렸다는 것도 알고 있다.

걱정했어.

언제였던가, 코우지가 전화를 받지 않았다는 이유로 얼굴빛이 창백했던 키미코를 떠올렸다. 사랑한다고 말할 때의 키미코. 야수야, 라고 말할 때의 키미코. 침대에서 기분 좋은 어린애처럼 즐겁게 웃는 키미코와, 자신을 괜찮은 주부라고 주장하는 키미코. 화가 나면 감당하지 못할 만큼 온몸이 증오 덩어리가 되어 달려드는 키미코를 떠올렸다.

마침 잘 됐다고 생각해야 한다. 코우지는 자리에서 일어나, 널어 둔 타월 이불을 거둬들인다. 아래를 내려다보니, 보조바퀴 딸린 자전거를 탄 어린아이와, 슈퍼마켓 봉지를 든 어머니가 걸어가고 있었다.

이기적이라고 키미코는 말했다. 그러나 키미코의 인생을 책임질 수 없다면, 달리 어쩔 수도 없지 않은가.

자신의 아파트가 갑자기 비좁고 답답하게 느껴졌다. 코우지는 마치 자신이 고립무원의 처지에 놓인 듯한 까닭 모를 불안을 느꼈다. 지저분한 재떨이와, 햇볕으로 따뜻해진 타월 이불과, 눈앞의 모든 것이 숨 막히도록 지긋지긋했다.

　남자 녀석과 술 마시고 싶은 기분이었기에 하시모토에게 전화를 걸었다. 하시모토는 저녁때부터 데이트가 있다며, 지금 당장이면 괜찮다고 대답했다. 대낮부터 술 마실 장소가 딱히 떠오르지 않아서 코우지는 그 오후 하시모토와 가라오케로 갔다. 하시모토보다 두 배로 마시고 두 배로 노래를 불렀다. 그러나 취하지도 기분이 나아지지도 않았다.

　그리고 그날부터 인생은 코우지의 행동능력 밖의 것이 되었다.

　한낮. 다이칸야마 거리는 사람이 많아도 어딘지 모르게 한가롭다. 작은 광장에 테이블과 의자를 가져다 놓았을 뿐인데도 풍정이 있는 카페. 그곳에서 샌드위치를 먹으며 토오루는 시후미가 아름답다고 생각했다. 여기 있는 어느 누구보다도 아름답다고 생각했다. 요즘 들어 내내 그렇지만, 오늘도 빛이 날만큼 행복했다. 시후미의 말을 빌리면 그것은, '함께 살고 있기 때문이 아니라, 함께 살아가기 때문'이었다. 토오루는 새로운 시간을 얻었다고 느낀다. 새로운 시간. 그것은 특별한 방식으로 흐르고, 멋지게 '힘이 솟는' 샘물 같은 것이었다. 덕분에 토오루는 열정적으로 하루하루를 보내고 있다. 시후미와 함께 할 '미래'를 위해 해야 될 일이 아주 많았다. 어머니를 설득할 생각은 없었으므로 혼자 나와 살기 위한 자금이 우선 필요했다. 가정교사 아르바이트를 늘리긴 했으나, 물론 그것만으로는 부족했다. 시후미에게 말하면 빌려주겠지만 토오루는 그러고 싶지는 않았다. 아마 정 안되면 아버지에게 도움을 받게 되겠지. 하지만 그때까지는 되도록 자신의 힘으로 돈을 모으고 싶었다.

"불문과라면 불어는 할 줄 알아?"

탄산음료를 마시면서 시후미가 묻고, 토오루는 정직하게,

"못해요."

라고 대답했다. 햇살에 눈을 가늘게 뜬다. 그리고 그 순간에는 이미, 할 줄 아는 사람이 되겠다고 결심했다. 그래서 그렇게 말했다.

"할 줄 알게 될 거예요."

라고. 간단한 일로 여겨졌다. 시후미가 바란다면, 프랑스인 버금가게 프랑스어를 구사해 보이리라. 시후미는 재밌다는 듯이 웃었다.

"괜찮아, 그런 건. 나도 못하는걸 뭐."

오늘 시후미는 붉은색 립스틱을 발랐다.

"기분 좋은 날이야."

옆의 나무를 올려다보며, 정말 기분 좋은 듯이 그렇게 말했다.

한 시간 전, 두 사람은 시후미의 가게에서 만났다. 가게는 늘 그렇듯 조용하고, 늘 그렇듯 좋은 냄새가 나고, '여자애들'이 일하고 있었다.

"바로 나갈 수 있으니까 조금만 기다려."

시후미는 카운터 안에서 여자아이 한 명과 바인더를 보면서 뭔가 이야기하는 중이었다. 손님은 비교적 연령이 높은 여성들뿐이고, 마룻바닥에 구두 뒤축 닿는 소리를 울리면서 가게 안을 걷고 있었다.

"도서관 같지?"

일을 일단락 짓고 다가온 시후미가 작은 소리로 그렇게 말했다. 그것은 거의 귓속말이나 다름없었다.

"맑게 갠 날 여기 있으면 말이지, 늘 그런 생각을 해. 도서관 같아, 하고."

응, 그렇네요, 라고 토오루도 동의했다.

"어둑어둑하고 써늘하고 독특한 냄새가 나요."

함께 가게를 나왔다.

"맞아. 바깥은 밝고, 즐거워 보이고, 가로수가 바람에 흔들리기도 하는데."

그렇지만, 하면서 시후미는 토오루를 말끄러미 쳐다보았다.

"그렇지만, 도서관에는 책이 많이 있잖아? 한 권 한 권 세계를 품고 있어. 바깥 세계에는 없는 것이 도서관에는 가득 차 있지."

기뻐한다기보다 아주 조금 자랑스러워하는 듯이 그렇게 결론 지었다. 시후미가 자신의 일이며 가게에 대해 그런 식으로 이야기하는 것은 처음이었다.

"도서관은 좋아했어요."

토오루는 어떻게 대답해야 좋을지 몰라 우선 그렇게 말해보았다. 그러자 시후미는 미소 짓고, 걸으면서 선글라스를 꺼내 쓰고,

"알고 있어."

라고 말했다.

샌드위치는 제법 양이 많았다. 시후미는 절반을 남겼으나 토오루는 깨끗하게 해치웠다.

정신을 차려보니, 계절은 어느덧 가을이 되어 있었다. 더구나 급속히 깊어지면서 기온을 떨어뜨렸다. 키미코와 만나지 않게 된지 겨우 열흘밖에 지나지 않았는데.

키미코와 함께했던 이런 저런 일들을 의식 속에 가두어둔 채 하루하루가 지나갔다.

유리의 태도는 눈에 보이게 서먹서먹해졌지만, 데이트는 평범하게—라기보다 평범 이상으로—거듭하고 있다. 지난주에는 당구를 가르쳤고, 일요일에는 유리가 좋아하는 팬케이크 가게에도 같이 갔다.

그런데도, 키미코를 둘러싼 기억이 코우지한테서 떠나질 않았다. 유리를 안고 있을 때조차—유리를 안고 있을 때는 한층 강하게—키미코가 생각났다.

스스로 생각해도 이상한 일이었지만, 키미코를 잃었다기보다 자기 자신을 잃은 것 같은 느낌이었다. 그리고 유감스럽게도, 그것은 아츠코와 헤어졌을 때, 두 번 다시 맛보지 않겠노라 결심한 바로 그 기분이었다.

코우지에게 유일하게 두려운 것이 있다면, 마음을 준다는 행위였다. 묘하게 연상의 여자한테는 마음을 허락해 버린다. 자기 사람이 될 수 없는 여자에게만, 자기 사람이 될 수 없기 때문에 더욱.

"샴페인 따야지."

어머니의 목소리가 들리고, 코우지는 현실로 되돌아왔다. '장난꾸러기 남동생'을 연기하러 본가에 돌아와 있었다. 어머니의 재촉에 코우지는 성대하게 거품을 뿜어 올리며 샴페인을 터뜨렸다. 유리가 오고 싶지 않다기에 코우지는 오늘 밤 혼자 이곳에 있다. 송이버섯이 들어간 도빙무시(질주전자에 송이버섯, 생선, 닭고기, 채소 따위를 넣어서 익힌 찜 요리_역주)와 스키야키가 오늘 밤의 메뉴였다. 식후의, 지독하게 달아 보이는 밀크 과자는 사키가 만들었다고 했다.

어머니는 시종 생글생글 웃고 있었지만, 형의 부부싸움에 얽힌 노여움의 화살이 형이 아니라 사키를 향하고 있다는 것은, 이 자리에 모인 누구나가 알고 있었다. 자신과는 상관없는 일이긴 했으나 코우지는 형이 나쁘다고 생각했다.

식사가 끝나자 장소를 거실로 옮겨 커피를 마셨다. 코우지는 아버지한테서 취직시험 때까지 읽어둬야 할 책을 일곱 권 건네받았다. 주로 해외무역에 관한 책이다.

"공부?"

할머니가 느긋하게 물었다.

"창문 열자꾸나."

실내에 가득 찬 스키야키 특유의 지독한 냄새가 방충망 너머 바깥으로 흘러나가는 것이 느껴진다. 마당에는 정원수가 새카맣고 깊은 그림자를 드리우고 있다.

코우지는 키미코를 생각했다. 키미코도 이렇게 시집에서 지낼까. 코우지와 그런 일이 있어도 여전히, 이런 식으로……

사키의 생일이라기에 부모님은 오렌지색 스웨터를 선물했다. 사키가 그것을 몸에 대보자, 어머니는 잘 어울린다고 말했다. 잘 어울리네, 그렇지 다카시? 라고. 코우지는 멍하니 찬장을 바라보고 있었다. 찬장 유리문에 서 있는 어머니의 발과, 앉아서 스웨터를 대보고 있는 사키가 비쳤다. '네'라고 대답하는 형의 목소리가 들리고, 그때 코우지는 왜 그런지 사키도 다카시도 모두 바보처럼 느껴졌다. 정말 모든 것이 다 시시하게 느껴졌다.

10월.

유리가 변했다. 변했다는 표현이 적당할지 모르지만, 여하튼 서먹서먹하던 태도는 잠잠해지고 굉장히 적극적이 되었다. 아르바이트하는 곳에도 불쑥불쑥 나타나는 일이 잦았다. 상관이야 없지만 다소 성가신 일이었다.

요시다한테는 결국 연락을 못 하고 말았다. 그럴 상황도 아니었고, 그냥 이대로 거리가 생기길 기대하는 마음도 조금 있었다. 요시다도 우둔한 사람은 아니고, 필시 코우지의 기분을 알고 있으리라.

눈앞에서 유리가 턱을 괴고 앉아 있다. 오랜만에 디즈니랜드에 가자느니, 지난번 코우지네 식사 모임에 역시 갈 걸 그랬다느니, 이곳 제복은 코우지에게 정말 잘 어울린다느니, 하면서.

내일은 키미코의 댄스 발표회가 있다. 키미코를 만날 생각은 없었다. 그저, 멀리서 보는 정도라면 상관없겠거니 생각했다. 키미코의 얼굴이 보고 싶었다.

피비 스노우의 'Don't let me down'은 바에서 틀어줄 때면 시후미가 작은 소리로 흥얼거리는 곡이다. CD 매장에서 마침 발견하여 사버린 그것을 들으면서 토오루는 인스턴트커피를 마시고 있다.

바로 나가겠다고 결정하고 보니, 어머니와 둘이 사는 이 맨션이 어쩐지 지금까지와는 다르게 보였다. 좀처럼 요리도 하지 않으면서 조리 기구만큼은 본격적으로 갖춰놓은 주방이라든지, 어지르는 인간이 없어서 항상 정돈되어 있는 거실. 가죽이 군데군데 얇아진, 그러면서도 토오루나 어머니의 몸에 익숙해져버린 소파. 베란다의 균열. '세탁을 게을리 해도 문제없도록' 선반에 가득 채워 놓은 목욕 타월 등등.

Don't let me down, let me down

피비 스노우가 노래하고 있다.

Don't you know it's gonna last. It's a love that'll last forever.

며칠 전에 유리한테서 전화가 걸려왔다는 사실을 코우지에게 말해두어야 할지 어떨지, 토오루는 일단 조금 망설였다. 그러나 대단한 내용도 아니었고, 일일이 알리는 것도 어쩐지 고자질하는 어린아이 짓 같다는 생각이 들었다. 또한 솔직히 말해, 어떻든 상관없다는 기분도 들어서 결국 연락은 하지 않았다.

유리의 목소리는 가라앉아 있었다. 용건을 말하기가 어려운 모양인지, 이미 먼 옛날—토오루한테는 그렇게 느껴진다—고등학교 주변을 산책한 이야기를, 고맙다는 말과 함께 되짚어 재잘거리기도 했다.

"요시다라고 기억해?"

그리고 느닷없이 그렇게 물었다.

"동창회에서, 토오루도 만났을 테지?"

라고.

토오루는, 만났다고 대답했다. 몇 초의 '공백'이 생겼다.

"어떤 사람이야?"

다시 '공백'.

질문 받은 토오루도 당혹스러웠지만, 유리 역시 물으면서 난처해하고 있는 것이 느껴졌다.

"이상한 걸 물어 미안해."

곤혹스러운 듯이 그렇게 말했다. 그리고 불쑥 농담 비슷하게,

"코우지 말인데, 요새 수상해."

라고 말하며 웃었다.

"수상해?"

되물었으나 유리는 설명하지 않고,

"코우지가 그 사람에 대해 무슨 말 안 했어? 하긴, 이렇게 물어
도 가르쳐주지 않을지 모르지만."

라고 혼자 지껄였다.

"딱히 들은 말 없는데."

그렇게 대답할 수밖에 없었다. 더운 여름에, 코우지가 거기 있
는 것도 아닌데, 코우지가 걸어 다닌 길이며 종종 들르던 빵집을
보는 것만으로 눈을 반짝이던 유리의 모습이 떠올랐다. 하마터
면, 코우지에게 더 이상의 성의는 기대하지 않는 편이 낫다, 라고
말할 뻔했다. 나쁜 녀석은 아니지만 진심으로 누구를 사랑한 적
은 없으니까, 라고.

"그렇게 걱정돼?"

토오루가 묻자, 유리는 일말의 주저도 없이,

"걱정돼."

라고 대답했다. 너무 똑 부러지게 말했기에 토오루는 그만 미소 짓고 말았다. 귀여운 아이라고 생각했다. 그리고 그 귀여움이 자신에게는 전혀 매력으로 느껴지지 않는다는 사실이 무척 자랑스럽기도 했다.

귀엽다는 사실만으로 사랑에 빠지다니, 다들 왜 그렇게 겸허한 것일까.

운동회 하기에 좋은 날씨이다.

유우라쿠쵸 사거리에서 신호가 바뀌길 기다리는 동안, 코우지는 하늘을 올려다보며 그런 생각을 했다. 매년 이 계절에는 어김없이 며칠인가, 운동회를 떠올리게 만드는 하늘이 있다. 운동회는 좋아했다. 하지만 그것은 운동을 잘해서가 아니라 하늘 때문이었던 것 같은 느낌이다. 다른 날의 하늘과 확실히 다른 푸르름이었다.

그래서, 나는 무엇을 하고 있었을까.

담배를 버리고, 그것을 밟아 뭉개고 나서 코우지는 길을 건넜다.

키미코는 벌써 7년 넘게 플라멩코를 배우고 있다고 했다. 춤을 추고 있으면 평소 갇혀있던 것에서 해방되는 느낌이라며.

접수처에서 '당일 티켓'을 팔고 있었다. 초보자의 발표회에 티켓이 필요하다니 의외였지만, 코우지는 그것을 사들고 복도를 걸어 나갔다. 작지만 화려하게 꾸며진 홀이었다. 쿠션이 붙은 문을 밀고 안으로 들어가자, 잘 차려입은 아이들이 네댓 명 뛰어 돌아다니고 있었다.

좌석을 찾아 계단으로 된 통로를 올라가고 있는데, 거의 빈자리뿐인 좌석을 가로지른 반대쪽 통로에 키미코가 있었다. 여자 세 명과 선 채로 수다를 떨고 있었다. 분장실을 찾아가지 않는 한 만날 수는 없을 거라 생각했다. 출연자가 객석에 있는 건 무슨 이유일까.

코우지는 그곳에 우뚝 서서 키미코를 주시했다. 눈 한번 깜박이지 않았다. 키미코가 저렇듯 태연한 얼굴로 웃고 떠드는 것이 신기하게 느껴졌다.

키미코를 데리고 나가고 싶어졌다.

늘 함께 하던 장소, 아파트든 습기 찬 러브호텔이든 좋으니까, 그녀가 있는 그대로의 모습을 드러내는 장소로, 키미코를 데려가고 싶었다.

얼마나 그렇게 바라보고 있었을까. 1, 2분, 어쩌면 더 짧았는지도 모른다. 그리고, 키미코가 코우지를 보았다.

키미코의 표정을 스친 것은, 놀라움이 아닌 분노였다. 거의 증

오라고 해도 좋을 정도의, 흔들림 없는 분노였다.

그리고 다시 키미코는 아무 일도 없었다는 듯이 담소를 계속했다. 코우지 쪽으로는 곁눈질 한번 하지 않았다. 완전히 묵살했다.

코우지는 더 이상 그곳에 있을 수 없었다. 출입문을 찾아, 기분 나쁘게 불룩하고 부드러운 쿠션을 밀고 밖으로 나왔다. 밖으로 나온 이후에도, 보조를 늦추지 않고 계속 걸었다. 여전히 아름다운 파란 하늘이 펼쳐져 있었지만, 코우지로서는 그것을 인식할 여유 따위 없었다. 철저하게 비참했다.

21

"어디 보고 있어?"

페트병에 든 청량음료를 꿀꺽 소리를 내며 한 모금 목으로 흘려보내고, 유리가 물었다. 10월의 요요기 공원. 아직 단풍은 시작되지 않고, 초록이 남아있는 잎이 그래도 건조한 소리를 내며 바람에 흔들린다. 가을 공기는 사과 향과 비슷한 냄새가 난다.

"하늘."

코우지가 대답했다. 벤치가 아니라 잔디밭에 직접 앉아 있기 때문에 청바지 너머 지면의 차가운 습기가 전해진다. 파란 하늘이다.

"그럼 질문을 바꿀게. 무슨 생각해?"

옆에서 유리는 그렇게 묻고 코우지의 어깨에 기댔다.

"그냥, 아무것도."

무선조종 비행기를 날리고 있는 남자와, 몸을 구부린 채 뭔가를 줍고 다니는 어린아이와 그 엄마, 카세트테이프에서 흘러나오는 진부한 음악에 맞춰 춤 연습을 하고 있는 고교생 집단. 공원에는 여러 부류의 인간이 있다.

"코우지, 나 좋아해?"

불쑥, 유리가 물었다. 놀랐지만, 코우지는 유리의 얼굴을 보며 물론, 이라고 대답해 주었다. 물론 좋아한다고. 진심이었다. 아마도.

"어쩐지, 한가해."

하늘을 보고 누워, 양손을 머리 밑에 깍지 끼운 채 코우지는 말했다. 수업은 줄어들고, 아르바이트는 저녁때부터이고, 그녀도 한가하니까 언제든 데이트할 수 있다. 일반적으로 말하면, 그런 것이 바로 평범한 대학생의 생활인지도 모른다.

스스로도 자만에 빠져있다고 생각하지만, 코우지는 키미코가 자신을 무시할 줄은 생각도 못했다. 언제든 키미코 쪽이 넘쳤고, 자신은 그것을 지켜워했다.

키미코의 춤추는 모습이 보고 싶었다.

키미코의 취미에 관심은 없었다. 하지만 그녀의 춤추는 모습이 보고 싶었다. 티켓도 샀고, 이제 더 이상 만날 수 없으니 마지막으로 확실하게 봐두었으면 좋았을 것이다. 그 사람이니까, 틀림없이 춤도 정열적으로 출 테지.

시부야 쪽으로 공원을 나왔다. 육교 여기저기에 컬러 스프레이로 낙서가 되어 있다.

점심때가 다 되어 햄과 치즈를 넣은 샌드위치와 차가운 우유로 아침 식사를 하면서 토오루는 어젯밤의 기묘한 '회견'을 떠올렸다.

맨션은 해가 들어 밝고, 스모그로 인해 구름이 낀 것 같은 창밖 멀리에는 도쿄 타워가 보인다.

"아사노 말인데, 한번 제대로 소개해 두는 편이 나을 것 같아서."

시후미의 말에 따라, 어제 저녁 플라니에서 셋이 술을 마셨다.

아사노는 조금 늦게 도착해서 진 토닉을 주문했다. 시후미가 마시고 있던 보드카 토닉과 그것은 보기에 비슷했다.

"늦어서 미안합니다."

아사노는 상의를 벗어 웨이터에게 맡기고 스툴에 앉더니 와이

셔츠 소매를 접어 올렸다. 손목에, 시후미 것과 같은 롤렉스 시계를 차고 있었다.

잔을 부딪혔다. 토오루의 맥주는 이미 절반가량 줄어 있었다. 그래서 보조를 맞추기 위해, 흉내만 내는 정도로 입을 대고 잔을 내려놓았다.

"가게 일을 도와주신다고?"

서론도 없이 아사노가 그렇게 말을 꺼냈다.

"네."

토오루는 대답하고 시후미를 보았다. 시후미는 앞을 향한 채 생긋 웃으며,

"나의 오른팔 후보예요."

라고 말했다. 아사노와 시후미는 닮은 부부로 보였다. 나이도 복장도 목소리의 톤도. 아이가 없는 돈 많은 부부처럼 보였다.

"이 사람, 제법 지독합니다, 비즈니스에는."

깊고 나직한 웃음을 머금은 목소리로 아사노는 말하고,

"뭐, 어쨌든, 애써 주세요."

라고 여유 만만하게 덧붙였다. 그러나 토오루는 차분하게 앉아 있을 수 있었다. 아사노의 여유 만만한 풍채도 태도도, 오히려 우스꽝스럽게 느껴졌다. 자신과 시후미는 함께 살아가고 있다.

둘이서 공감하고, 주도면밀하게 일을 진행시키려 하고 있다. 아사노는 그것에 말려들고 있는데 지나지 않는다.

비록 아사노가 지극히 자연스러운 몸짓으로 아내의 담배에 불을 붙여 주고, 시후미 또한 아주 자연스러운 말투로 부부만이 알수 있을 법한 일—누구누구에게 축하 선물을 보냈다거나, 어제 누구누구한테서 전화가 왔었다는—을 이야기한다 해도.

'회견' 시간은 고작 30분이었다.

"그럼, 어차피 다음에 또, 느긋하게."

아사노는 말하고, 신용카드로 지불을 마친 후 시후미를 데리고 나갔다. 눈앞의 계산서가 갑자기 혐오해야 할 무엇인 양 생각되었다. 아사노가 지불한 계산서.

"전화할게."

시후미는 말했다. 그리고 아사노와 나갔다. 필시 어딘가의 레스토랑으로.

토오루는 샌드위치 접시를 치우고, 어젯밤의 기억도 정리하려고 애썼다. 자신들의 미래를 위한, 주도면밀한 준비 과정의 하나에 불과하다고.

전화벨이 울리고, 토오루는 시후미가 아닐 것이라고 스스로를 타이르며 수화기를 들었다. 그렇게 하는 것은 이미 습관이 되어 있다. 전화는 코우지한테서 온 것이었다.

"너 지금 한가해?"

코우지는 느닷없이 그렇게 물었다.

"유리랑 같이 있는데, 시간 되면 나와."

"어딘데?"

시부야, 라고 코우지는 대답했다. 한가해서, 라고 덧붙인다. 호텔에서 한낮의 섹스를 즐길 생각이었는데, 호텔에서는 싫다고 유리에게 거절당한 일은 물론 설명하지 않았다. 코우지의 방이라면 괜찮다고 유리는 말했지만, 전철을 갈아타고 한 시간 이상 걸리기 때문에 포기했다.

"한가해? 별일이군."

토오루가 말했다. 너희 집에 가도 좋겠지만, 이라는 코우지의 제안도 성가셨기 때문에 좋아, 그쪽으로 갈게, 라고 대답했다. 그리고 30분이 지난 지금 시부야에 있다.

하치 공원. 그 바보같은 장소의, 비슷비슷한 젊은 녀석들만 하릴없이 서 있는 혼잡 속에서 코우지와 유리를 만났다.

"정확히 30분. 도심에 사는 녀석은 좋구나."

코우지가 말했다. 토오루의 눈에 코우지와 유리는 이 시끄러운 거리에 익숙해 있는 것처럼 보였다. 주위의 젊은 녀석들과 다를 바 없는 것처럼.

"건강해 보인다."

인사 대신 그렇게 말해본다. 유리는 어쩐지 기운이 없어 보였지만, 그 말은 접어 두었다.

"취업 준비, 하고 있어?"

코우지의 답인사는 그런 말이었고, 토오루는 안 해, 라고 대답했다.

"어떡하려고?"

코우지는 정말 놀란 모양이었다. 토오루는 과거 편의점의 잡지 코너에서, 국립대학에 가야한다고 코우지가 설교했던 일을 떠올린다.

"내버려 둬."

미소 지으며 그렇게 말했다. 코우지한테는, 틀림없이 자신이 정체를 알 수 없는 인간으로 보일 것이라 생각했다. 코우지는 필시 정력적으로 취업 준비도 하고, 이미 무언가 방향을 잡았을지도 모른다.

"오랜만이다, 이런 시간의 시부야."

토오루는 말하고, 전광게시판에 비치는 광고를 올려다보았다.

한 시간 동안 당구를 치고, 한 시간 동안 거리를 배회했다. CD

매장에서 눈요기를 하고, 스타벅스에서 차가운 커피를 마셨다. 스포츠 용품점 앞을 지날 때, 코우지는 무척 동경 어린 말투로,

"아아, 스키 타러 가고 싶다."

라고 말했다. 토오루한테는 그 모든 것이 무척 먼 세계의 일로 여겨졌다. 그리고, 벌써 아주 오랫동안 시후미를 못 만났다는 생각이 들었다. 어제저녁과 오늘은 몇만 년이나 떨어져 있다고.

"너 오늘 한가하면 밤에도 같이 있자."

스타벅스에서 유리가 화장실에 갔을 때 코우지가 말했다.

"아르바이트는?"

"병결 처리할 테니까."

유리가 없는 틈에 말한다는 것은, 다시 말해 유리한테는 알리고 싶지 않아서겠지.

"미안. 가정교사 아르바이트가 있어."

너도 병결로 하라는 코우지의 말에 토오루는 어이가 없었다.

"뭐하러."

코우지는 토오루를 빤히 쳐다보고, 알았어, 라고 말했다. 잘 알았다고.

"뭘 말이야?"

"네가 냉정하다는 사실."

반론하려는데 유리가 돌아왔기에 토오루는 어쩔 수 없이 입을 다물었다.

아르바이트를 병결 처리하면서까지 이야기하고 싶어 하다니, 코우지에게 어울리지 않는 일이었다. 어차피 여자 얘기이겠거니 생각했으나, 어쨌든 가정교사 일이 끝날 때까지 기다려 준다면 같이 있어 주겠다고 말할 틈이 없었다. 그래서 헤어질 때,

"오늘 밤에 전화할게."

라고만 말했다. 코우지는 어, 라고 대답한 후 유리와 함께 개찰구로 들어갔다.

정말이지, 되는 일이 하나도 없다. 심기 언짢은 유리한테는 호텔행을 거부당하고, 친구한테는 SOS — 코우지의 입장에서 보면, 이것은 상당한 SOS였다. 여자가 아니라, 하시모토도 아니라, 토오루와 이야기하고 싶었다 — 를 깨끗이 묵살당했다. 머리에서는 키미코가 떠나질 않고, 그러나 키미코에게 미련이 남은 듯 전화를 걸어버리는 일만큼은 어떡해서든 피해야 한다.

미련. 그 말에, 코우지는 흠칫 놀란다. 미련이 남은 듯 키미코에게 연락해 버리는 일을, 자신은 두려워하고 있는 것이다. 유리든 토오루든, 여하튼 옆에 누군가가 있어서, 그 두려운 일을 불가

능한 상태로 만들고 싶었다.

결국 아르바이트하러 가기로 했다. 라커룸에서 담배를 피우며 키미코를 생각했다. 그날, 울먹이는 목소리로 전화를 걸어 온 키미코의 이야기를 들어주지 않았던 일을 후회했다. 이런 결과가되어서가 아니라, 단순히 가슴이 아팠다. 유리를 방에서 기다리게 해서라도, 밖에 나가 만나주면 좋았을 것이라고 생각한다.

키미코는 외톨이다.

남편이 있는 여자인데도 코우지는 확신을 가지고 그렇게 느낀다. 지금껏 깨닫지 못한 자신에게 어처구니가 없다. 코우지와 만나고 있는 그 어떤 순간에도 키미코는 외톨이였다.

노크 소리에 이어 문이 열리고, 아르바이트생이 한 명 얼굴을 내밀었다.

"코우지 씨, 손님이요."

완전히 방심하고 있었다. 라커룸의 전화로 당장에라도 키미코에게 전화를 걸려던 참이었기 때문이다. 키미코와 자신이 그토록 서로를 갈망했던 이유는, 두 사람 모두 외톨이였기 때문이다. 남편이 있든 유리가 있든, 메워지지 않는 고독을 안고 있었기 때문이다. 여하튼 코우지로서는 그렇게 생각되었고, 지금 당장 키미코를 만나고 싶었다. 따져 묻든 두들겨 맞든 상관없었다. 키미코의 온도가 그리웠다. 피부의, 그리고 감정의 온도가.

플로어에 나가자 계산대 옆에 요시다가 서 있었다. 이번에는 코우지를 봐도 히죽 웃지는 않고, 음습하게—코우지한테는 그렇게 느껴진다—무언가 골똘히 생각하는 듯한 표정이었다. 단발이었던 머리가, 거의 쳐올린 것이나 다름없는 숏커트가 되어 있다.

"뭐야! 그 머리."

코우지는 엉겁결에 그 말부터 나왔다. 그렇지 않아도 심하게 마른 사람이, 목이 훤하게 드러나자 한층 딱해 보인다.

"코우지 탓이야."

요시다는 말하고, 전표도 기다리지 않고 곧장 바카운터에 가서 앉았다.

"연락, 해 줄 거라고 생각했는데."

뿌루퉁한 채 작은 소리로 말하고, 한창 말하는 중에 눈물이 글썽글썽해지더니 고개를 숙이자 무릎 위로 뚝뚝 떨어졌다. 너무 갑작스러워서 코우지는 사태를 파악하기 어려웠다.

"그만해 너, 내가 울린 것 같잖아."

요시다는 뿌루퉁한 그대로 코를 훌쩍이고, 젖어있지만 또렷한 목소리로,

"사실이잖아."

라고 말한다.

"기다렸는데. 약속했으니까 아주 얌전하게, 여기도 오지 않고 아파트에도 가지 않고, 내내 기다렸는데."

요란하게 코를 훌쩍거린다. 얼굴을 들자 두 눈이 젖고 코가 빨개져 있었다. 코우지는 동요했다.

"한 번쯤 해줘도 좋잖아. 어차피 코우지는 잔뜩 할 텐데."

대체 왜 이 녀석에게 이런 소리를 들어야 하는지 모르겠다며, 코우지는 절반 망연자실했다.

"말이 되는 소리를 해야지."

코우지는 이성을 그러모아, 될 수 있는 한 부드러운 목소리로 말했다.

"어째서 우리가, 한 번이 됐든 뭐가 됐든 그렇게 되어야 하는지. 아니, 그렇게 된다고 네가 생각하느냔 말이야. 이치에 맞질 않잖아."

요시다는 고개를 갸웃하고,

"이치에 맞으면 자 줄래?"

라고 묻는다.

"그런 말이 아니잖아."

우선 달래려고, 부드러운 목소리를 낸 자신이 어리석게 느껴졌다.

"하지만 이제 됐어. 그 약속은 그만 잊어도 돼. 나, 가출했어."

코우지는 말문이 막혔다. 요시다는 코가 빨개진 채 눈물 자국도 가시기 전에 히죽 웃었다.

새벽 한 시. 요시다는 코우지의 방에 있다. 얼마 남지 않은 '유리용' 홍차를 마시면서,

"그 약속은 이제 없는 거니까, 그냥 동거인으로 대우해 줘. 건드리면 걷어차 버릴 거야."

라고 말한다. 그동안 신주쿠 역의 물품 보관함에 넣어 두었다는 큼직한 여행용 가방에서 잠옷을 꺼내 입고, 자명종 시계도 꺼내서 척척 시간도 맞춘다.

"그 약속 대신 하루만 재워 줘. 폐는 끼치지 않을 테니까."

요시다는 넉살도 좋게 이야기한다.

"폐는 이미 충분히 끼치고 있잖아. 어째 이런 일이."

마지막은 혼잣말처럼 되고 말았다.

"절대 오늘만이야."

코우지의 말에 요시다는 순간 난처해하는 표정으로,

"알고 있어."

라고 대답했다. 조금 지나,

"전화 빌려 써도 돼?"

라고 묻는다.

"상관없지만, 많이 늦었어."

코우지도, 자동응답기에 남겨진 토오루의 메시지 — 오늘은 같이 있어주지 못해서 미안하다, 내일이든 모레든 가까운 시일 내에 다시 마시자, 라고 토오루는 말하고 있었다. 전화해 줘, 라고 — 를 듣고도 전화 거는 것을 꺼리고 있었다.

예기치 못한 상황이긴 해도. 코우지는 생각한다. 예기치 못한 상황이긴 해도, 두려워하던 요시다한테서, 하룻밤만 재워 주고 해방될 수 있다면 오히려 환영해야 마땅할 기회이다. 어차피 동창회 날 밤에 한 차례 재워줬고, 이런 경우, 한 번이든 두 번이든 특별히 다를 것도 없었다.

"여보세요?"

요시다의 목소리가 나직하면서도 무척 도전적이었기에 코우지는 저도 모르게 뒤돌아 요시다의 얼굴을 보았다. 요시다는 창백하게 굳은 표정으로 상대방의 말을 듣고 있다. 그건 그렇고, 참 대담하게도 머리를 잘랐다. 마치 초등학교 남자아이처럼.

"싫어요. 돌아가지 않아."

요시다는 말했다.

"지금 코우지네 아파트에 있어요. 그러니까 걱정 말아요."

코우지는 손끝에서부터 핏기가 싸악 가시는 것을 느꼈다. 요시다의 전화 상대가, 아츠코임을 알았다. 코우지는 눈앞의 요시다가 좀비처럼 여겨졌다.

'그러니까 걱정 말아요.'

그렇게 말했을 때의 요시다의 목소리에는, 분명 상대를 우롱하는 듯한 울림이 있었다.

코우지는, 심하게 동요하고 당황하고 있을 것이 틀림없는 아츠코를 생각했다. 잠옷차림 그대로 수화기를 움켜쥐고 있겠지. 그녀는 남편을 깨울 수 있을까. 그리고 방금 전 딸한테서 들은 이름을, 남편에게 보고할 수 있을까.

코우지는 거의 현기증이 일었다. 생각해 낼 수 있는 한 최악의 상황이었다.

"그럼, 안녕히 주무세요."

요시다는 말하고, 전화를 끊고 나서 코우지를 응시했다.

"왜?"

라고 묻는다.

"묵는 장소 정도는 말해 두어야 걱정 안 할 것 같아서 전화했어."

라고.

"나, 엄마만은 용서 못해."

그렇게 말하고, 거리낌 없이 침대에 들어가 이불을 끌어올린다. 그리고 침대 안에서 여전히 저 혼자,

"말해 두지만, 코우지는 특별히 원망하지 않아. 코우지가 누구를 좋아하든 그건 자유니까. 그렇지만 엄마는 달라. 엄마한테는 아버지가 있고, 나도 있는데."

라고 단숨에 지껄였다. 게다가, 라고 말하며 자리에서 일어나, 우뚝 서 있는 코우지를 빤히 쳐다본다.

"게다가, 그 사람 지금도 코우지를 좋아해. 믿어져?"

코우지는 아무 말도 할 수 없었다. 그저 말없이 한자리에 서서, 쳐올린 듯한 짧은 머리의, 비쩍 마른 요시다를 바라보았다.

22

"믿을 수 없어."

코우지의 이야기를 듣고, 토오루는 정말 어처구니가 없다는 듯이 말했다. 달리 할 말이 없었다.

"믿을 수 없어."

그래서 그렇게 반복했다. 지금 집에 요시다가 있다. 코우지는 그렇게 말했다. 느닷없이 굴러 들어왔다고. 요시다는 가출했다고 한다. 하룻밤만이라고 말해 놓고 벌써 사흘이나 눌러앉아 있다고.

"뭐 하는 거야, 너."

토오루가 말하자, 코우지는 솔직하게,

"나도 몰라."

라고 말했다.

"그 녀석 아귀 같아."

매콤짭짤한 양념을 발라 구운 닭가슴살 요리를 먹을 수 있는 가게에서 코우지는 두 잔째 맥주를 마시면서 말했다.

"그 녀석?"

토오루도 두 잔째 맥주를 마시고 있다.

"요시다 말이야. 아츠코를 원망하고 있어. 아귀지? 오로지 아츠코를 괴롭힐 목적으로 내 곁을 맴돌고 있는 것 같아."

코우지는 조금 여위어 보였다. 근육질이긴 해도 원래 마른 체형이다. 고교시절 신체검사에서는 언제나 '너무 마름'으로 분류되었다.

요시다. 토오루의 기억 속에 남아 있는 요시다는 아직 교복을 입고 있다. 점심시간, 귀여운 손수건에 싸인 도시락을 안고 방송실을 향해 종종 걸음으로 걸어가는 모습이 인상에 남아 있었다.

"네 방식은 남에게 상처를 줘."

토오루의 말에 코우지는 눈썹을 치켜올리며 입 끝을 한쪽만 움직여 웃었다. 닭고기를 집어 골고루 잘 구워진 껍질과 고기를 뼈째 씹어 먹는다. 기름 묻은 손가락을 물수건에 문질러 닦았다.

토오루로서는 요시다가 코우지를 — 혹은 자신의 어머니를 — 어떻게 생각하고 있는지 알 도리가 없었다. 그래도 그 무렵, 코우지가 집에 갈 때 같이 가자거나, 일요일에 집으로 놀러가고 싶다고 하면 요시다는 기뻐하는 것처럼 보였다. 그 나이 때의 여고생에게 그것은 흔히 기뻐할 만한 일이 아닐까.

"상처 입는 것에 관해 얘기하자면."

물수건으로 입술을 닦고 나서 코우지가 말했다.

"누구든 태어난 순간에는 상처 입는 일이 없어. 나, 그 점에 대해 생각해 봤는데, 예를 들어 어딘가 불편한 몸으로 태어나거나, 병약하거나, 몹쓸 부모를 만난다 해도, 녀석이 태어난 순간에는 아무 상처도 입지 않아. 인간이란 모두 완벽하게 상처 없이 태어나지, 굉장하지 않아? 그런데, 그 다음은 말야, 상처뿐이라고 할까, 죽을 때까지 상처는 늘어날 뿐이잖아, 누구라도."

토오루는 한동안 말이 없었다. 그 말이 맞다고 생각했다.

"하지만, 그렇다고 해서 상처 주는 게 좋은 건 아니잖아."

코우지는 다시 입 끝을 움직여 웃었다. 그 웃음이 토오루는 어쩐지 딱해 보였다. 상처를 늘리고 있는 것은 코우지 쪽인 양. 코우지는 세 잔째 맥주를 주문한다.

"상처 주어도 좋다는 말이 아니잖아. 상처를 입을 수밖에 없다고 말하는 거야."

담배를 물고 불을 붙인다.

"누구든 상처 입을 수밖에 없는데, 그런데도 상처 입는 것에 저항하는 거야, 여자들은."

토오루로서는 그 말에 동의할 이유가 없었지만, 반박할 이유 또한 생각나지 않았다.

밖으로 나오자 도로가 젖어 있었다.

"비 왔었네."

공기가 싸늘했다.

"상관없잖아, 이미 그쳤는데, 까짓."

코우지가 말하고, 토오루는 피식 웃었다.

"됐어, 근데, 너 여전하구나, 반항하는 듯한 말투."

앞으로 며칠만 지나면 11월이 된다. 토오루는 흰 스웨터를, 코우지는 축축 늘어지는 소재의 검정 재킷을 입고 있다. 물기 머금은 공기 속을 나란히 걷는다.

"그러고 보니 나, 취직 자리 정했어."

코우지는 설마! 하고 아주 큰 소리로 말하며 멈춰 선다.

"어디로? 언제! 너야말로 빠른 것 아냐?"

토오루는 상쾌한 밤공기를 들이마셨다.

"괜찮잖아, 빠른 것도. 이미 결정 난 사항인데."

그 이야기는 다음에 또, 라고 말하고 앞장서서 걷는다. 역에서 불빛이 흘러넘치고, 발매기 앞에는 사람들의 줄이 길다.

이제부터 시후미를 만나기로 되어 있다. 늦어져도 상관없다고 했다. 그렇지만 만나고 싶어, 토오루가 확실히 존재한다는 것을 확인하고 싶어, 라고. 시후미의 말에 의하면, 시후미는 '점점 도가 지나쳐서 나도 내가 두려울 정도'란다.

토오루는 저도 모르게 미소를 머금는다. 이제부터 시후미를 만나러 간다.

"그럼 또 보자. 요시다한테 안부 전하고."

개찰구를 빠져나와, 반대 방향의 전철을 타는 코우지와 헤어진다. 갑자기 생각이 나서 돌아보며,

"그러고 보니 유리한테서 전화 왔었어. 요시다 일, 걱정하는 것 같더라."

라고 말했다.

"말도 안 돼! 언제!"

코우지는 몹시 당황하는 표정이었다.

"벌써 한참 전에."

무정하게 대답하고, 토오루는 플랫폼으로 이어지는 계단을 올

라갔다.

"믿을 수 없어."

남겨진 코우지는 소리내어 중얼거렸다. 그러고 보니, 하면서 중요한 얘기를 막판에 두 가지나 털어놓다니.

서 있는 코우지를 자못 성가시다는 듯이 피하면서, 인파가 우글우글 흘러간다.

어떻게 한담.

이번에는 마음 속으로 중얼거렸다. 정말 믿을 수 없는 녀석이다. 아파트로 돌아가고 싶지는 않았다. 키미코에게 전화를 걸어 볼까. 벌써 백번도 더 그런 생각이 떠올랐다. 밤의 플랫폼은 어렴풋이 밝고, 젊은 녀석들만 보인다. 이 시간이면 키미코의 남편도 이미 들어와 있겠지. 사귈 때도 이런 시간에 전화를 걸어 본 적은 없다.

"춥다."

코우지는 미련이 남은 양 전화 걸려던 생각을 떨쳐 버렸다. 배가 잔뜩 부른데도 불구하고 무심결에 포카리스웨트를 사서 그 자리에서 마셨다. 낯익은 시부야 거리가 비에 씻겨 쓸쓸하고 아름답게 보였다.

집에 돌아가면 요시다가 있다, 라는 생각에 심란해졌다. 신주쿠에서 츄오우선을 갈아타고, 역에서 아파트까지 이어지는 길을 터덜터덜 걸어가면서 코우지는 곰곰이 생각했다. 원치 않은 상황이 벌어지는 것은 바보 같은 녀석들한테만 있는 일이라고 여겨왔다.

마음에 걸리는 것은 요시다가 아니라 아츠코였다. 아츠코와 그런 일이 있었는데도 요시다한테까지 손을 뻗었다고, 아츠코는 생각할지 모른다. 그것은 코우지로서는 견디기 힘든 오해였다. 자신이 비록 호색한이긴 해도 연애에 대해 부도덕하지는 않다고 생각한다.

'네 방식은 남에게 상처를 줘.'

토오루한테 들을 것도 없이 그 점은 스스로도 알고 있었다.

"말해 두지만, 코우지는 특별히 원망하지 않아."

요시다의 말은 사실이었다. 반대였다면 차라리 마음이 편했을지도 모른다. 요시다가, 아츠코가 아니라 자신을 원망해 주었더라면.

자물쇠 여는 소리에 요시다가 현관으로 튀어나왔다. 샤워를 마친 후인 듯 매끌매끌한 얼굴에 짧은 머리, 잠옷 입은 모습이 어린애처럼 보였다.

"어서 와."

일찍이네, 라고 기쁜 듯이 말한다. 아르바이트를 병결처리하고 토오루와 만난다는 사실을, 코우지는 요시다에게 말하지 않고 나갔다.

"언제까지 있을 건데?"

무뚝뚝하게 말하고 구두를 벗었다. 목욕을 막 끝낸 후의 청결한 냄새가 사방에 감돈다.

"있잖아, 봐봐, 이거, 귀엽지?"

요시다는 그렇게 말하고 커피 잔만 한 크기의 작은 화분을 들어 보였다. CD플레이어에서는 코우지의 취향과는 한참 동떨어진 여가수의 노래가 흘러나온다.

"뭐야, 그게. 어디가 귀엽다는 거야."

화분에는 가는 줄기가 나와 있을 뿐, 꽃도 하나 피어있지 않았다.

"코우지, 심술 맞아."

작은 소리로 말하고, 요시다는 풀이 죽어버렸다.

"얼른 나가기나 해."

코우지는 무뚝뚝하게 말했다.

며칠 후, 유리한테 차였다. 유리가 좋아하는―그리고 둘이서 처음 데이트한 장소이기도 한―그 팬케이크 가게로 불려나가 채였다.

"코우지를, 더 이상 믿지 못하게 됐어."

유리는 오히려 화가 난 양, 코우지와 눈도 제대로 맞추지 않고 그렇게 말했다.

코우지는 깊은 한숨을 쉬었다.

"그래서?"

재촉하자, 유리는 퉁기듯 얼굴을 들고, 유리와 어울리지 않게 격해져서,

"그래서?"

라고 되물었다. 한층 거센 말투로,

"그 뿐이야. 그거면 충분하잖아? 달리 뭐가 있는데?"

라고 말한다. 코우지는 아무 말도 하지 않았다. 붙잡을 체력이 남아있지 않은 듯 느껴졌고, 그럴 의욕도 솟지 않았다. 반론할 말도 떠오르지 않았다.

"가만히 있다니 정말 나빠. 코우지, 정말 최악이야."

유리는 말하고, 입술을 앙다문 채 울지 않으려 애쓰면서 코우지를 노려본다. 코우지는 다시 한숨을 쉬었다.

"그 한숨 집어치워."

유리의 말에 하는 수 없이 담배에 불을 붙인다. 여자들이란 어떻게 이토록 간단히 울 수 있을까.

"코우지, 좋아했는데."

그러나, 유리는 아직 눈물을 흘리지는 않았다. 대신 코우지가 쩔쩔맬 정도의 에너지로 말을 털어놓았다.

"전철 안에서 다리 벌리고 앉고, 바빠서 좀처럼 만나지도 못하고, 여자란 귀여워야 좋다는 아저씨 같은 구석도 있지만, 그래도 좋아했는데. 깃 넓은 셔츠 같은 걸 입고, 어쩐지 호스트바에 나가는 사람처럼 하고 다닌다며, 친구들은 이상하다고 말했지만, 난 좋아했어. 왜냐면 코우지, 친절했고……."

거기까지 말하고 다시 입술을 앙다문다. 마침내 눈물을 떨구고, 흑흑 흐느끼면서,

"하지만, 이젠 싫어."

라고 말했다.

"미안해."

사과했지만, 왜 그런지 냉담한 사과 태도가 되었다. 유리는 가방에서 손수건을 꺼내, 접은 상태 그대로 코와 입을 꼭꼭 누른다. 테이블에 한쪽 팔꿈치를 괴고, 위를 보며 눈물을 멈추려 한다.

이윽고,

"그만 됐어."

라고, 코 멘 소리로 말했다. 코우지는 담배를 끄고,

"미안해."

라고, 다시 한 번 말했다. 말하고 바로 일어났기 때문에, 그 말 역시 그다지 부드럽게 들리지는 않았을 것이다.

11월이 되자, 연일 비가 내렸다.

토오루는 자기 방에서 인스턴트커피를 마시며, 로렌스 더럴의 작품을 읽고 있다. 『저스틴』으로 시작되어 『클레어』에 이르는 알렉산드리아 사중주는, 시후미가 예전에 애독한 것이라고 했다.

시후미가 읽은 책은 모두 읽고 싶다.

토오루는 그렇게 생각하고 있다.

어차피 그렇게 될 줄 알고 있었지만, 어머니가 시후미와 직접 만나 담판을 지은 모양이다. 시후미가 전화로, 가볍게 웃으며 그렇게 이야기했다.

"미안해요."

자신이 사과하는 것이 이상하다는 생각도 들었지만, 사과하지 않고는 견딜 수 없었다. 시후미는 다시 가볍게 웃었다.

"나올 수 있어?"

그리고 그렇게 물었다.

"맛있는 것 먹자. 일 이야기도 있어."

8시에 플라니에서. 그렇게 약속하고 전화를 끊었다. 늘 가는 집에 자리를 예약해 두겠다며.

어머니와 나눈 상세한 대화 내용은 알려 주지 않았다. 그것은 자신과 요우코 씨의 문제이며, 토오루가 염려할 일이 아니니까, 라고.

토오루는 처음 시후미를 만났던 날을 떠올린다. 어머니에게 소개받았다. 토오루는 고등학교 2학년이었다.

"음악적으로 생긴 아드님이네."

시후미는 그런 말을 했다.

사귀기 시작하고 얼마 안 되었을 즈음, 시후미와 같이 간 영화 시사회장에서 어머니와 딱 맞닥뜨린 적이 있다. 어머니는 놀란 것 같았으나, 모처럼이니 같이 차라도 한잔 마시자고 하여, 셋이서 가까운 프루트 팔러(과일가게를 겸하고 있는 찻집_역주)에 들어 갔다. 토오루는 결코 본의가 아니었다. 지금도 확실히 기억한다. 하지만 그때의 자신은 어쩔 도리가 없었다.

토오루는 커피 잔을 한 손에 들고, 거실 창문을 열었다. 도쿄 타워에는 이미 불이 켜지고, 겨울비가 온 세상을 적시고 있다.

그 무렵과는 이미 모든 것이 달라졌다.

토오루는 생각한다. 문제없다고. 뭐든 문제없다고. 욕실로 가서 샤워를 한다.

다음 주는 아버지와 만나기로 되어 있다. 문제는 산적해 있지만, 그것이 오히려 즐겁게 느껴졌다. 지극히 별일 아닌 양.

플라니에서 시후미를 만나면, 최근에는 늘 그렇듯 우선 키스를 할 것이다. 그리고 한 잔씩 마시고, 늘 가는 가게로 이동한다. 그 가게는 틀림없이 테라스를 향해 유리문이 활짝 열려 있겠지. 밤공기가 흘러 들어온다.

더운 김 속에서 토오루는 눈을 감고, 배 향기가 나는 하얀 비누를 몸에 문지른다.

깊은 밤.

코우지는 지칠대로 지쳐 있었다. 금요일 밤이라 가게는 혼잡하고, 단체 손님도 있어서 떠들썩하다. 요시다는 여전히 아파트에 눌러 앉아 있다.

낮에 지도교수에게 불려갔다. 필수 과목의 학점이 하나 위험하다고. 좋은 점수 받기는 어렵겠다고 생각한 그 리포트가 문제였다.

"아, 목마르다."

카즈미가 카운터로 와서, '마에다'를 위한 럼코크와, 자신을 위한 우롱차를 주문했다.

"카즈미는 늘 행복해 보여요."

코우지가 말하고, 카즈미는 기쁜 듯이 고개를 끄덕이며,

"당연하죠."

라고 말했다.

"젊은 사람으로 교체할 생각은 없으신지?"

잡담 삼아 말하자, 카즈미는,

"없어요."

라고 즉답하고 나서, 문득 뭔가를 생각하는 표정으로, 왜냐면, 이라고 설명했다.

"왜냐면 말이죠, 요즘 제대로 된 연애를 하려고 들면, 연상의 남자밖에 안 되는 걸요. 같은 또래의 애들은 시시해요. 돈 문제가 아니라."

그리고 테이블을 돌아보며 마에다에게 손을 흔들어 신호한다.

"멋지잖아요? '우리' 마에다 씨."

카즈미는 말하고, 기뻐서 견딜 수 없다는 듯이 환하게 웃었다.

"정말 좋으시겠습니다."

코우지는 말하면서, 이 여자를 마에다한테서 빼앗는 일이 가능할까, 라는 생각을 했다. 그것은 정말 아주 짧은 순간이었으나, 코우지로서는 충분히 긴 순간이었다. 카즈미를 원한다기 보다, 빼앗는 일이 가능할지 어떨지, 알고 싶었다.

우선 요시다를 쫓아내고―코우지는 생각한다. 이 피로만 회복되면―.

창밖에는 초라해진 야경이 비에 젖어, 네온을 드러내고 있었다.

함께 살고 있기 때문이 아니라,

함께 살아가고 있기 때문에 행복해.

미나토구 시바에 있는 큰아주머니 댁에, 어릴 적 엄마를 따라 놀러가곤 했습니다. 어린아이가 없는 아름다운 집으로, 현관에 조개껍질 장식이 걸려 있었습니다. 털이 반들반들한 코커스패니얼이 한 마리 있었던 것을 기억합니다. 큰아주머니는 그곳에서 자매끼리 사셨고, 나는 언니 쪽을 '담배 아줌마'(담배만 피우고 있어서), 동생 쪽을 '요리 아줌마'(음식 솜씨가 상당히 좋아서)라고 늘 불러 익숙했습니다. 그렇게 빈번히 찾아가지는 않았지만, 나는 그 집이 좋았습니다.

그 집은 비탈길 위에 있고, 집으로 돌아올 때 역으로 이어지는 긴 비탈길 위에서, 정면에 도쿄 타워가 보였습니다. 돌아올 때는 언제나 밤이었기 때문에 도쿄 타워는 반짝반짝 빛이 났습니다.

그 모습을 볼 때면, 왜 그런지 어른의 인생이 좋게 느껴져서, 나도 빨리 어른이 되고 싶다는 생각을 하곤 했습니다.

열아홉 살 소년들(도중에 스무 살이 되지만)의 이야기를 쓰고자 마음먹었을 때, 도쿄 타워가 지켜봐 주는 장소의 이야기로 하자고 생각했습니다. 도쿄 소년들의 이야기를 쓰자, 라고.

연재에 앞서, 리서치라고 이름 붙여 만든 무미하고 사적인 앙케트에 흔쾌히 협력해 준 다섯 명의 소년들에게 감사드립니다. 그리고, 그렇게 젊은 남자아이들과 저도 모르게 사랑을 해버린, 그다지 젊지 않은 두 여자—시후미와 키미코—에게는 경의와 동정을 금할 길 없습니다. 사랑 앞에서, 인간은 용감해지지 않을 수 없나 봅니다.

읽으면서, 어머나, 어쩜, 이라는 생각이 드셨다면, 저로서는 기쁜 일이겠지요.

2001년 차가운 비가 내리는 가을의 끝자락에.

에쿠니 가오리

'기다리는 것은 힘들지만, 기다리지 않는 시간보다 훨씬 행복하다.'

'사랑은 하는 것이 아니라, 빠져드는 거야.'

한 번쯤 사랑을 겪어 본 사람이라면 누구나 공감할 수 있는 대목이라 생각합니다.

사회적인 통념이나 사상을 논하기에 앞서, 인연의 잘잘못을 따지기에 앞서,

본서는 자칫 지루하고 통속적일 수 있는 연애사를, 작가 특유의 섬세한 심리 묘사와 두 젊은이의 대조적인 상황 전개를 통해 잔잔한 재미를 담아 이끌어 내고 있습니다.

오로지 시후미라는 한 여성을 통해 자신을 찾고 사랑을 배워 나가는 토오루.

자의든 타의든—거의 자의라고 생각합니다만(웃음)—끊임없이 반복되는 만남과 이별을 통해 자신을 확인하려 한 코우지.

결국, 사랑이 인생 행복의 결정적인 요소라는 것을 전달하려 한 흔적이 느껴집니다.

'하지만, 난 너의 미래를 질투하고 있어'라고 한 시후미의 말처럼, 영원히 공유할 수 없는 시간에 대한 안타까움 또한 공감하는 바입니다.

사랑 앞에서 끝없이 순수하기만 한 토오루와 그런 토오루의 사랑을 받을 수 있었던 시후미.

그러한 두 사람의 뒷얘기도 물론이거니와, 오만한 듯 시니컬해 보이는 코우지의 좌충우돌식 사랑 행각도 장차 어떤 식으로 전개될지 자못 궁금할 따름입니다.

한순간의 오해가 영원한 이별로, 상처로 남을 수 있듯,

그 어떤 오해와 절망도 한순간에 녹여버릴 수 있는 것 또한 사랑이 지닌 큰 힘이겠지요.

그렇기에 이 시간 생각해 봅니다.

결코 허망하기만 한 몸짓이 아니라

사랑은, 늘,

살아 있어야 한다는 것을.

2005년 가을,

신유희

해묵은 일기장을 펼쳐보는 기분이 이런 걸까요.

그립기도 하고 설레기도 하고 익숙하면서도 어쩐지 낯선, 여러 감정이 교차합니다. 번역가 중 한 사람으로서 이불 킥 하고 싶을 만큼 민망하고 아쉬운 대목도 분명히 존재합니다. 어느새 기억이 희미해질 만큼 많은 시간이 흘렀어도 '사랑은 하는 것이 아니라 빠져드는 것'이란 구절만은 여전히 남아 사람들 입에 오르내리고 있지요. 토오루나 시후미가 그러했듯이. 다만 서로의 과거와 미래를 질투할 만큼 뜨거웠던 감정도 흐르는 세월과 함께 희석되고 새롭게 덧칠해지면서 다듬어져 가는 과정이 우리네 인생인 듯합니다.

능숙하면 능숙한 대로 어설프면 어설픈 대로 우리 곁에 머물렀던 이들의 이야기가 15년이란 시간을 건너 지금을 사는 독자 여러분에게는 또 어떤 느낌으로 다가갈지 자못 궁금합니다.

2020년 2월

신유희